血の轍

相場英雄

幻冬舎文庫

血の轍

目次

プロローグ　7
第一章　殺しの手　14
第二章　秘匿追尾　93
第三章　背乗り　183
第四章　追尾　232
第五章　脱尾　293
第六章　筋読み　345
第七章　隠匿　404
第八章　暴露　463
エピローグ　515
解説　青木泰憲　519

プロローグ

新しい上司に命じられ、男は目の前の液晶モニターを凝視する。その途端、壁に埋め込まれたスピーカーから無線が響く。

〈お客さんが改札出ました。明治屋に向かいます〉

ダークグレーのスーツを着た女が映ると、男は思わず口元を手で覆う。なぜこんな場所にいるのか。サングラスをかけているが、男がよく知る女だ。

改札を出た女は、やや早足で歩き始める。

「彼女の後方三メートルのところに、隠しカメラを持った要員がいるんだよね」

抑揚を排した声で上司が告げる。

腫れぼったい瞼《まぶた》だが、奥にある瞳は鈍い光を発し続け、モニターを睨《にら》む。男は動揺を悟られまいと、必死に呼吸を整える。

宅配業者を装った大型バンの車内で、男は画面を見続ける。

いきなり広尾に呼び出された理由が分からなかった。モニターに映る光景が答えなのだ。

新しい職場は、自分になにをさせるのか。

女を追うカメラが二、三度揺れる。自分の心が鷲掴《わしづか》みされたような錯覚に陥る。だが、実際は女の異変が揺れの根源だった。

交差点の信号が青にも拘《かかわ》らず、女が突然歩みを止める。否応なく、カメラ要員も足止めを食らう。買い物客やサラリーマンが激しく行き交う交差点で、女はなんども周囲を見回す。

〈お客さん、点検始めました。脱尾します〉

スピーカーから無機質な声が響く。

「次の人頼むね。気付《ツ》かれちゃだめだよ」

上司が指示を発した直後に信号が点滅を始める。女は赤に変わる間際の横断歩道を駆け足で渡る。

「でも、所詮は素人なんだよね」

上司が吐き捨てるように言うと、スピーカーから新たな要員の声が響く。

〈明治屋《こ》のロビーで待機中、こちらで追尾します〉

同時にモニター画像も切り替わる。女をスーパーの中から待ち受ける構図だ。

女は混み合う高級スーパーに入った。生鮮食品売場を五分ほどそぞろ歩くと、今度は売場の外れに向かう。

待機中という言葉は、追尾チームが女の行動パターンをある程度把握しているということだ。いつから監視を続けていたのか。男が首を傾《かし》げると、真横の上司がマイクを握る。

「トイレに行くみたいだね。カバーできる？」

〈私が追尾します。トイレの出入口は一カ所のみで、カゴ抜けは不可能です〉

今度は若い女の声が響く。追尾要員が再度交代した。広尾駅から既に三名がサングラスの女に張り付いている。

スピーカーからは水道の音が聞こえる。カメラが女の後ろ姿を捉えたあと、今度は斜め横のアングルから洗面台と鏡の中が映る。

サングラスを外した女が口紅を塗り直す。モニター越しだが、かすかに瞳が潤んでいるように見えた。

上司が手元のスイッチを切り替えた。別の要員への連絡だ。

「商店街担当、もうすぐお客さんが行くよ」

〈いつでもどうぞ〉

スピーカーから嗄《しゃが》れた男の声が聞こえる。女が高級スーパーを後にした。

買い物客でごった返す夕暮れの商店街にまで人員が配置されている。監視要員はこれで四人目だ。男は画面を凝視し続ける。追尾カメラは外苑西通りから広尾商店街の奥に向かい始める。

女は明らかに歩みを速める。

一方、男は膝に置いた拳に目を向けた。

自らの意思とは関係なく、拳が小刻みに震える。もはやモニターを見る気力が残っていない。目線を外した途端、上司が抑揚のない口調で告げた。

「見続けてね。瞬《まばた》きも許可しないから」

素っ気ない言いぶりだが問答無用の力が籠《こも》る。金縛りにあったように、男は肩に震えを覚えた。

「もう勘弁してください」

駄々をこねる子供のように強く頭を振る。自分の声が絶え絶えになっていくのが分かる。

「だめだよ。これは命令だからね」

凍《い》てついた声だ。男は恐る恐るモニターに視線を戻す。

〈店に入ります〉

直後、女が酒屋の手前で左に折れた。

「準備は大丈夫？」

〈秘撮、秘録ともに万端です〉

今度はよく通る若い男の声だ。これで五人目になる。

新しい配属先は、どれだけのメンバーを揃えているのか。ここまで徹底して追尾する理由はなにか。上司の手が男の肩にのった。鉛の塊を落とされたような重みを感じる。

「これから見る光景を全て瞼に焼き付けておいてね」

上司が切り替えボタンを押すと、白木のカウンターと大きな湯呑みが映る。寿司屋のようだ。カウンター近くに置いたバッグから、店の奥方向を見渡せるアングルだ。引き戸の音が響く。女が入ってきた。

〈いらっしゃい。お連れ様は少し遅れるそうです。お先にビールでも？〉

〈いえ、待ちます〉

女の声が少しだけ上ずる。

カメラは女の胸元を映し出しているが、アングルの関係で表情は見えない。だが、男には女の表情が手に取るように想像できる。

「今日は浜松で親戚の法事のはずだよね？」

上司の問いかけに頷いたとき、再び引き戸が開いた。

〈こんばんは〉

低音が響く。マイクの方向が悪いのか、連れの声は極端に聞き取りづらい。

「絶対に目を逸らしちゃだめだよ」

上司の声が鼓膜を鋭く刺激する。

女の奥側に連れの男が座った。スーツの胸元だけが映る。連れはおしぼりでゆっくりと手を拭いている。

〈今日は平気なんですか?〉

女が甘えた調子で尋ねると、連れの男が小さく頷く。すると女がカウンターの下に手を回し、男の分厚い掌《てのひら》をまさぐる。

女の動作で、また心臓を鷲摑みされた感覚に襲われる。不意に、胃液が喉元まで逆流する。

男は慌ててドアを開け、バンを飛び出した。

喉元がヒリヒリと焼ける。胃液をなんとか腹の底に押し戻すと、上司の容赦ない声が耳元で響く。

「やめさせないよ。早く戻って。次の指示出すからさ」

「もう無理です」

「だめだよ」

上司はさらに強い口調で言う。男は上司の手招きに応じてバンに戻る。

「相手は誰ですか？」

「現段階で知る必要はないね」

「しかし、妻は本職《ほんしょく》に嘘をついているんです」

「いずれ分かるときが来るから」

腫れぼったい瞼の奥で、瞳が鈍い光を発する。上司が言葉を継ぐ。

「任務に私情はいらない。今までの君は死んだよ」

雷に打たれたように男は硬直した。死んだとはどういう意味か。

「生まれ変わるんだ」

再度上司が言い放つ。

「見てごらん」

画面に目をやった。カウンターの隅で、妻が連れの男に体を寄せる。

「もっと見て」

頬が引きつっていくのが分かる。だが、上司に抗わない自分がいた。無意識のうちに体と意識が乖離《かいり》していく。

この屈辱を一生忘れない。自らの眦《まなじり》がキリキリと音を立てて切り裂かれていく。胸の中に響く軋《きし》んだ音を聞きながら、男は画面の妻を睨み続けた。

第一章　殺しの手

1

新米の巡査部長がクラウンの後部ドアを開け、待機している。

「本部へ」

目頭を強く押したあと、海藤啓吾《かいとうけいご》は後部座席に体を預けた。昨晩午後一一時過ぎにＪＲ吉祥寺駅前商店街で発生した通り魔殺人事件は、二時間前にスピード解決した。

ナイフを振り回した男がアーケード街で無差別に通行人を斬りつけた。若いＯＬが失血性のショックで死亡し、大学生とサラリーマンの計四人が全治三カ月の重傷を負った。

所轄の武蔵野署と警視庁捜査一課第三強行犯捜査第五係が直ちに現場に臨場し、一帯に非常線を張ったほか、捜査支援分析センター《ＳＳＢＣ》も駆け付けた。

第一報から一時間半後に海藤は武蔵野署に設置された捜査本部《ちょうば》に入り、報告を受けた。

その後、機動捜査隊と所轄署地域課、そして本部一課の精鋭たちの動きを確認し、隼町の官舎に帰った。

夜回りの記者たちに事件の早期解決方針を告げ、シャワーを浴びたのが午前四時前だった。ソファでうたた寝していた四時半に連絡が入り、被疑者の身柄確保の報せを聞いた。

午前五時半に武蔵野署に取って返し、取調室の犯人を現認した。

犯人は三二歳、無職の男だった。転職に失敗し、むしゃくしゃしていたとの主旨で供述を始めた。あまりにも身勝手な犯行動機に強い憤りが腹の底から湧き上がる。

後部座席でこめかみを摑み、海藤は強く頭を振った。寝不足による偏頭痛が起きそうだ。不規則な食事と睡眠のせいで、体重が増加の一途を辿《たど》る。下腹をさすり、あくびを押し殺す。ハンドルを握る巡査部長に声をかけた。

「帳場で感じたことは？」

初めて本部勤務になった若手の教育は、現場でその都度行うのが海藤の信条だ。

「防犯カメラの解析ですが、本職の予想より遥かに早く実行されました」

凶行の現場となった商店街に対しては、第五係の警部補《しゆにん》が中心となり、迅速な映像の提供を求めた。また、正式に発足したばかりのＳＳＢＣが抜群の働きを見せた。今まで、一課や三課、あるいは組織犯罪対策部が独自に運用していた防犯カメラの分析作業が本部内で統一された。吉祥寺の事件でも、SSBCの情報支援班のメンバー五名が素早く回収した映像を解析した。

商店街が運用する防犯カメラのほか、コンビニやファストフード店の専用カメラも当たった。個人商店からも小さなメモリーカードを五〇枚ほど集めた。また、第五係の警部補の気転により、アーケード街から半径二キロ範囲の住宅街にも捜索範囲を広げた。

SSBCの情報支援班機動分析係が捜査本部でデータ解析を始めてから三〇分で、犯人の逃走経路が次々に明らかになった。犯行発生時刻から一、二分ごとのデータを連結させると、パーカーのフードを被《かぶ》った犯人がコマ送りのようにモニターにつなぎ合わされた。

決め手となったのは、商店街から五〇メートルほど離れた一般住宅の門扉に設置された防犯カメラだ。

所轄署員が押収した親指の爪ほどのメモリーカードには、赤外線センサーで不審者を自動感知した映像が残っていた。追跡を継続していた捜査員に直ちに連絡し、三軒隣の物置に潜んでいた犯人の身柄を確保した。

「この種の事件はスピードが命だ。指示待ちするよりも自ら帳場の流れを作っていくことが肝心だ」

ルームミラー越しに説くと、海藤は腕時計に目をやる。午前七時だった。首筋や肩にかけて、鈍痛が走る。様子を察した若手が口を開く。

「無線切りますから、本部に着くまでお休みください」

「俺はどんな状況でも眠れる。それに指令を聞かないわけにはいかんだろうが」

おどけた口調で言ったあと、海藤は腕を組み、目を閉じる。

警視庁刑事部鑑識課長から捜査一課長に異動して五カ月が経過した。

官舎の寝室でまともに眠れた日は数えるほどしかない。時間を継ぎはぎして睡眠時間を確保しないと、任期を全うできないと前任者から教わった。大げさだと思ったが、五四歳になった今、勤務実態は想像以上に過酷だった。

青梅街道に入った課長車は、速度を上げる。

フロントガラスの向こう側に新宿の高層ビル街が見え始める。追い越した都営バスのボディーに、開業したばかりの東京スカイツリーの広告がプリントされている。車中に朝日が差し込む。重い瞼に強い陽の光が染みる。また長い一日が始まる。

午前の定例記者レクチャーでは昨夜の事件の詳細を発表しなければならない。午後は別の帳場に出向き、捜査の進捗をチェックする。頭の中で、様々なスケジュールが交錯する。

小刻みでもいい。可能な限り睡眠を取る。三〇年を超える刑事人生で身に付いた習慣だった。車の揺れに身を任せると薄《うっす》らと意識が遠のいていく。中野坂上交差点の信号機がぼやけて見えた。

〈至急至急、本部指令より各移動〉

突然、ダッシュボード下の無線機が鳴った。反射的に目を開ける。

〈新宿区戸山二丁目、都立戸山公園敷地内にて変死体発見の一一〇番通報〉

通信指令本部オペレーターの声が無線機から響く。

〈中年男性の首吊り〉

〈牛込署地域課巡査が臨場し、現場保全に当たっている〉

〈第二機捜隊《にきそう》本部、了解〉

本部と所轄署、機動捜査隊のやりとりを聞きながら、海藤は戸山公園の広大な敷地を思い起こす。

かつて高田馬場駅にほど近い戸塚署で刑事課長を務めた。公園の東部分は牛込署、西半分は戸塚署の管轄だ。不良外国人による薬物取引の内偵のほか、ホームレス同士のトラブルで牛込署となんども連携した。戸山二丁目は総務省統計局や大きな国立病院の近くに広がるエリアだ。

「自殺でしょうか？」

ルームミラー越しに巡査部長が尋ねる。

「だといいがな」

「まさか他殺ですか？」

「なんとも言えん。こういう事案で大事なことは？」

「初動です。まず検視官の臨場を」

再度無線機が鳴る。

〈至急、戸山公園の変死体、所持品から本人確認。遺体はカガワツヨシ、杉の屋デパート勤務……〉

名前を聞いた途端、海藤は身を乗り出す。カガワツヨシ。まさかと思うと、反射的に体が動いた。

「無線のマイクを取ってくれ」

巡査部長がダッシュボード下のマイクを差し出す。

「一課海藤だ。仏《ホトケ》の名前だが、念のため漢字を教えてくれ」

マイクの通話ボタンに手をかけ、海藤は指令本部を呼ぶ。二、三秒の間があったあと、オペレーターが応答する。

〈香川県の香川、ツヨシは剛健の剛です〉

「了解。一課長権限で検視官の臨場を要請。近隣各署の移動は現場付近および幹線道路で不審者、車両の有無を確認せよ。以上」

〈本部了解〉

一気に指示を飛ばし、海藤はマイクを巡査部長に戻した。

「お知り合いですか？」

恐る恐る巡査部長が切り出すと、海藤は頷いてみせる。

「仏は元本職だ。今の勤務先で分かった。現場に行くぞ」

巡査部長が頷く。元警官だと聞かされ、瞬時に事情を察したようだ。

警察官を勤めれば退職後も様々な鑑《カン》が残る。

業者との癒着のほか、逮捕された恨みを抱き続ける犯罪者もいる。他殺の線も考えねばならない。

海藤は香川とはともに捜査をしたことはないが、職人肌の警部補《しゅにん》だったと聞いていた。小柄で眉毛の太い男の顔が脳裏に浮かぶ。死因はなにか。腕組みしながら様々な筋を考える。

巡査部長がサイレンアンプのボタンを押した。即座にクラウンの屋根に赤色のパトランプが飛び出す。

「殺しだとしたら、怨恨ですか？」

「まだ分からん。予断を持つな」

〈課長、第四の七係が臨場します〉

無線機からくぐもった声が響く。

「今の声は兎沢《とざわ》さんでしたね」

「あいつは昨晩の予備班だったな」

吉祥寺の通り魔事件は当直の第三強行犯第五係が担当した。別の凶悪事件の発生に備えていた第四の七係が宿直明け直前に戸山の案件に着手する。目付きの険しい男たちの顔を思い浮かべたとき、突然、海藤の背広の中で携帯電話が震えた。

小さな画面に馴染みのない番号が点滅する。東京〇三に続く頭の四ケタは警視庁本部だが、下の番号に覚えはない。首を傾げながら通話ボタンを押す。

〈ご無沙汰しています。公総《こうそう》の志水《しみず》です〉

声を聞いた途端、耳に当てた電話から冷気が伝わってくる。海藤は思わず身構えた。なぜ連絡を入れてきたのか。唾をのみこんだあと、口を開いた。

「どうした？」

〈無線を聞きました。本当にあの香川さんですか？　自殺でしょうか？〉

「なぜだ？」

〈新宿で一緒だったものですから〉

「俺が臨場する。まだ、なにも分かっていない」

一方的に電話を切ると、巡査部長が心配げな顔で見ていた。

「どなたですか？」

「瞬きをしない男だ」

「あの……本部の方ですか？」

「今は一四階の住人だ。いいから急げ」

ぶっきらぼうな海藤の返答に巡査部長は口を閉ざした。本部の階数を聞いた途端、巡査部長は海藤の変化を素早く察知した。

現場に急行中の一課兎沢と公総の志水はともに戸塚署時代の海藤の部下だった。今は全く別のレールを走る二人の警察官が海藤の前で交差した。偶然か。それともなんらかの事情が潜んでいるのか。

フロントガラス越しの空には小さな鰯雲《いわしぐも》が浮かんでいる。だが、志水の声を聞いてから、心中にどす黒い雷雲が湧き始めたような重苦しい感覚に襲われた。後頭部に偏頭痛の鈍い痛みも走る。

突然頭に浮かんだ元部下の顔を振り払うように、海藤はこめかみを強く摑んだ。

2

乱暴にスカイラインのノーズを戸山団地の駐車場に突っ込んだ。

兎沢実《みのる》が腕時計に目をやると午前七時二八分、警視庁本部からは一五分だった。

車両を降り、周囲を見回す。異変を察知した団地の住民が集まり始めていた。五、六人の制服警官がブルーシートを抱え、戸山公園の中心部に入っていくのが見える。

ドアを閉めると、隣にレガシィが急停車し、背広の男が現れた。襟元の青いバッジの中には、黄色い稲妻が光る。第二機動捜査隊《にきそう》四谷分駐所から飛び出してきた二〇代後半の捜査員だ。中肉中背の機捜刑事は兎沢の捜一赤バッジを見上げ、ぺこりと頭を下げる。

機捜刑事と並んで走り出すと、好奇心丸出しの視線を向ける住民が増える。現場の保全状況が気にかかる。

『箱根山　陸軍戸山学校址《あと》』と刻まれた石碑脇を過ぎ、階段を下ると問題の現場が見えた。

戸山公園の箱根山地区は、江戸時代に尾張藩の別邸があった場所だ。酔狂なお殿様が盛り土を施し、景勝地の箱根を模した。明治以降は旧帝国陸軍が接収し、士官学校や練兵場が広がる軍人の街となり、戦後は広大な練兵場が公園に姿を変えた。

うっ蒼とした木々が立ち並ぶ広大な公園は、幼稚園児のピクニックや近隣の老人たちの憩いの場となるが、夜間や早朝は極端に人気《ひとけ》がなくなる。犯罪者にとっては打ってつけの場所だ。戸塚署の刑事課時代になんどか逃亡犯を捜した。ほかにもこの公園には辛い思い出がある。兎沢にとって、抱え切れないほど重く、鋭い痛みを伴った記憶だ。大きな手で自らの頬を張り、仕事だと言い聞かせる。

「あれはなんですか？」

駆け足のまま、機捜刑事が坂の下を指す。石碑から一五メートルほど下の地点、箱根山の中腹にある切り拓かれた一帯だ。

「陸軍の野外音楽堂跡だ」

六角形の石組み台座に六本の柱が立ち、その上部には円形の櫓《やぐら》の骨組みがある。小さな劇場だ。住宅街の方向を見下ろす梁《はり》に、問題の仏が吊り下がっている。

戸塚署時代になんども訪れた場所であり、幼い娘を遊ばせたスポットでもある。野次馬の中から子供の声が聞こえる。娘とはしゃぎ回った記憶がオーバーラップする。兎沢が眉根を寄せ、野次馬を睨むたび、機捜刑事が不思議そうな顔で見つめる。我に返った兎沢は、現場を指す。

「なってねぇな」

兎沢の言葉に機捜刑事も頷く。

音楽堂跡地に通じる階段まで野次馬が集まっている。

劇場の周囲は申し訳程度に黄色いテープが張られているだけだ。殺人ならば、既に犯人の足跡は野次馬たちに踏み荒らされてしまったあとだ。野次馬を掻き分けると、兎沢は声を張り上げる。

「本部一課の兎沢だ。おい、なんとかしろよ」

兎沢はポケットからビニールの靴カバーを取り出し、先着していた所轄署員たちを怒鳴った。本部一課という言葉に若い巡査が振り返り、兎沢を見上げるが、首を傾げている。なぜ怒鳴られたのか理解していないのは明らかだ。

「現場が壊れるぞ。おまえら下足《げそ》カバーは付けてねぇし、規制線もいい加減だ。不審死のときは、現場を大きく取らなきゃだめなんだよ」

先ほどブルーシートを運んでいた所轄署員が慌てて階段に走る。野次馬を後方に押しのけ、黄色いテープを張り直す。申し訳なさそうな表情で若手巡査が口を開く。

「通報を受け、本職が最初に現着しました。通報者のご夫妻はあちらに」

巡査が石段の上にいる老夫婦を指した。二人は揃いのトレーニングウエアを着ている。

「念のため、二人の下足痕採っておけ。仏は動かしていないな？」

「もちろんです。足元に財布が落ちていました。中から運転免許証を発見し、仏さん本人と確認しました。周囲を見ましたが、遺書らしきものはありません」

櫓に進み出た兎沢は亡骸《なきがら》に手を合わせる。

アディダスの薄手のランニングウエアを着た、小柄で線の細い中年の男だ。

太い眉の下で、両目が飛び出しそうなほど突き出している。眼瞼《がんけん》、眼球の溢血点《いっけつてん》も目視できる。口元からは舌が垂れ下がり、顔面は薄紫にうっ血し、明確なチアノーゼの状態にある。首元には、顎《あご》のラインと並行に工事現場用の黒と黄色のロープが食い込んでいる。仏を地面に降ろし、ロープを外せば鮮明な索溝《さくこう》が認められるはずだ。トレーニングウエアの下腹部には染みが認められる。尿失禁だ。

ロープ周辺の皮膚には掻きむしった痕《あと》があり、足元には吐瀉物《としゃぶつ》が散らばっている。音楽堂跡の台座脇には、黄色いビールの空ケースがある。

兎沢は膝を折り、吐瀉物に近づく。地面すれすれのところで鼻を動かす。横にいる巡査が怪訝《けげん》な顔で覗き込む。

「あの……」

「ゲロにオレンジやアーモンドの臭いがしないかの確認だよ。青酸化合物食わされたかもしれない。現場にゲロがあるときは、真っ先に臭いを嗅げ」

巡査がなんども頷く。

「それに、索溝のそばに吉川線らしき痕がある」

兎沢は、かつての名鑑識課長の名を取った防御創に触れた。他人に頸部を絞められた際、被害者が抵抗すると生じる痕だ。

「なるほど」

巡査が感心したように答え、言葉を継いだ。

「仏は以前ＳＩＴにいた方だと聞きましたが、ご存知ですか？」

機捜刑事が兎沢を見上げて訊く。

「俺は知らない。ＳＩＴは隠密行動が多いからな」

兎沢は、かつて警官だった男を改めて見やった。

眉が太い以外にこれといって特徴のある顔ではない。本部の廊下ですれ違ったことがあるかもしれないが、押し出しの強い刑事が揃う一課の中で、第一・第二特殊犯捜査係（ＳＩＴ）とはほとんど接触がない。

兎沢は遺体から二、三メートルの距離を保ちながら、改めて現場の周囲を回る。ビールのケースが転がっている。香川という元警官が踏み台を蹴り、自らの命を絶ったという見立てをすることは可能だ。だが、違う。絶対に自殺ではない。吉川線らしき痕のほかにも、見逃がすことのできないポイントがある。仏の両腕の向きが不自然だった。

「殺しだな」

兎沢の言葉で、若手巡査の顔に不安の色が浮かぶ。

「仏の腕を見ろ」

巡査は死体の横に回るが、首を傾げたままだ。

「典型的な『殺しの手』だ」

「ということは、縊《い》死《し》ではなく、殺人事件ですか？」

「間違いないだろうな」

首吊り自殺の場合、両手はだらりと腰の辺りに垂れ下がる。だが、この死体は奇妙に変形している。背中に大きなボールを背負い込むような形で、死後硬直が始まっているのだ。

首を絞められる過程で被害者は抵抗を試み、絶命した。首筋の傷痕もロープを必死に外そうと自らつけたものだ。仏は被疑者《マルヒ》の背中か腕に手をかけ、最後の抵抗を試みたのだろう。

「免許証見せな」

巡査が素早く遺留品の運転免許証を手渡す。小さな顔写真には、太い眉毛と鋭い目付きの男の顔が写り込む。目の前の死体の表情は全く違う。眼球と舌の飛び出し方が酷《ひど》いため、顔全体が醜く歪んでいた。変わり果てた姿が必死に訴えている。

〈俺は殺された。犯人《ホシ》を挙げろ〉

被害者《マルガイ》が大声で叫んでいるような気がした。

「典型的な地蔵担ぎだな」

兎沢の呟きに頷いた機捜刑事が、受令機で本部と連絡を取り始める。

現場には被害者の現金入りの財布がそのまま遺棄されている。物盗《と》りの犯行ではない。逆恨み、男女間のトラブル、あるいは手口の類似する犯歴の洗い出し等々、捜査の筋立てが幾筋も兎沢の中で浮かび始めた。

3

一四階でエレベーターを降りた志水達也《たつや》は、スチール製のロッカーが密集する廊下を歩く。通路の半分以上を無機質な段ボール箱が占拠する。反対方向から人が現れれば、どちらかが立ち止まって道を譲らねばならない。

警視庁本部公安部公安総務課《こうそう》のフロアは複雑に曲がりくねり、部外者の出入りを暗に拒む造りになっている。皮肉なことに、公安部全体の体質とそっくりだ。

国会議事堂が見える窓辺に辿り着き、部屋の前でＩＤカードをかざす。分厚いドアが開き、志水は冷気に包まれた課長室に足を踏み入れる。

八畳ほどのスペースには、一切の無駄がない。

スチール机の四方を囲むようにロッカーが設置され、膨大な数のファイルが収められている。

ほかの部署が賞状や桜のバッジ盾で功績を誇示するのとは対照的に、殺風景な造りだ。壁時計に目をやると、午前八時五分だった。

直属の上司である公安総務課長の曽野耕平《そのこうへい》は、公安各課から回ってきた昨晩の行動確認報告《こうかく》に目を通している。厚ぼったい瞼の奥で、黒目が猛烈な速度で書類の文字を追っている。

「それで、かつての上司は様子はどうだったの?」

カルト教団のレポートに目を向けたまま、曽野が口を開く。

「戸山公園に臨場しています」

「相変わらず地べた這いずり回るのが好きな人だね」

苦笑した曽野が報告書を閉じ、志水に目を向けた。

「今の君の扱い案件は、例の教会のインチキ商法だったね。今日明日にでも弾《はじ》けそう?」

「提報者《ていほうしゃ》からそのようなネタは出ておりません」

「それなら部下に仕事を任せて、これを扱ってほしい」

曽野が引き出しから青い表紙のファイルを取り出し、志水の目の前に置く。書式を見ると、警務部人事一課の資料だ。

表紙をめくると、髪を短く刈り揃え、眉毛の太い男の写真が添付されている。六歳年上のキャリア警視正が値踏みするような目で志水を見る。目が合った瞬間、一時間前の電話の意味が分かった。

「香川さんを改めて基礎調査《きちょう》するのですか？」

「特命でね。やってもらえるよね」

一五年前、二六歳だった志水は香川と一年間、新宿署刑事課強行犯係の同じ班で働いていた。生真面目で融通が利かず、当時の署長の受けは良くない先輩だった。半面、証拠を丹念に集める職人肌の刑事だった。

刑事試験に合格し、強行犯係に配属されたばかりの志水を気遣ってくれた。新宿駅西口に広がる煤《すす》けた横丁でなんどか酒を奢ってくれた。面倒見の良い、古いタイプの刑事《デカ》だった。濁り酒を旨《うま》そうに飲む香川の表情が鮮明に蘇る。

ただ香川と会ったのは、生まれ変わる前の自分だ。新たに基調を指示された。感傷に浸る時間などない。

頭を振り、志水はファイルのページをめくる。

所轄を経たあと、香川は第一機動捜査《いちきそう》隊で警部補に昇進。ここで二年務め、本部捜査一課第一特殊犯捜査係（ＳＩＴ）に転属した。ＳＩＴは誘拐や企業恐喝など現在進行形の犯罪を担当する。鈍い刑事は絶対に配属されない。

強盗や殺人などの初動捜査を担当する機捜は、現場での立ち回りの善《よ》し悪《あ》しがその後の捜査に大きな影響を及ぼす。初動で重大な手掛かりを見落とせば、事件は迷宮《おみや》入りの確率が高くなる。

香川は捜査の機微に通じていた。現場を一瞥して犯人像を絞り込み、筋を見立てる。わずかな間近くにいただけだったが、香川の読みには外れがなかった。署長の受けこそ悪かったが、所轄署から移った機捜で着実に実績を残し、精鋭ぞろいのＳＩＴに引き抜かれたのだ。

その後、香川は所轄署の刑事課に二年間だけ出た以外、約一〇年の間ＳＩＴで誘拐や企業恐喝捜査のスペシャリストを務めたと資料には記されている。

さらにページを繰る。香川はＳＩＴで企業恐喝事件の解決に多大な貢献を果たし、刑事部長賞を五回、総監賞も二回受賞した。

もう一枚めくると、三年半前に突然依願退職したとの記述がある。五二歳のときだった。

「あまり良い辞め方をされなかったようですね」

人事一課が残した経歴欄には、赤いインクで「依願退職」の部分が浮き上がる。赤文字は重大な職務違反のサインだ。

表向きは自らの意思で仕事を辞めたという体裁だが、実態は解雇に近い。退職後の履歴には「杉の屋デパート総務部保安課主任」の文字がある。その後、資料に追記はない。

警視庁を辞めたあと、組織に対してネガティブな行動を起こす恐れのある元職員は人事課による行確対象となるが、香川に対して監視は行われていない。

「ある事件の最中に週刊誌の記者と会っていたようだね。刑事《ジ》の人たちは保秘の感覚がなっていないからなぁ」

曽野が感情の籠らない声で告げた。

志水はさらにページをめくる。

秘密撮影《ひさつ》写真が数枚添付されている。警察官の不祥事調査を担当する公安上がりの人事課監察チームが香川を追尾した。行確と追尾のプロにかかれば、SIT捜査員といえど逃げ切れない。

六本木の小さな焼き鳥屋で、香川と太った男がビールを飲んでいる写真がある。脇のメモに目をやると、『週刊文明副編集長　田畑宏志《たばたひろし》』の文字。同じページの下には、新宿の裏通りの居酒屋のカウンターを写した写真もある。

香川と田畑という記者のツーショットだ。重要な捜査情報を漏らしたのか。ページをめくっても「依頼退職」につながる記述はない。

ファイルを遡《さかのぼ》り、退職の日時を見た。三年半前の冬だ。ＳＩＴが絡んだ事件を思い出した。

「あの事件を担当されていたのでしょうか？」

「僕はよく知らない。向こうの畑には興味もないし、そんなヒマもないからね」

曽野が素っ気ない口調で言った。だが、腫《は》れぼったい瞼の奥の黒目は、鈍い光を発している。公安部は上意下達が警察組織内で一番徹底している。命令は絶対であり、余計な詮索は最大のタブーだ。刑事部のように捜査方針を巡って上司と口論することなどあり得ない。自らの意思を口にすることもできない。志水は無言でファイルを閉じた。

「他殺で決まりらしいね」

曽野のどす黒い瞳がさらに光る。

かつての上司である海藤に電話を入れるよう指示されたのが一時間前だった。

最初の連絡で曽野からは、自殺か他殺か分からないと聞かされた。わずかな間に曽野は他殺との断定情報を摑んでいる。

「上がね、警視庁《カイシャ》にまずい話が出てくると嫌なんだってさ。それこそ、その週刊文明辺りが、あることないこと書くと面倒だしね」

「帳場の様子を探ればよろしいですか？」

「会議録なんていつでも入手できる。帳場の中で、キモになっている刑事の本音が知りたい。捜査会議にかける前の情報があると嬉しいな。ついでに香川さんの周辺にいた人たちの身分《わり》照会《つけ》もやってよ」

「人員はどうしますか？」

「好きなだけ動かしていいよ。ここだけの話だけど、内田《うちだ》さんが結構ナーバスになっているんでね」

曽野は警視庁のナンバーツーである副総監の名を口にした。

内田和人《かずと》は警視庁公安部を直接コントロールする警察庁警備局出身、五四歳のキャリアだ。主要な県警本部長や警察庁長官官房装備課長、警視庁公安部長を歴任し、警察組織の頂上が視野に入っている。

「久保田《くぼた》さんがグダグダ言ってくるのが癪《しゃく》らしいよ」

曽野が今度は警察庁刑事局長の名を持ち出した。

東大卒で警備公安畑の出身者が大半を占める警察庁・警視庁の上層部にあって、内田の二歳下の久保田務《つとむ》は数少ない私大卒であり、刑事畑を中心に功績を挙げてきた異色の人物だ。

特に県境をまたぐ凶悪事件捜査で久保田は底力を発揮した。縄張り意識の強い各県警の捜査員を陣頭指揮した。警察庁指定広域事件を多数解決に導き、刑事畑のエースに登りつめた。

内田と久保田に限らず、代々公安と刑事上層部はソリが合わない。幹部の対立が、公安部と刑事部という組織同士のいがみ合いにつながっている。

「上の難しい話は承知しておりませんが、課長に恥をかかせるようなことはしません」

志水はそう言ったあと、人事一課のファイルを凝視した。香川の出身地や経歴、様々な個人データを網膜に焼き付け、ファイルを曽野に戻す。

「もう覚えちゃったの？」

「こういう体にしたのは誰ですか」

「まぁ、よろしくやってよ」

ファイルを受け取った曽野は、苦笑いする。志水が課長室のドアノブに手をかけたとき、背後から曽野の声が響く。

「あのさ、調べの過程で嫌な思いをするかもしれないけど、そのときは勘弁してね」

「清濁併せ呑むのが私の仕事ですから」

「頼んだよ」

滅多に私情を挟まない曽野が、気遣いとも取れる言葉を発した。志水が振り返ると、曽野はいつものように行確報告書に目を走らせている。曽野は四七歳だ。傍目《はため》には、中肉中背の中年男で、市役所の窓口で書類をチェックしているようにしか見えない。だが、この男は日本の治安全般に目を光らせている。前任者が病気療養のため、任期初めにポストを外れて以降、曽野は異例ともいえる長さで課長席にいる。上層部が絶対に離さない、とも聞いた。現状、上司から異変は感じ取れない。突発的な仕事を命じられるのは毎度のことだ。いつものように、志水はドアを押し開けた。

4

「検視官所見および現場検証の結果を勘案し、本件は頸部圧迫による殺人と断定した」

筆頭管理官・鹿島恭一《かしまきょういち》の声が牛込署の講堂に響き渡る。要点を手帳に記しながら、海藤は説明に聞き入った。

戸山公園で変わり果てた姿になった元刑事に接したあと、海藤は牛込署の捜査本部に入った。午前九時の捜査会議が始まった直後に他殺との見立てが捜査員全員に開示された。

講堂の幕僚席には捜査一課長の海藤のほか、一課第四強行犯係の鹿島管理官、牛込署の署長が着き、目の前には一課と所轄刑事課の捜査員計三〇名が揃った。

「地蔵担ぎによって被害者《マルガイ》を殺害したあと、被疑者《マルヒ》はロープを野外音楽堂跡の櫓にくくり、滑車の原理で仏を吊り上げて自殺を偽装した」

真っ先に臨場した兎沢の見立て通り、検視官は香川の死を他殺と断定した。

香川の首に背後から工事用ロープをかけ、マル被はこれを背中にのせる形で窒息死させた。重い地蔵を背中に担ぐ形に似ていることから、代々「地蔵担ぎ」と呼ばれてきた殺害方法だ。被疑者が自殺を偽装する際に用いられるやり方でもある。

体格の良い被疑者のほか、背の低い犯人でも階段など段差を利用することで同じ方法を使える。海藤が過去に接した事件では、小柄な主婦が酒癖の悪い亭主を同様の手口で殺したことがあった。

海藤が臨場した際は、兎沢と同様に、被害者の腕の向きが不自然だと感じた。

しかし、所轄の若手巡査はこれを見抜けなかった。死後硬直の初期段階だった。仮に遺体を平らな場所に移せば腕の形が変わり、「殺しの手」の痕跡が消えていた可能性がある。所轄向けの捜査研修で現場保持の重要さを説かねばならない。

「被害者は身長一六〇センチ、体重五二キロと小柄だった。梁に吊る際は、成人男性二名程度の力で難なく偽装が可能だったと推察される。なお、鑑識の調べにより、梁にロープの摩擦痕が発見された」

海藤は野外音楽堂跡を思い起こす。

柱の高さは一八〇センチだ。被害者を吊り下げるときに大きな力は特別要しない。腕力に勝る男性ならば、一人でも犯行は可能だ。

「検視官によれば、死亡推定時刻は午前三時から同五時までの二時間」

鹿島管理官の声が講堂に響くたび、目の前に座る三〇名の捜査員たちが一斉にペンを走らせる。

「夫人の証言により、被害者は午前四時半過ぎに若松町の自宅マンションを出たことが確認された。よって、犯行時刻は午前四時半から五時までに絞り込める」

戸山公園一帯から高田馬場周辺まで毎朝五、六キロ走るのが香川の日課だったという。公園近くにある国立病院の防犯カメラにも、ジョギングする香川の姿が映り込んでいた。画像を解析する限り、香川の周囲に不審者はいなかった。犯人は徒歩ではなく、自転車、あるいは車両を使って現場付近に入った公算が高い。

現場には香川の財布が遺棄されていたが、物色の形跡はなし。流しの物盗りではない。香川の生活パターンを調べた上で、人目につきにくい公園の窪地で待ち伏せしていた可能性もある。

「現在、自宅にあった被害者の携帯電話の履歴を洗っている。加えて、現職の業務上のトラブル、過去に検挙した前歴者リストへの照会も行っている」

青白い顔の鹿島が説明すると、対面の七係《かかりちょう》の警部が立ち上がる。

「被害者のカイシャ時代の経歴はお手元の資料の通りです。現職は杉の屋デパート総務部保安課主任。担当業務は顧客とのトラブル対応です。特に、マル暴系の客に対して辣腕を発揮していたようです。年齢は五五歳、現住所は新宿区若松町二五、サンマートビル三〇一号室、同年齢の夫人と二人暮らしです」

海藤が頷いてみせると、警部はメモ帳をめくり、言葉を継ぐ。

「七係の一五名はそれぞれ所轄捜査員とともに地取《じど》り班、鑑取《かんど》り班に投入する。詳細はデスク班から」

次いで捜査情報の集約や捜査員の割り振りをするデスク担当警部が立ち上がり、班分けの陣容を公表した。兎沢警部補は鑑取り班に組み込まれた。デスク担当が腰を下ろすと同時に、目配せした。海藤は立ち上がる。

「地取り班と鑑取り班は共に鋭意調べを進め、仲間の無念を晴らせ。カイシャ時代の被害者を知っている者もいるはずだ。警視庁の威信を賭けて臨め」

捜査員たちの低いうなり声が講堂に響き渡ったとき、脇の扉が開く。海藤が目をやると、白髪が目立つ猫背の男がいる。近視なのか、目を細めて幕僚席を見る。どこかで見たことのある顔と仕草だ。

「安部《あべ》君、会議中だ」

海藤の右隣に陣取る牛込署の署長が顔をしかめる。安部という名を聞いた途端、海藤の記憶がつながる。戸塚署の刑事課長時代、安部は地域課にいた。今と同じように目を細めていた。周囲が眼鏡やコンタクトレンズを勧めても、頑《かたくな》に拒んでいた巡査部長だ。

「あの、警ら中に怪しい人間を見たのですが」

講堂中の視線が一斉に安部に集まる。

「詳しい人着《にんちゃく》を教えてください」

地取り班を任された七係の警部補が立ち上がる。講堂の後方に座っていた牛込署の刑事たちも安部のもとに駆け寄る。

「午前五時前に受け持ち区域を自転車で定時警ら中でした」

五、六名の屈強な刑事に取り囲まれた老巡査部長が話し始めた。海藤は耳を澄ます。

「総務省統計局前の戸山町地域安全センターに立ち寄ったあと、公園内の戸山幼稚園の方向から体格の良い大柄の男、そうですね、年齢は二〇代後半から三〇代半ばでしょうか、飛び出してきました」

「それでは、詳しい話は我々が引き取ります」

担当警部が海藤に言った。身内から目撃情報が出た。幸先が良い。初動は順調だ。

「各自予断を持たず、捜査に当たれ」

改めて海藤が言ったときだった。講堂の扉が再度開き、恰幅の良い男の姿が見えた。大股で幕僚席に歩み寄る。

「副総監……」

牛込署の署長が慌てて席を空ける。背広姿の内田はやや顎を上げながら、捜査員を見渡す。目線がもったいをつけたようにゆっくり動く。

「出勤途中に一報を聞いたものでな」

一礼した海藤は、内田に耳打ちする。

「捜査員の割り振りを済ませたところです。早速、目撃情報も得られました」

「そうか」

幕僚席に着いた内田は、ホワイトボードに掲げられた香川の写真に目を向ける。

「被害者はOBで、私の先輩にあたります。なんとしても早期に犯人を挙げます」

海藤の言葉に、内田は頷く。後退した内田の生え際に脂汗が滲《にじ》んでいた。

「昨今の検挙率低下は我々一人ひとりの問題だ。必ず解決してほしい」

低い声で一方的に言い渡すと内田は講堂を後にした。署長が慌てて内田の後を追う。

「どういう風の吹き回しですか？」

内田副総監の後ろ姿を睨みながら、兎沢が幕僚席に歩み寄ってきた。顎を上げ、海藤は兎沢を見上げる。普段よりも釣り上がった眉が兎沢の怒気を表している。

「元警官殺しだ。メディアが関心を持つだろうし、昇進が視野に入っているから評判も気になるんだろう」

「ちょっといいスか？」

突然、兎沢が声を潜める。海藤は兎沢との間合いを詰める。

「あの目撃者《マルモク》だという巡査部長、どう思います？」

兎沢は地取り班に囲まれている安部巡査部長を鋭い目つきで睨んでいる。

「どういう意味だ？」

「あのオッサン、いい歳して〝怪しい人間〟って言いましたよ」

「たしかにそうだな」

現場付近を聞き込みする際、『怪しい人を見ませんでしたか？』と切り出すのは御法度《ごはっと》だ。相手に先入観を持たせる上に、無理な供述を引き出す恐れがある。無理が重なれば、捜査全体が滑る。戸塚署で初めて刑事となった兎沢に対し、刑事課長だった海藤が徹底的に教えた点だ。本部詰めとなり脂の乗り切ってからも、愛弟子は忠実に教えを守っている。ただ安部は同じ警官であり、考えすぎだ。

「地域課専門なら致し方あるまい」

海藤の答えに対し、兎沢はなおも不満げだ。

「課長、覚えてますか？　戸塚署時代ですが、あのオッサンやっぱり地域課にいたんスよ」

「そうだな。チャリの盗犯で早稲田の学生を片っ端から挙げていた」

「それにあの人、ど近眼です」

兎沢の指摘はもっともだ。だが、安部は具体的な人着を証言した。

「しかし、彼は見たって言うんだ。ひとまず参考にすべきだろう」

「そうですか」

不貞腐れた表情のまま、兎沢が鑑取り班に戻る。

地取り班と鑑取り班が打ち合わせに入ったことを見届け、海藤は席を立つ。本部に戻り、午前の定例記者レクチャー向けの資料を用意しなければならない。

廊下に出ると、運転手の巡査部長が待機していた。その横を、牛込署の副署長を先導役に、二、三人の事務職員がカップ麺を講堂に運び込む。海藤が階段を下りかけたとき、講堂から兎沢の怒声が聞こえた。

「初日に長シャリ持ってくんじゃねぇよ」

海藤の横で、巡査部長が首を傾げる。

「麺は伸びるから、捜査が長引くイメージを想起させる。特に初日の帳場では忌み嫌われる」

巡査部長が頷くと同時に、顔をしかめる。

「兎沢さん、いつもあちこちで衝突してますけど、大丈夫ですか？」

「昔はもっと朴訥《ぼくとつ》としていたんだがな。色々あったんだよ。だが、腕はたしかだ」

海藤が言ったとき、背広のポケットで携帯が震える。反射的に通話ボタンを押す。

〈吉祥寺の事件、お疲れ様でした。今晩、どうされますか？〉

「すまん、たった今、別の帳場が立ったばかりだ」

一方的に言うと、海藤は通話を断ち切る。

「官舎に寄られますか？」

気を利かせた巡査部長が言った。

「必要ない」

溜息を吐き出すと、海藤は専用車に向けて足を踏み出した。

5

「警察庁《サッチョウ》の警備局《ビキョク》とも調整しておりますが、来月の国際環境会議で騒ぎを起こしそうな団体は今のところありません」

内田から公安各課の報告書を手早く回収し、曽野は努めて事務的に言った。

「油断するなよ。あのときみたいにお手製のロケット砲なんか飛ばされたらかなわん」

「副総監の顔に泥を塗るようなことは決してありません。それに件《くだん》のロケットは、私が細工したじゃないですか」

「でもな、発射されないようにするのが公安本来の役目だ」

椅子の背もたれに体を預けた内田が、薄ら笑いを浮かべる。

一二年前だった。

沖縄での主要国首脳会議の開催前日に、極左が国会議事堂近くに手製のロケット砲を放った。会議に向けての牽制だ。

当時の曽野は公安機動捜査隊管理官として現場検証に立ち会った。国会の正門まであと一五メートルの路上に弾丸が着弾した。

所轄の鑑識課員が副署長に上げた正確な着弾位置がマスコミに発表される寸前まで行ったが、曽野は待ったをかけた。

曽野は着弾地点を九〇〇メートル短縮して報告書を作り、警視庁記者クラブにリリースをさせた。

翌日、別の極左アジトから発射されたロケット砲は各国首脳が集う石垣島のリゾート別荘地を外れ、洋上に落下した。

当時、公安機動捜査隊はアジトを特定できずにいた。しかし九〇〇メートル距離を縮めれば、極左ゲリラはロケット弾の射程を長めに調整する。火薬や砲身を誤調整させるミスリード戦略が当たり、実際のサミット会場から離れた位置に弾丸が落ちた。

報告書のファイルを小脇に抱えた曽野は、内田のデスクを離れるも、先ほど入った報告を思い出し、足を止めた。

「今朝、私に連絡を入れたあと、わざわざ牛込の帳場に行ったそうですね？」

「元警察官が殺されたんだ。絶対に早期解決しろって発破かけに行った」

内田が得意気に言う。短く息を吐き出すと、曽野は眉根を寄せた。

「ほかの人が副総監なら問題ありませんよ」

「なにが言いたい？」

「あの香川とかいうOBですが、首を切るよう指示したのは副総監じゃないですか」

曽野が告げると、内田は背もたれからわずかに体を離す。

「ほら、そういう仕草の一つひとつを刑事部の連中は見逃しませんよ」

「あのときは、監察が週刊誌の記者と会っているところを見つけただけだ。週刊文明は警察批判の大キャンペーンをやっていたから、見逃すわけにはいかなかった。当時の総監も同意見だった」

曽野は内田の顔を凝視する。こめかみから額にかけて赤みが増している。まだ本音は出していない。上司はなんらかの事情を知っているのではないか。疑問が湧く。

「軽卒な行動は控えていただきますよ」

「深読みするな。当時のカイシャ全体の意向だ。だから今回も念には念を入れてということだ。だから基調を指示した」

内田が不機嫌な声で言う。曽野は肩をすくめてみせた。

「了解しました」

曽野が副総監室の出口に向かったとき、秘書の女性職員が入室してきた。

「あっ、失礼いたしました」

「僕の用件は終わったから、気にしないで」

女性職員は軽く会釈したあと、部屋の奥に進んだ。曽野がドアノブに手をかけたとき、背後で事務的な声が響いた。

「副総監、面会のお約束でパワーデータ社の村岡《むらおか》さんがお見えです」

「そうか、お通ししてくれ」

内田の声を聞いたあと、曽野は男性秘書が詰める受付席に足を向けた。二重瞼で顔立ちのはっきりした中年の男が待機している。

背が高い。一八五センチ程度だろう。肩幅が広く、胸板も厚い。曽野は村岡という男の身体的な特徴を目に焼き付けた。

6

『親子を装う二人組、月・水の午前に多数出没』『要注意人物一覧』……。

新宿杉の屋デパート本館横にある別館で、兎沢は壁に貼られた万引き常習犯のカラー写真を見つめた。総務部保安課の詰め所には、華やかな店頭とは裏腹に、人間の醜さを凝縮した貼り紙が目立つ。杉の屋のロゴがなければ、詰め所は所轄署の盗犯係の部屋のようだ。写真一覧には小綺麗な恰好の男女がいる。だが、人間は見かけでは判断がつかない生き物だ。面《ツラ》の皮の下には、むき出しの本能がある。

「大手ともなると、防犯機材が充実していますね」

応接セットから立ち上がった牛込署刑事課の若手、江畑正行《えばたまさゆき》巡査部長が言った。防犯カメラのプリント画像は鮮明だ。売場に注意喚起して摘発を続けることで、常習者は減る。

応接セットの先には、民間警備会社から派遣された警備員が一〇台のモニターを凝視している。手元にある制御盤も最新型のようだ。

「公安《ハム》の連中は、もっと凄いらしいぜ」

「そうなんですか？　それに比べ我々は……」

「いつまでたってもマンパワーだ」

兎沢は、自分の眉根が寄ったのを感じた。所詮、刑事部が足を棒にして歩き回っても、手柄は内田のような警備公安畑の上層部が攫《さら》ってしまう。

「兎沢さん、きょう副総監が来たときにそっぽを向いたのはなぜですか？」

「公安《ハム》が嫌いなだけだ」

「あれだけ露骨だと目を付けられますよ」

「関係ない」

吐き捨てるように言ったとき、兎沢の前にダークスーツの男と青い作業ジャンパーを着た若手の社員が現れた。交換した名刺を見ると、ダークスーツは総務部長、若い作業着は保安課副主任との肩書きがあった。

「このたびはご愁傷さまでした」

やせぎすの江畑が型通りの悔やみの言葉を告げると、杉の屋デパートの二人は深々と頭を下げた。

「本当に突然のことでして」

総務部長はハンカチを口元に当てる。

「中途入社にも拘らず、香川さんは熱心に社内に溶け込む努力をされました。我々もお客さん扱いすることなく、なんでも相談していたのに……」

兎沢の目の前で、総務部長が洟《はな》をすすりながら明かす。一方、青いジャンパー姿の社員はじっと自分の手を見つめるのみで、目立った反応を見せない。

総務部長が落ち着きを取り戻したとき、江畑が定石通りに香川のプロフィールを確認した。

総務部長は携えてきた履歴書を開き、淡々と応じる。

「香川さんが新宿署時代に先代社長と個人的なつながりができ、そのご縁で保安担当に」

事前に一課の同僚から聞いていた話と齟齬《そご》はない。香川が刑事課の捜査員だったころ、たまたま杉の屋に買い物に来た。当時、売場で大声を張り上げるマル暴の一団を一喝した。そのときの売場長が前社長だった。

「香川さんが扱った顧客とのトラブルは？」

江畑が尋ねると、作業着の若い副主任が別のファイルを取り出す。

先ほどの防犯カメラ映像と同じく、売場の写真がある。ダブルのスーツ、大きく胸元の開いたワイシャツを着た恰幅の良い男が売場の女性社員に詰め寄っていた。

「配送された高級ガラス食器が割れていたと延々クレームをつけてきた顧客です」

副主任がページをめくる。男の名前や住所、連絡先の電話番号が記されている。江畑がメモ帳に書き写す。一般企業に勤務していると書かれているが、住所は歌舞伎町のどまん中だ。暴力団傘下の企業舎弟とみていい。

年齢は三八歳、身長は約一八〇センチ、体重も一〇〇キロ近いはずだ。今朝の捜査会議で出された目撃情報と特徴が似ている。江畑が目を見開き、写真を睨んでいる。

「保険で同じ商品をと申し上げましたが、電話での対応が悪いからと二週間連続で売場に押し掛けられました。あとは、こちらにほかの問題顧客のリストがあります」

江畑が熱心にリストを書き写す間、兎沢は若い副主任の胸元にあるIDカードをチェックする。『田所健太郎《たどころけんたろう》』と名前とともに写真が添付されている。

保安課という仕事の性質上、万引き犯の引き渡しで警察官との対応には慣れているはずだが、田所副主任はなんどか不安げな視線を江畑と兎沢に向ける。

無言で睨み返すと、怯えたように書類に目を戻す。江畑は気付いていないが、田所の挙動は不審だ。相手の怯えは、先手を取ってつぶす。兎沢は口を開いた。

「香川さんと接する機会が多かったのは、副主任だね？」

田所が一瞬だけ唇を嚙んだ。

「そうですが、なにか？」

探るような目付きで田所が見返す。

「この客と香川さんはどんなやりとりを？」

「主任は常に冷静で、言葉巧みに相手を納得させていました。声を荒らげることはありませんでした」

「昨夜、香川さんの様子は？」

「特に変わりありませんでしたが」

「田所さんと香川さん、どっちが早く帰ったの？」

田所が戸惑いの色を濃くする。相手に考える時間を与えない。不審者に対しては矢継ぎ早に切り込むのが鉄則だ。

「私です。香川さんは資料をまとめるから残業する、そう言われました」

「どんな資料？」

「詳細は分かりませんが、新宿署との防犯連絡かなにかだと思います」

小声で告げると、田所は押し黙る。態度は不審だが、証言に不自然さはない。ただ田所の瞳には、依然として怯えの色が残る。根源を探らねばならない。

「このトラブった客が殺したのかな？」

「はい？」

突然の問いかけに副主任が口籠る。江畑が怪訝な顔で兎沢と田所を見比べている。

「まぁ、なにか思い出したら連絡ください」

兎沢は立ち上がった。当たりだ。田所はなにかを隠している。だが衆人環視のもとでは、絶対に口を割らない。

「ちょっと、兎沢さん」

江畑が慌てて腰を浮かす。構わず兎沢は保安課の部屋を後にした。

杉の屋デパートの別館から本館に通じる渡り廊下を歩いていると、江畑が追いついた。

「目撃《マルモク》情報に合致しそうな人着でしたけど、あんな直球ぶつけることはないじゃないですか。それに、もっとほかの問題客のデータがあるかもしれませんよ」

「その辺りはおまえが当たってくれ」

兎沢の言葉に江畑が露骨に不快な表情を浮かべ、甲高い声で反論する。

「兎沢さんはどうするんですか？」

「あいつ、なにか隠してる。ちょっとデパートの中を当たる」

江畑が溜息を吐き、言葉を継ぐ。

「あの副主任は怪しいと思いましたけど。でも、無茶な質問しなくてもいいじゃないですか」

「俺はあの客が殺《や》ったなんて思ってないよ。ただ、あの田所という副主任は臭い」

「どういう風にですか？」

「カネだ」

「そんなの二課の仕事じゃないですか」

兎沢が頭を振ると、江畑が憮然《ぶぜん》とした表情で睨み返してくる。やはり、この若い巡査部長はなにも感じず、目の前にあった小さな手掛かりを見逃していた。

「野郎はどんな恰好してた？」

「ワイシャツ、ネクタイ。それからデパートの作業ジャンパーでした」

それがどうしたと言いたげな江畑の顔。捜査研修のマニュアル通りの返答だ。しかし、この程度の見極めでは、実地の捜査をやり抜くことは不可能だ。

「腕時計はチェックしたか？」

「……えっと、見ていません」

たちまち江畑の顔が曇る。

「デパートの従業員にしちゃ貧相な恰好だったが、時計は違った。スイス製のオメガ、四、五〇万はするぜ。しかもF1の記念モデルで新しいタイプだった」

バツが悪そうな表情で江畑が口を噤《つぐ》む。

「関係先回るときは気を抜くな。全員が被疑者だって疑ってかかれ。あいつ、絶対なにか隠してるぞ」

「どうして時計に注目したんですか？」

「ヤツは薬指に指輪があったから既婚者だ。髪の伸び方も身だしなみに気を遣うデパートの人間にしちゃだらしなかった。おそらく嫁さんに締め付けられ、小遣いが足りない。しかし、時計は違った」

「でも、メーカーや値段までは……」

「江畑、おまえ牛込が刑事《デカ》の振り出しか？」

「そうです。研修後に強行犯係に配属されました」

「なるほどな」

兎沢が吐き捨てるように言うと、江畑の表情が再び曇る。ひとたび帳場が立てば、刑事にプライベートな時間などなくなる。最近、刑事試験を受ける若手が激減している。目の前の江畑にしても人間の本性を探る最適の任務を経験していない。

「盗犯係《どろぼう》やってないわけだな。二、三年やれば、古物商や質屋に通い詰めて嫌でも詳しくなる」

下唇を噛んでいた江畑が兎沢を見上げ、言った。

「配慮が足りませんでした……これからどうしますか？」

「おまえはメモした企業舎弟の所に行って、アリバイ確認しろ」

「兎沢さんは？」

「俺はさっきの副主任の周辺を調べてみる」

兎沢は江畑を残し、杉の屋の本館に足を向けた。

7

桜田門の本部を出た志水は、地下鉄とタクシー、バスをアトランダムに乗り継ぎ、わざと一時間かけて新宿区若松町に辿り着いた。

バスを降りたあとは、医学書の専門書店で二、三分間周囲を点検したが、不審な人間はいない。仕事柄、極左や外国のスパイ要員に監視されている可能性がある。関係先を訪れる際は、常に周囲を監視しなければならない。

書店を出てゆっくりと第八機動隊の敷地に入ったあと、隊員訓練場奥にある公総分室に足を向ける。事前に連絡していた通り、八名の公総捜査員が待機していた。

「行確対象は牛込の帳場、及び被害者の周辺人物だ」

集まったメンバーに対し、志水は淡々と告げた。

「帳場に秘密録音機材《ひろく》設置済みです」

長年、外事二課で北の工作員を追い、一年前に志水の班に入った薗田《そのだ》巡査部長が告げる。

「帳場の構成はどうなっていますか？」

「メンバーと割り当て区域です」

定年間近のベテラン巡査部長は、手早く書類を机に広げる。

戸山公園の周囲に連なる都営住宅のほか、若松町や戸山の戸建て住宅地図がアルファベットと数字で区分けされ、捜査員の受け持ちが書かれている。

セオリー通りの捜査手法だ。世帯ごとに根気強く目撃情報や不審者の有無を聞き出す文字通りのローラー作戦に他ならない。SSBCも投入されていたが、商店や古い住宅が多いため、目立った成果はないとメモ書きされていた。

「我々のメンバーに本部一課と所轄刑事課員と面識のある人間は一人もおりません」

薗田は事務的に告げた。志水は捜査本部に在籍する捜査員のリストに目をやる。

「この中で一番切れるのは？」

志水が名簿を指すと、薗田巡査部長の背後から細身の西村《にしむら》巡査部長が進み出た。人事一課監察チームで問題警官の行確を担当していた西村は、リストの中の七係の警部と警部補を指した。

「二人とも総監賞、刑事部長賞を獲《と》っております」

「では、この二人を完全秘匿で行確する。会話やメモの類《たぐ》いまで完全にモニターしてください」

志水が薗田に顔を向ける。老練なベテランは頷いた。

「一五名ほど投入します」

薗田は部屋の隅にある固定電話を取り上げ、小声で部下に指示を飛ばし始める。

「帳場の見立ては？」

住宅地図を畳んだ志水が尋ねると、西村がメモ帳を広げる。

「怨恨の線で動き始めました。かつてマル害が検挙した前歴者、現在の仕事でトラブルになった人物等の鑑を中心に洗う方針です」

「メンバーは？」

「七係の警部が二人、それに兎沢警部補が真っ先に臨場したようで、彼が所轄の若手と一緒に被害者の勤務先だった杉の屋デパートを当たっています」

志水は西村の顔を凝視した。

「キャップ、どうかしましたか？」

兎沢という名を聞き、志水は無意識に唇を嚙んだ。

「キャップ、あの、なにか？」

眼前の西村が困惑顔で言った。志水は我に返った。

「いや、なんでもない」

「もしや、かつての所轄で？」

「今はつながりがない。もちろん、気を遣う必要は一切ない」

志水は後輩に軽く頭を下げた。

耳の奥で兎沢の声が響いたような気がした。呻《うめ》きに近い怨嗟《えんさ》の声だ。強く頭を振ったあと、志水は電話をかけ終えた薗田、そして西村らに顔を向ける。

「協調性はゼロだが、帳場のキーマンは間違いなく兎沢だ。徹底的にマークしてほしい」

周囲の捜査員たちが一斉に頷く。兎沢は三八歳になっている。刑事として一番脂の乗っている時期にあたる。

「故人は元警官だ。スキャンダルの類いを抱えたまま殺された可能性もある。予断を持たず当たってくれ。ためにならない情報が流出しないよう上から厳命されている」

志水の言葉に、精鋭たちが再度頷いた。

8

海藤が本部六階に着いたとき、課長室の前にＳＩＴの前原《まえはら》警視が立っていた。

「課長、やはりあの香川さんだったんですね」

目を真っ赤に充血させた前原が海藤の前に進み出る。

「そうだ。俺も聞きたいことがある。入ってくれ」

海藤は同世代のノンキャリア管理官を課長室に招き入れた。もう一度、香川の生前の顔を思い浮かべる。二、三度本部の中で顔を合わせたことはあるが、共に捜査を展開したことはない。前原から詳しい話を聞き、捜査に活かす。ソファに座った前原が口を開いた。

「なぜ、彼が……」

「真面目な人だったと聞いた」

「そうです。企業恐喝捜査の職人で、第二係の要でもありました」

「どういう意味だ？」

「脅された企業の怨恨関係を丹念に洗い出してきました。彼の鑑取りで犯人に先回りしたケースさえありました」

企業恐喝は身代金目的の営利誘拐と同様に一課のSITが担当する。

「菓子パンに青酸カリを混入した」「大量生産の靴下に毒針を仕込んだ」等々、消費者の身近にある商品を人質に企業から金品を要求する卑劣な犯罪だ。

複数の大手食品会社が脅された「グリコ・森永事件」以降は模倣犯が急増し、警視庁は捜査態勢を強化した。

前原によれば、香川は企業内部に燻《くす》ぶる不満や恨みを持つ特定顧客を炙《あぶ》り出すスキルに長《た》けていたという。企業恐喝事件の半数近くは怨恨に立脚した動機を持つだけに、海藤は話に納得した。

金品の受け渡しで犯人一味を邀撃《ようげき》する捜査チームには、現在進行形の犯罪を追う機敏な判断と瞬発力が求められる。人命のかかった誘拐捜査と同様に、トカゲと呼ばれる覆面バイク部隊や変装に長けた捜査員が二、三〇人体制で秘かに動き回る。受け渡しの指定場所がころころと変わるケースが多いためだ。

「香川さんの情報は、的を射たものばかりでした」

前原は目を潤ませていた。聞けば聞くほど香川の刑事としてのスキルの高さが伝わってくる。

犯人像が薄らとイメージできるような段階まで調べが進めば、捜査チームの機動力は格段に上がる。先回りして犯人グループに張り付くことさえ可能になる。

香川は企業のお客様センターやクレーム処理担当者を丹念に捜査した。怨恨関係を短時間で洗い出し、邀撃捜査チームに情報を提供し続けたという。

「美容サロンの一件でも、香川さんの働きは格別でした」

「具体的には？」

八年前に起きた企業恐喝だった。

全国展開する大手エステティックサロンの美容液が狙われた。地方都市のサロンで乳液の中から塩酸の成分が検出された直後、犯人から現金一億円を要求する声明が本社に届いた。

SITでは美容液の製造元や流通業者をリストアップすると同時に、香川が中心となった怨恨関係の捜査が展開された。

サロンでは、肌に合わない施術をされたとするクレームが一店舗当たりで二〇件程度発生していた。香川はクレーム処理担当者からリストの提出を受け、ある大学の准教授に注目したという。

「四〇代前半の結婚を間近に控えた人物でした。乳液がもとで湿疹が発生したことを根に持っていました」

香川は私大理学部に的を絞り、塩酸の入手ルートだと睨んだ。秘かに行確が開始された。女がネットカフェで脅迫と金の受け渡しに関する匿名メールを送ったことを確認し、身柄を確保した。

前原の説明に耳を傾け、海藤はなんども頷く。押し出しが強く、クセのある捜査員が三〇〇名以上在籍する一課の中で、香川は裏方に徹した文字通りの職人だった。

「怨恨の線はどう思う？」

「彼は立てこもり事件の交渉役としても優れた手腕を持っていました。怨恨とは一番遠い存在だと思います」

ＳＩＴは誘拐・企業恐喝のほかにも、立てこもり事件も担当する。「現在進行形」という事件の性格が一緒だからだ。

粗暴な強盗犯が逃亡途中で民家や商店に立てこもる事件は警視庁管内で毎年五、六件発生する。興奮した犯人を投降させる、あるいは人質を解放させるのが第一義だ。民家や商店の内部の様子を温厚な口ぶりで聞き出すのも交渉役の役目となる。

「複数の事件で彼が投降させたケースがありました」

海藤は香川の太い眉と小柄な体を思い起こした。

「最終的には人事一課に刺されたんだよな？」

「鑑捜査の一環で週刊誌の記者と会っていたところをやられました」

「週刊文明だったな？」

「詳細は彼自身も明かしませんでしたが、信頼できる記者だったようです」

警務部人事課は警官のスキャンダルを追う。

捜査情報をリークする可能性のある警官や、取り締まり対象の業界や団体から裏金をもらうような輩《やから》を炙り出す。

捜査一課長など本部の課長クラスは記者の夜討ち朝駆けを許容されているが、それ以外の警察官は報道関係者との接触を厳しく制限される。

香川のケースでは、警察批判を展開していた週刊文明側が人事課の秘匿追尾に長けた監察チームにマークされていた公算が大きい。

「文明は昔からカイシャに批判的だったからな。当時、彼はなにを追っていた？」

「ケータイ事件ですよ」

前原が告げた戒名に、海藤は顔をしかめる。忌々しい未解決事件だった。

三年半前の冬、携帯電話会社の基地局が狙われた。

大手三社に相次いで脅迫状が届き、現金が要求された。各社一〇億円ずつ、犯人が指定する海外銀行口座に入金するよう求めるものだった。

三社が警視庁に相談を持ちかけたとき、海外通信社に犯行予告が送付された。警視庁記者クラブに所属せず、報道協定の対象外だった外資系メディアは即座にこれを記事にした。二日後、三社のうちの一社の基地局が実際に小型の自動発火装置で全焼した。

幸い、八王子市と日野市の境にある人気のない丘の一角で怪我人は出なかったが、マスコミを使う手口や携帯電話会社の生命線とも言うべき基地局がターゲットとなった犯行に世論が沸騰した。かつての「グリ森事件」の再来、最新版の劇場型犯罪だと騒がれた。

「香川さんは怨恨を中心に事件の背後関係を洗っていました」

「調べは進展していたのか？」

「新興の携帯電話会社、ボーダーレスの背後を調べていたようです」

海藤が頷いたときだった。デスクの上の警察電話《ケイデン》が鳴った。受話器を取り上げると、張りのある声が響く。

〈久保田です〉

電話口に現れたのは警察庁刑事局長だった。

〈元ＳＩＴの香川が殺されたそうですね〉

年下のキャリアに対し、海藤は今朝帳場で確認した捜査方針の概略を告げた。久保田はなんども相槌《あいづち》を打ち、口を開く。

〈帳場に内田副総監が現れたと聞きました〉

「それがなにか？」

〈香川の首を刎《は》ねたのは内田さんです。彼が人事一課長に指示を出したんです〉

海藤は心の中で手を打った。副総監がたまたま帳場に顔を出すことはある。だが、今朝の捜査会議に突然姿を見せたことにどこか合点がいかなかった。久保田の指摘で、もやもやとした疑問が解けた。

「上層部でなにか背後関係でもあるのでしょうか？」

〈分かりません。ただ、公安《ハム》のトップが、のこのこ出かけることは不自然でしょう〉

「その辺りも頭に入れ、捜査します」

受話器を置いた海藤は、現場に臨場する車中を思い起こした。

元部下の志水が連絡を入れてきた。所轄時代の同僚の死に驚いた様子だった。しかし、久保田の話のあとでは、偽装に思えてきた。公安は上司の命令が絶対だ。一〇年前の合同捜査本部では、嫌というほど公安のやり方に振り回された。

志水の直属の上司には公総課長の曽野が控え、その上には内田がいる。志水が公安の駒として電話を入れてきたのではないか。

志水は既に公安の人間だ。刑事《デカ》としてのイロハを叩き込んだかつての部下ではない。人格そのものが変わってしまった恐れさえある。いや、既に志水という人間の血液や脳は公安用に入れ替わったとみるのが妥当だ。人間そのものが変わったからこそ、兎沢が公安を忌み嫌うようになったのだ。

窓に目を向けた。朝方と同様、澄んだ秋空が広がっている。だが、再度目の前に雷雲が湧き出したような錯覚に襲われた。

9

牛込署の江畑と別れ、兎沢は開店直後の杉の屋デパートの中を歩き回った。高級食器売場を通ったとき、保安課にいた警備員を見つけた。後を追うと、警備員は本館地下二階の社員食堂に向かう。

二〇分後、兎沢は食事を終えた制服姿の警備員二人をつかまえ、田所副主任の評判を訊く。元々紳士服売場にいた社員だったが、なんらかのトラブルで保安担当に異動となった経歴を持つと聞かされた。

「なんかほかに印象はある？」

兎沢は相手に警戒されぬよう、淡々と訊く。

「残業が多い方ですね」

太った中年警備員の言葉が引っかかった。

「定時はデパート終業の午後八時なのですが、副主任はいつも深夜近くまで残っていますね」

「そんなに仕事があるのかい？」

「いえ、我々外部の警備員の監督と宿直警備員との引き継ぎが主ですから、定時から三〇分もすれば、仕事らしい仕事はありません」

「昨夜はどうだった？」

「珍しく、いつもより早く帰られたはずですよ」

太った警備員が言ったあと、もう一人、細身の警備員が頭を振る。

「午後一〇時過ぎだったと思います。でも私が夜勤に入った直後に戻ってこられましたよ」

「忘れ物かい？」

「ちょうど定時の見回りに出るところだったので、詳しくは分かりません」

警備員の話を聞いたあと、兎沢は保安課を監督する総務部に足を向けた。なぜ田所副主任は職場に戻ったのか。

香川の死と直接的なつながりは見えないが、副主任の挙動は不審だ。大企業はスキャンダルを嫌う。まして殺人事件が起きたばかりだ。肩書きのある人物の周辺をしつこく回れば、なにかしらの手掛かりが得られるはずだ。

先ほど会ったばかりの総務部長に面会を求めると、怪訝な表情で迎え入れられた。兎沢は構わず応接セットのソファに腰を下ろす。

「まだなにかありましたか？」

先ほど目を充血させていた総務部長が、今度は探るような目付きで兎沢を見る。

「保安課の田所副主任ですがね、香川さんとのコンビは長かったの？」

「少々お待ちください」

総務部長はソファから立ち上がり、近くの女性社員と二言三言話した。その間も部長はちらちらと兎沢を見やる。田所はなにか特別な事情を抱える社員なのだ。

「ここ半年ですね」

「杉の屋さんは高級紳士服が有名ですよね。刑事は安月給でしてね、量販店の吊るしのスーツばかりなんですわ。羨ましいかぎりだ」

紳士服の話を振った途端に総務部長の表情が曇る。攻め時だ。兎沢は声を潜め、訊く。

「田所さんは花形の紳士服売場からなぜ地味な保安課に異動したの？」

総務部長が上目遣いで兎沢を見る。明らかに警戒している。

「警察に聞かれて都合の悪いことでもあるの？」

兎沢が畳み掛けると、総務部長が身を乗り出す。

「もしや田所が疑われているのですか」

「そんなことは言えませんよ。ただ、香川さんに身近だった同僚のことを知っておこうと思いましてね」

思わせぶりな口調で告げる。取調室と同じ要領だ。どちらが優位な立場にいるか。相手に明確な上下関係を示し、口を割らせる。口元に笑みを浮かべたまま、兎沢はだまる。すると部長は下を向き、口を開いた。

「表沙汰にしていただきたくないのですが、彼はちょっと訳ありでしてね。紳士服売場で在庫品の横流しがありました。その一件で、つまり、配置替えになりました……」

「組織の体面を優先したわけですね」

「商売柄、その辺りはデリケートな問題でして」

総務部長の言いぶりが懇願口調に変わる。

所轄時代の後輩で知能犯担当の捜査二課に上がった巡査部長がいる。海外高級ブランド品の横流しは、スキャンダルを恐れる百貨店の中で内々に処理されるケースが多いと聞かされていた。あの副主任も同じタイプだ。

「どうかご内密に」

「もちろんです。捜査で知り得た情報を別の用途で使えば、我々もコレですから」

兎沢は首もとで手刀を切るマネをした。総務部長が引きつった笑みを浮かべる。

「それより、香川さんの後任は？」

「急なことですので、まだなにも決まっておりません」

「もし誰も候補がいなかったら、俺に声かけてくださいよ」

兎沢が発した言葉に、総務部長が首を傾げる。

「がんじがらめの組織な上に安月給でしてね。妻に転職しろって言われ続けてましてね」

「警察ＯＢについては、色々とお約束がありまして……」

「そらそうでしょうね。偉い人が顧問やらの肩書きであちこちに天下っていますからね。まぁ、現場の一兵卒として、考えておいてくださいよ」

一方的に告げると、兎沢は席を立った。

やはり副主任は訳ありだった。怯えた視線はなにかを隠している。商品横流しの一件の発覚を恐れているのか。だが、会社が告訴しない限り、兎沢から手出しはできない。もとより、副主任は懲戒解雇されていない。百貨店内で商品の横流しがどの程度のペナルティーになるかは知らないが、軽い部類の罰でしかないのだ。

あの怯えた視線の背後には、なにか別の要因が潜んでいる。兎沢は本館の渡り廊下から保安課の部屋を目指した。

10

〈牛込署の江畑とは別行動ですね〉

「どういうことだ？」

〈江畑が一人で歌舞伎町に向かっています〉

明治通りと靖国通りの交差点近くに停めたミニバンの中で、志水は首を傾げた。

「薗田さん、江畑の行確を続けてください」

〈五名ほど杉の屋デパートに追加要員を送りました。順次連絡が入ります〉

「了解」

ガス会社の塗装を施した指揮車の後部座席で、志水は小さな液晶モニターを凝視する。

薗田が持つスポーツバッグのストラップには、直径一センチの特殊カメラが埋め込まれている。バッグ内部の通信装置からは切れ目なく映像が送られてくる。

モニターでは、メモ帳を頼りに住所を探す江畑巡査部長の後ろ姿が映る。追尾されているとは知らず、江畑はきょろきょろと周囲の雑居ビルを見上げる。

「薗田さん、江畑はどこに？」

〈分かりません。ただ、保安課に寄ったあとですので、杉の屋の問題顧客、おそらくマル暴の関係先と思われます〉

二人一組で動くという捜査の鉄則を逸脱し、兎沢と江畑は早速別行動に出た。

志水はモニター横の小型ノートパソコンをたぐり寄せる。職員番号を打ち込むと、江畑の経歴が表示された。

牛込署で刑事になったばかりの二八歳の巡査部長だ。二人一組という聞き込みの基本を江畑が放棄するはずはない。兎沢が早速スタンドプレーに走ったのだ。志水が歌舞伎町の映像に視線を戻したとき、バンの壁面で別回線のランプが灯《とも》った。

〈薗田班三番が兎沢警部補を発見。現在、三階の紳士服売場です〉

「映像は？」

〈すぐに送ります〉

若手の追尾要員だ。志水がモニターのチャンネルを切り替えると、鮮明なカラー映像が現れる。ヨットパーカーや薄手のブルゾンが並ぶ売場に問題の男の横顔が映る。

首を傾けた兎沢が女性店員と話している。なにを調べているのか。大柄で目付きの鋭い刑事が威圧的に訊いている。店員が怯えた表情を露《あらわ》にする。無神経な聞き込みだ。

志水は液晶画面のコントローラーを握り、兎沢の口元をクローズアップした。だが、横柄な態度の刑事は首を傾けているため、唇の動きが読みとれない。

「お客さんの声は拾えるか？」

〈すみません、売場の客の数が少ないので、これ以上近づくと気付《ヅ》かれます〉

「ほかの要員は？」

〈あと三名、こちらに向かっています〉

「せめてお客さんの口元映せないか？」

〈マネキンが邪魔です。もう少しお待ちください〉

三番の声が聞こえたあと、モニター画像がわずかに揺れた。

ブランド物のラガーシャツとジャケットの隙間から兎沢の顔が映る。志水は懸命に目を凝らす。眦が音を立てて切れる瞬間、兎沢の唇がわずかに動いた。

〈フク　シュ〉

志水は頭の中で映像を巻き戻す。無精髭《ぶしようひげ》の浮き上がった兎沢の口元が志水の瞳の奥に現れる。網膜に兎沢が映る。コマ送りで分厚い唇がゆっくりと動く。

〈フク　シュ　ニン〉

たしかに兎沢はそう言った。志水はマイクの切り替えスイッチを押す。壁の紫色のランプが灯った。

「薗田さん」

〈はい〉

「兎沢・江畑コンビが向かった総務部保安課で誰に会ったか分かりますか？」

〈……すこしお待ちください。一番、分かるか〉

壁の小さなスピーカーから、複数の回線が交錯する小さなノイズが聞こえる。

〈総務部長と保安課の副主任です〉

「了解」

兎沢が単独行動で調べているのは、保安課の副主任だ。間違いない。どんな手掛かりを摑んだのか。眼前のモニターで、兎沢が女性店員のもとを離れる。店員が指す方向に目をやっている。別の店員に当たるのか。保安課副主任のなにを調べているのか。

「薗田さん、追加要員お願いします。完全秘匿で保安課副主任を追尾、それに割り付けもお願いします」

〈了解〉

「ただしこの対象については、お客さんも触ります。慎重に」

指示を出したあと、志水はモニターに視線を戻す。大股で紳士服フロアを横切る兎沢がいる。

〈追加要員、補充完了しました〉

スピーカーから薗田の声が聞こえる。

「お客さん、一見粗暴ですが観察力に優れます。慎重に」

〈了解。伝えます〉

通常の秘匿追尾ならば、ベテランの薗田に念押しする必要などない。だが、今回は事情が違う。自らが育て、海藤がノウハウを叩き込んだ兎沢が相手だ。一〇年間の空白であの男がさらにどの程度成長したのか。モニター越しに背中を凝視する。

11

渡り廊下を通って保安課に戻ると、田所副主任は担当業務の真っ最中だった。

「あと一〇分ほどお待ちください」

「いいよ。時間はたっぷりあるからさ」

朝方と同じように、兎沢は応接セットに腰を下ろす。田所は顔をしかめながら、衝立《ついたて》の向こう側に消えた。

「お金は払いますから、通報しないでください」

薄い衝立の向こう側から、若い女の声が漏れる。万引き犯の典型的な命乞いだ。

「規則で全て通報することになっています。例外は一切ありません」

田所が感情の籠らない声で告げる。おまえにそんなことを言う資格があるのか。喉元まで出かかった言葉を兎沢は飲み込む。耳を欹《そばだ》てると、万引き犯と田所のやり取りが鮮明に聞こえる。

「出来心です。初めてだったんです。主人に知れたら、大変なことになります」

女が嗚咽を漏らす。

「そう言われてもきまりはきまりですから」

田所が衝立から顔を出し、制服の警備員に手振りで通報を指示する。兎沢は立ち上がり、警備員の機材前に向かう。改めて見ると、防犯カメラの解像度が高い。通報を終えた警備員の脇に立ち、兎沢は声をかけた。

「コレだよな？」

兎沢が右手の人差し指を小刻みに動かすと、警備員が得意気に頷く。

「証拠は残っているの？」

「もちろん録画済みです」

警備員は小型のメモリーカードを取り上げ、モニター脇のジャックに挿し込む。画面に宝石売場が映る。

薄手のニットを羽織り、良家の賢妻といった雰囲気の女が映り込む。カウンターに置かれた宝石を前に、女は熱心に商品をチェックしている。だが一〇秒後、店員が別の商品を棚から取り出そうと屈んだ瞬間に、女はピアスを素早く自分のハンドバッグに入れた。

「動かぬ証拠です。このカードを新宿署に提出します」

機材からメモリーカードを抜き取った警備員が言った。兎沢が頷くと保安課のドアが開き、新宿署の制服警官二名が入ってきた。田所と警備員は事務的に女を制服警官に引き渡す。

「お待たせしました。まったく朝から参りますよ」

田所がソファに腰を下ろしたとき、兎沢は先制攻撃をかけた。

「田所さん、F1が好きなんだね」

「はい？」

田所が狐につままれたような表情で兎沢を見つめる。携帯電話を取り出した兎沢は、インターネットに接続する。先ほど検索しておいたページを画面に表示させる。

「ほら、これだよね」

兎沢が小さな画面を向けると、田所の眉間にたちまち皺が刻まれた。

「オメガのシューマッハモデルだ。限定生産で五〇万くらいする高級品に間違いないね」

「その通りですが、それがなにか？」

初めて会ったときと同様、田所が探るような目付きで見ている。おまえは丸裸だ。兎沢は両目に念を込め、そして口を開いた。

「俺、昔は盗犯刑事《どろぼう》だったんだ」

「泥棒？　どういう意味ですか」

「盗犯担当ってことだよ。盗まれた時計を嫌ってほど探した。質屋や盗品専門の古物商とか回ってね」

兎沢がわざとゆっくり告げると、田所が声を潜め、訊く。

「刑事さんのお仕事と、私がどのように関係するのですか」

「その時計は三カ月前に発売されたばかりだよね」

兎沢は携帯電話の画面と田所の手首を交互に見比べる。田所の肩がすぼんでいくのが分かる。

「そうですが……」

「杉の屋さんくらいの大手になると、高級時計をぽんと買えるだけの高給をいただけるわけだ」

高給という言葉を使った途端に田所が下唇を舐《な》め始めた。不安が頂点に達しているサインだ。追い詰めた獲物を嬲《なぶ》るように、兎沢は言葉を使って間合いを詰める。

「たしか、保安課に異動して半年だよね」

「はい」

「紳士服売場にいたときのように、たくさんお小遣い使えるわけだ」

「あ、あの……」

田所の両目が潤む。先ほどの万引き犯と同じで、この男も必死に見逃してくれと懇願している。部長と同じだ。完全に主導権を握った。あとは聞きたいネタを洗いざらい引っこ抜く。

「別にアレをどうこうしようってことじゃないんだ」

身を乗り出した兎沢は、田所の耳元で囁く。田所の肩口がわずかに震える。

「ほかにもなんか隠してるだろ」

「いえ、なにも」

「昨夜、なぜここに戻ってきた？」

もう一度耳元で囁くと、田所が強く唇を噛む。

「そのとき、まだ香川さんは残っていたのか」

兎沢は声のトーンを一段落とす。唸り声に近い。すると、田所が弱々しく頷く。

「香川さんに呼び出されました」

「なぜだ？」

「咎《とが》められたんです。これのことです」

田所は作業ジャンパーのポケットから小さなメモリーカードを取り出した。

「実は、出入りの業者から一括購入するように強くプッシュされておりました」

「なるほどな、そういうことか」

スイス製の高級腕時計は業者からの贈り物、いや、露骨な袖の下だ。五〇万円の品を贈っても、業者側にはメリットがある。

営業時間が続く間、あるいは深夜であっても盗犯対策として大手デパートの監視カメラは膨大な量の画像データを記録する。

兎沢は応接セット越しに、警備員たちの姿を追う。

万引き犯を捕まえた際はカードにデータを落とし込み、警察に提出する。最新鋭機材で撮った画像は文字通りの動かぬ証拠となる。店内に何カ所防犯カメラがあるかは分からないが、一日に消費するメモリーカードの量は大容量でも一〇枚や二〇枚ではきかないはずだ。

「メモリーカードだけじゃないだろ」

「はい。ハードディスクについても業者から……」

どこの業者かは知らないが、保安課の必需品である備品を確実に大量納入するため、金に卑しい田所を籠絡《ろうらく》させた人間がいる。

兎沢が覚えた違和感と同様に、香川も若い同僚の異変に気付いた。ほかの業者からの密告が入った可能性もある。人が少なくなった時間帯を見計らい、香川は田所を諭した。人格者として知られた香川らしいやり方だ。人目の多い時間帯ならば、とかくいわく付きの田所は再犯扱いされてしまう。香川は自ら部下の更生に動いた。

「具体的に香川さんにどう言われた？」

「『俺は知っている。黙っていてやるから、二度と変なものをもらうんじゃない』、そう言われました」

「そうか。上司が香川さんで良かったな」

兎沢の言葉に、田所は目に涙を浮かべた。

香川というベテランは細部まで同僚を観察した。時計と不釣り合いな田所の様子から、不正の臭いを嗅ぎ取り、説得した。これで田所の不審な振る舞いの根源は分かった。直感的に臭いと感じた事柄は、全てウラを取り、つぶす。

「それで、その時、香川さんに変わった様子はなかったか？」

「私と会う前まで、なにか書類を作っていました」

「新宿署との防犯連絡かなにかだろ？」

「私もそう思っていました」

兎沢は田所の顔を凝視した。怯《おび》えの色が消えている。

「違うのか？」

「防犯訓練やらの企画書は私が叩き台を作っていましたから、その旨を伝えたのです。香川さんは、個人的な仕事だ、そう仰《おっしゃ》っていました」

「仕事だって言ったんだな」

「間違いありません」

「中身に心当たりは？」

田所が強く頭を振った。もうなにも隠している様子はない。

「それから？」

「文書をデータ移管させていました」

「どこに？」

「これです」

田所が先ほどのメモリーカードを指した。

「この部屋に残っているか？」

「少々お待ちください」

弾かれたように田所がデスクに向かい、戸棚を探る。だが肝心のものは見つからないらしく、田所は渋々香川のパソコンの電源を入れた。

「おかしいな」

「どうした？」

兎沢もデスクに駆け寄る。

「起動しません」

「故障か？」

「分かりません。でもおかしいな」

昨日まで香川が使っていた棚を再度開け、田所は首を傾げている。

「いつもなら香川さんはこの引き出しに文書やら資料を入れているはずなんです」

田所の横顔を見た。今まで赤みを帯びていた瞳が正常に戻っている。嘘はついていない。

「誰かが持ち去ったのか？」

「いえ、この部屋は常時必ず誰かが詰めています。不審者の出入りは不可能です」

「絶対に無理か？」

兎沢が訊くと、田所が考え込む。

「絶対とまでは言い切れませんが、この部屋全体をカメラで監視しています。後ほどチェックします。不審者が映っていたら、必ず連絡します」

「なるほどな」

兎沢が考え込むと、田所が言葉を継ぐ。

「……あの、不審者かどうかは分かりませんが、ここ数日、香川さん宛になんどか電話がありました」

兎沢は田所に目をやる。自信がなさそうな表情ではあるが、先ほどと同様嘘は言っていない。

「誰だった?」

「名乗らない方でした」

「香川さんにつないだのか?」

兎沢が語気を強めると、田所が表情を曇らせる。

「もちろんです。こんな部署に名指しでかけてくる人は珍しいので」

兎沢は腕を組む。紳士服や婦人服、あるいはアクセサリー売場ならば、有名な店員がいて馴染み客から電話が入るかもしれない。だが、田所が言う通り、保安課にそんな人材がいるとは思えないし、香川がその対象とも考えにくい。

「警視庁職員という可能性は？　香川さんは部下に慕われていたからな」

「違います」

田所が明確に否定する。

「なぜ言い切れる？」

「後輩の方からの連絡があると、香川さんは決まって機嫌が良くなりました。ここ数日の電話では、小声になっていました。全然様子が違いました」

香川を狙う何者かがいたのか。データを移管させたこととも併せ、重要な手掛かりとなりそうな事柄だ。香川は身辺に危険が迫っていることを察知していたのではないか。

「変な電話があった……そいつに狙われることを警戒して、香川さん自身がメモリーカードを持ち出したということだな？」

「そうだと思います」

兎沢は腕を組み、周囲を見回す。香川のデスクは綺麗に片付けられ、卓上のカレンダーとノートパソコンがあるのみだ。データを移管したとはいえ、ハードディスクには香川の言う個人的な仕事の痕跡が残っているはずだ。

「これ、預かる」

兎沢がノートパソコンを指すと、田所が頷いた。

「あの……必ず犯人を見つけてください」

「分かってるよ」

「ようやく真人間《まにんげん》になれた気がするんです」

「約束する。絶対にパクるよ」

兎沢はパソコンを小脇に抱えた。

「そうだ、一ついいかな」

「なんでしょうか？」

「ここの社食、うまいのか？」

「ええ、福利厚生に力を入れていますから、格段に安くて、うまい料理が出ます。それがなにか？」

「アレのこと、黙っててやるから、食券くれないか」

「いいですよ」

田所は自分のデスクの引き出しから、青いチケットの束を取り出した。

「安月給だからさ、こういうのがあると助かるんだよ」

「このくらいのことでしたら、いつでもどうぞ」

「悪いな」

チケットの束を受け取ったあと、兎沢は保安課を後にした。

12

指揮車両の中で、志水は五分前に合流した女性捜査員の五番に尋ねた。

「アレとはなんだ？」

「分かりません」

「秘撮機材は？」

「申し訳ありません。秘録機材の設置で精一杯でした。タイミング悪く、所轄署員が到着しましたから」

薄手のニット姿の五番が頭を下げる。二年前に公総メンバーになった巡査部長だ。若松町の公総分室から急遽《きゅうきょ》杉の屋の売場に駆け付けた。

「電源タップ型ですので、音声の確保は永続的に可能です」

志水は小型モニター脇のICレコーダーを巻き戻す。

兎沢と保安課副主任の声が聞こえる。だが、兎沢が声を潜める箇所が多く、聞き取りづらい。

「なにを指しているか断定はできませんが、これをご覧ください」

五番は小さなハンドバッグから小型カメラを取り出す。バッグの底に仕込んだ特殊なカメラだ。五番は慣れた手つきでカメラからメモリーカードを取り出すと、指揮車に備え付けのノートパソコンに挿し込んだ。

「最新鋭の監視装置が保安課に設置されていました」

志水がパソコンの画面に目をやると、監視モニターが並ぶ機材が映った。五番は画面を拡大してみせる。小さな挿し込みスロットだ。

「おそらく、これと同じメモリーカードのことだと思われます」

五番がパソコンからカードを抜き取り、言った。

「分かった。分室に戻っていい」

五番は速やかにミニバンを降車した。

後部座席で、志水はなんども秘録のデータを聞き返す。抜けた箇所があるものの、前後の文脈をつなぎ合わせると、五番が言った通りアレとは汎用品のメモリーカードを指している公算が大きい。

所轄署員が現れ、連行する音が過ぎた。そのあとは、やはり兎沢の低い声、そして田所副主任の小さな声が続く。

公総の機材専門担当官に分析を任せる手段もあるが、今は時間が惜しい。志水は意識を耳に集中させた。ＩＣレコーダーからは恐喝まがいの兎沢の声が漏れ、怯えた副主任の声が続く。

〈文書をデータ移管させていました〉

副主任の声だ。データ移管とはなにか。再度巻き戻しのボタンを押す。すると、昨晩、香川が遅くまで書類を作成していた、との言葉にぶつかる。

熱心に作っていたデータをメモリーカードに移した、と推測するのが妥当ではないのか。もう一度再生ボタンを押す。

〈これ、預かる〉

兎沢の横柄な声が聞こえた。香川は昨晩書類を作り、データをメモリーカードに移管させた。そのカード自体は保安課の部屋にはない……。

パソコンを第二特殊犯捜査係のハイテク犯担当捜査員に分析させれば、なんらかのデータの痕跡が出てくる。兎沢はそんな風に考えたのだろう。志水は無線のスイッチを入れた。

「薗田さん、誰か香川さんの自宅に送ってください。メモリーカードを持ち帰った可能性がありますり」

〈すぐ手配します〉

「兎沢が行くかもしれません。早めに、そして気付《ヅ》かれないように」

〈了解。二番が既に完全秘匿で追尾しております〉

兎沢は香川のどんな気配を察知したのか。地べたを這いずり回る捜査で兎沢はここ数年の間にスキルが向上したと聞いた。絶対に先んじてデータを回収し、分析する。

小さな液晶モニターに映る目付きの鋭い男を志水は睨み続けた。

第二章　秘匿追尾

1

課長室で昼の仕出し弁当を食べ終えると、執務デスクの警電が鳴った。受話器を取り上げると、不機嫌な声が聞こえる。

〈牛込の帳場です〉

帳場の指揮官を務める第四強行犯係管理官の鹿島だ。海藤は瞬時に事情を察知した。

「また兎沢がなにかやったのか？」

〈所轄の若手を置き去りにして勝手に飛び回っています。連絡もつきません〉

第四のキャリア管理官は兎沢より三歳下だ。事件全体を見渡すバランス感覚には長けているが、兎沢のような猟犬タイプとは全くソリが合わない。

「俺から直接小言を言っておく。それより、なにか進展は？」

〈今のところ、牛込の巡査部長の目撃情報だけです〉

「分かった。よろしく頼む」

受話器を置き、海藤は溜息をつく。

牛込の案件のほかに、三カ月前に板橋で発生した強盗殺人の帳場が片付いていない。吉祥寺の通り魔事件がスピード解決したとはいえ、気が抜けない日々が永遠に続くような感覚に襲われる。携帯電話を取り出し、手早く短いメールを打ち込む。

〈牛込の帳場が芳しくない。今晩も無理だ〉

メールを送信すると執務机に積まれた決裁書類に目を通し、秘書役の女性警官に手渡した。椅子の背もたれに体を預けたとき、携帯電話が鳴った。慌てて端末を取り上げると、兎沢の名が点滅する。

〈課長、報告です〉

「おまえな、指揮官の頭越しはまずいだろ」

〈捜査のトウシロに言っても響きませんから〉

「……それで、なにか分かったのか」

〈香川さんの勤め先を回りました。彼は昨夜、なにか大事な書類を作っていたようです〉

「中身は？」

〈まだ分かりません。よほど大切だったのか、メモリーカードにデータを移したようです。パソコン本体のデータも消去した形跡があります。パソコンは押収したので、あとで分析します〉

「分かった。それから、形式的でも構わんから、ちゃんと帳場には報告しろ」

〈どうもあの署は公安《ハム》の力が強いような気がするんですよ。今朝だって副総監直々のお出ましでしたからね〉

兎沢が言った公安《ハム》という言葉が海藤の耳を強く刺激する。唐突に電話を入れてきた志水と内田副総監の存在が視界を曇らせているのは間違いない。

「警察庁の久保田局長もその点を気にされていた」

〈保秘の観点からも、ネタをつぶすまでは帳場には報告しませんよ〉

「そういえば、今朝志水から電話が入った。これも気にかかる」

〈なぜあいつが？〉

「かつて所轄で香川さんと一緒だったらしい」

〈絶対に公安《ハム》の連中が動いてますよ。気をつけてください〉

電話を切ったあと、海藤は目頭を強く押した。

香川に関しては、単純な殺しという筋以上のなにかが潜んでいる。具体的な姿を捉えたわけではないが、香川の死が地上に出た小さな芽で、地下に太い根が生えているような気配がある。

机の引き出しを開け、ノートを取り出す。表紙には「戸塚署備忘録」と自分で書いた金釘流の文字がある。

異動のたびに新しいノートを作り、捜査メモや人事の動きをこまめに綴った。

表紙をめくると、温泉宿の広間で撮った集合写真が貼ってある。

戸塚署の刑事課長時代に盗犯摘発のノルマを達成し、同時期に殺人事件を解決に導いた。両件が評価され、金色に輝く刑事部長賞のメダルを刑事課全員が授与された。週末の夕方から熱海の安宿に繰り出し、無礼講の宴会を開いた。

最前列には、酒で顔を赤く染めた浴衣姿の海藤とマル暴担当の巡査部長が写る。海藤の横には、肩を組み、大口を開けて笑う兎沢と志水の姿があった。

2

〈二機目がワールドトレードセンタービルに突っ込みました！〉

兎沢が西早稲田の古いアパートの二階角部屋の前に立つと、部屋から大音量のテレビ音声が漏れている。

前夜に起こった惨劇を繰り返しリピートする民放テレビの特番だった。

米国のニューヨーク市で前代未聞の連続テロ事件が発生した。

昨夜、当直だった兎沢は刑事課のテレビの前でカップ麵を啜っていたが、画面の中の出来事がどうしても現実のものとは思えなかった。仮眠も取らず、「二〇〇一　九・一一　同時多発テロ事件発生」という特番に一晩中見入った。

この間、東京上空を台風一五号が通過したが、戸塚署の管内に大きな事件事故はなく、午前七時半に引き継ぎ簿も書き終えた。

宿直明けまであとわずかというタイミングで一一〇番通報が入電した。アパートの一階角部屋の住人だった。

早稲田通りと諏訪通りに挟まれた古い住宅街には、台風が残した蒸し暑い風が吹いている。アパートの通路には依然としてテレビの大音量が響く。

「ずっとこれなんっすよ」

地域課の巡査に伴われた通報者の大学生が顔をしかめる。

「注意したの？」

兎沢の問いかけに、大学生がなんども頷いてみせる。

「朝の四時くらいからかな。とにかくデカい音が始まったんで、ドアをなんどもノックしたんですけど、応答ないんです」

大学生が肩をすくめる。兎沢もドアをノックした。大学生の言う通り、返答はない。もとより、テレビの大音量で中の住民にノックが聞こえるとは思えない。ドア脇にある換気扇下の小窓が少しだけ開いている。兎沢は小窓から内部を覗く。

「住人の名前は？　台帳で確認してあるよな」

「島晴美《しまはるみ》さん、二六歳。事務職のＯＬです」

巡査の声に頷き返した兎沢は、再度ドアを強くノックしたが、返答はない。分かってはいるが、ドアノブを回す。扉はしっかりと施錠されている。

「島さん、おはようございます」

声を張り上げるが応答はない。

「テレビのタイマースイッチが入ったんじゃないですか？」

卒業配置《そつはい》されたばかりの巡査が言った。兎沢はもう一度、部屋の中に目を凝らす。薄暗い奥の寝室がぼんやりと明るい。テレビの灯だ。

「おい、いるぞ」

兎沢はさらに目を凝らし、巡査に言った。

「ベッドの端に足首が見える」

「寝ているのでしょうか？」

「大家に鍵をもらってきて」

巡査が階段を駆け下りたのを確認したあと、兎沢はもう一度ドアを強くノックした。足首は動かない。胸の中に靄《もや》がかかり始める。アパートからほど近い大家宅から戻った巡査から合鍵を受け取り、円筒形のノブを回す。あっけないほど、簡単にドアが開く。

「島さん、入りますよ」

依然応答はない。三和土《たたき》で革靴を脱ぎ、部屋に上がる。四畳半ほどのダイニングキッチンは片付けられている。薄暗い寝室に足を向けた途端、すえた臭いが鼻腔を刺激した。アンモニア臭だ。

「島さん、大丈夫ですか？　戸塚署です」

寝室の奥に目をやる。細身でセミロングの女がうつ伏せの状態でベッドに横たわっている。右手にはテレビのリモコンが握られ、人差し指が音量ボタンの「＋」の上に置かれていた。

「島さん」

ベッド脇に回り込んだ兎沢は膝を折る。うつ伏せに倒れている女の顔を見る。異様な形相だった。

　女の目は大きく見開き、うっ血している。なによりおかしいのは、口いっぱいにタオルが詰まっているところだ。

　瞬きはない。鼻で呼吸している気配もない。恐る恐るリモコンを握る右手首に触れた。残暑にも拘らず、女の手は冷たかった。脈も取れない。

「兎沢さん！」

　玄関から巡査の声が響く。

「死んでるよ」

「えっ？　殺しですか、自殺ですか？」

「分からん」

　刑事になってから遺体を直視するのはまだ二度目だった。

　半年前に刑事研修を終えて戸塚署刑事課に配属された直後、ＪＲ山手線の高架下で首吊りの現場に臨場した。足元に揃えられた靴に遺書が残されていた。刑事課長の海藤は遺体を一分間見回したあと、即座に自殺だと見立てた。駆け付けた家族により、病気を苦にしていたとの証言も得られた。

　眼前の遺体はどうなのか。判断がつかない。捜査研修で習ったいくつもの検視例が頭の中を駆け巡る。女の遺体はどのパターンに当てはまるのか。醜く歪んだ女の顔は、答えを教えてくれない。

「殺しでしょうか？」

巡査の声で我に返る。頭の中で研修教官の言葉が響く。

〈女の変死は事件性を疑え〉

男がいたのか。周囲を見回す。結婚前の女の部屋にしては、散らかっている。男が訪ねてくる部屋であれば、もう少し片付けができている。だが、一週間前の記憶が蘇る。空巣の現場検証で人気モデルのマンションに行った。宝石を盗まれたという。女は人気俳優とデキていた。あの部屋はこのアパートより遥かに散らかっていた。部屋の様子だけでは判断できない。もとより、女という生き物が、見かけでは全く判断がつかないということを、刑事課に所属してから思い知らされた。

着衣に目をやる。

ナイキの薄手のトレーニングウエアの上下だ。薄いグレーのパンツの内側は、尻から内股にかけて変色している。失禁だ。先ほど感じた異臭の根源はここだ。

第三者によってタオルを口腔に詰め込まれ、窒息したのか。それとも自らやったのか。あるいは、なんらかの事故でタオルが口に入ったのかもしれない。女の顔を見続けるが判断がつかない。

「アパートの周囲に規制線張ってくれ」

兎沢が指示すると、巡査は弾かれたように部屋を飛び出す。もう一度、兎沢は遺体に目をやる。大きく開いたままの女の目は、なにも教えてくれない。

〈殺しなら、『犯人を挙げてくれ』って仏が訴えかけてくる〉

教官の言葉が再度頭の中に現れる。だが、醜く変形した女の死に顔はなにも訴えてこない。

携帯電話を取り出し、戸塚署刑事課の番号を電話帳から呼び出す。

〈アパートどうだった？〉

電話口で張りのある声が響く。知らぬ間に極度の緊張を強いられていた。三歳年上の指導係の声を聞いた瞬間、自分でも驚くほど大きな声をあげた。

「志水さん、死んでます！」

〈落ち着け。性別は？〉

「女です。二六歳のOL、部屋に一人きりです」

兎沢は着衣や失禁の様子を一気にまくしたてた。

〈施錠は？〉

「ドアはロックされていました。窓はまだチェックしていません」

〈外傷は？〉

兎沢は唾を飲み込み、もう一度膝を折る。

遺体に近づく。顔面、後頭部、背中から足にかけて傷はない。髪、着衣ともに乱れはない。胸側に切り傷でもあれば、血がベッドのシーツに滲《にじ》んでいるはずだが、その様子もない。

「外傷なしです」

〈部屋の物色はどうだ？〉

電話口で志水の落ち着いた声が響く。寝室を見回す。ベッドの隣には小型の箪笥《たんす》がある。その上にテレビが置かれ、引き出しは全て閉まっている。ダイニングは散らかっているが、物品を盗られたような形跡はない。寝室の窓辺の書棚や小物入れにも乱れはない。

「盗犯の形跡は認められません」

〈分かった。現場の保存は？〉

「地域課の巡査がやっています」

〈検視官の臨場を要請する。いいか、落ち着けよ。変死案件のキモはなんだ？〉

「現場を大きくとることです」

〈野次馬や報道の連中が来る前に、アパートの敷地全体を立入り禁止にしておけ。俺もすぐに行く〉

兎沢は携帯電話を背広のポケットに放り込んだ。志水の助言がなければ、慌てるのみで現場の保存も満足にできなかった。遺体に合掌したあと、兎沢は自らの足跡を探るように後ろ向きで玄関に向かった。

巡査とともに規制線を張り終えたとき、本部鑑識課から検視官が到着した。志水の臨場要請から三〇分後だった。検視官は鑑識課員五名を引き連れて部屋に入った。そのあとに写真係がフラッシュをたき、指紋係はベッドの周辺でブラシをかけている。スケッチ担当は、白い紙の上に部屋の見取り図を素早く描き入れる。兎沢、そして機動捜査隊の刑事はアパートの三和土付近から鑑識課員たちをうかがった。

直後、本部の鑑識課員から、外の通路に移動せよと指示された。兎沢が階下を見ると、けたたましいサイレンに驚き、近隣の住民がアパートに押し寄せてくるのが分かる。その中に、野次馬を掻き分ける海藤課長の顔が見えた。

兎沢が手を挙げると、海藤が階段を駆け上がってくる。

「悪いな、出遅れて。人身事故で電車が止まった」

額に脂汗を浮かべた海藤が、部屋の中を覗き込む。

「検視官が入られました」

「分かった」

小豆《あずき》色の腕章をつけ、海藤が鑑識課員たちの中に分け入っていく。海藤の後ろ姿を追っているると、小窓が開く。

「兎沢、来なよ」

部屋の小窓の内側から志水が手招きする。窓から顔を出すと、志水が口の前で人差し指を立てる。次いで親指を立て、中を見ろと指示した。

玄関脇の小窓から室内が見える。青い鑑識服を着た検視官が首を傾げている。海藤も腕を組み、遺体を見下ろしている。

「検視官の見立ては？」

小声で訊くと、先輩刑事は肩をすくめる。

「まだ悩んでいる」

「そうですか……」

兎沢が小さく息を吐き出すと、すかさず志水が口を開く。

「ほっとしたか？」

「いえ、そんなことはないです」

慌てて頭を振る。

現場保全に不備があったのではないか。検視官の見立てが終わらないのは自分のミスではなかったか。先ほどからずっと心配だったことを志水が見透かしていた。

「無理すんなよ。一日に七、八件の変死体と向き合う検視官でも分からないんだ。駆け出しには荷が重い」

警察は減点主義だ。初動が拙いと揶揄《やゆ》されるのは、ベテランも新米も一緒だ。小窓からもう一度中を覗くと、志水はダイニングの小さな戸棚をチェックしている。

「あっ」

上から二段目の引き出しを開けた志水が、突然声をあげた。

「検視官、これを」

志水が小さな紙袋を取り出し、検視官に駆け寄る。処方薬を入れる袋のようだった。志水が差し出した袋を一瞥した瞬間、検視官の舌打ちが聞こえた。

「すみません、すぐ防犯課に確認します」

志水が携帯電話をかけ始める。なぜ薬袋と防犯課が関係するのか。検視官の舌打ちの理由も分からない。志水が女の名前を伝える。

「……はい、そうですか。そちらで二度、対応したのですね」

電話を切ると、志水が検視官に深々と頭を下げる。依然、兎沢には事態が飲み込めない。

「検視官、申し訳ありません。本署防犯課で二度、自殺未遂で扱っておりました」

志水の言葉を聞き、海藤も慌てて検視官に頭を下げる。

「署内で連携取ってから呼んでくれよ」

検視官は思い切り不機嫌な声をあげ、手袋を外した。島晴美の死因が自殺と断定された瞬間だった。

検視官が部屋を出ると、志水が兎沢に先ほどの紙袋を差し出した。戸山公園近くの薬局の名前が刷られている。中身を見ると数種類の錠剤とともに、国立病院心療内科のメモがある。

「抗うつ剤だ。彼女は半年前と一年前にも自殺未遂騒ぎを起こした。二回とも防犯課が対応していたんだよ」

兎沢は息を吐き出した。冷静な指示と判断を志水が与えてくれなければ、この現場は殺人事件として捜査が始まっていた。昨夜からの宿直では、防犯課のベテラン巡査部長も署内に残っていた。兎沢が地域課の巡査とともに飛び出していったことも知っていた。

「あのオッサン、なんで教えてくれないんだ」

「防犯課とはソリが合わない。嫌がらせされたんだ。変死体は数こなすしかないよ。気にすんな」

兎沢が額の汗を拭ったとき、志水が微笑《ほほえ》んでいた。

「ところで兎沢って何歳だっけ？」

「二七歳になったばかりですが、なにか？」

「変死体は初めてか？」

「二件目です。正直応えます」

「これから嫌ってほど目にするよ。今回の現場を忘れるなよ」

志水はそう言って鑑識課員の後片付けを手伝い始めた。てきぱきと動き回る志水の背中に向け、兎沢はなんども頭を下げた。

3

三分前、捜一の刑事たちを行確している志水から経過報告のメールが届いた。曽野は動画ファイルをチェックしたあと、机上の無線機のスイッチを入れる。

「捜一の兎沢君はそんなに切れる人なの？」

〈人事一課の表彰担当にお問い合わせいただければ、すぐに分かります〉

「それで、香川さんはそのメモリーカードを持ち帰った公算があるわけだ。面白そうだね。

それ、なんとか入手してよ」

〈薗田さんが担当を自宅に回しました〉

曽野は手元のメモ帳にメモリーカードと記した。

捜一でやり手と言われる兎沢が動いているからには、香川が遺したカードには重要なデータが残っている。刑事部に先んじて入手し、分析する必要がある。

動画ファイルを閉じると、曽野は人事課のデータベースにアクセスした。捜一のページから兎沢の項目を引く。日に焼けた額、高い鼻梁《びりょう》の顔写真が現れる。太い眉の下には、猟犬のような目が光る。制服の両肩が広い。アメリカンフットボールの選手のような風貌の警部補は、刑事部長賞の常連だった。

「どこかで聞いた名前だね。東北の人だっけ？」

無線で問いかけると一瞬だが、間が開いた。

〈秋田です〉

人事ファイルをスクロールした。兎沢の経歴が表示された。

「君とは戸塚で一緒だったのか。あぁ、この一件も関係しているんだね」

〈……追加のご指示がなければ、よろしいですか〉

「それじゃメモリーカード、よろしくね」

曽野がスイッチを切るより先に、志水が回線を断ち切った。曽野はキーボードに公安部の上級管理職のみがアクセスできるパスワードを打ち込む。

人事一課が作成した警視庁職員の特殊なデータベース画面が現れる。

兎沢、そして志水の名を入力すると、二人の顔写真が現れ、その下に人事履歴や担当した事件が一覧表示された。

警官が事件関係者と違法な接触をしないか、関係する人事や事件を一括して監視するために作ったシステムだ。

兎沢の家族欄が表示された。その横には志水がキャップを務め、公安部長表彰された事件の名が現れ、両者が赤い線で交錯する。警電を取り上げると、曽野は人事一課の元部下の番号を押す。

「捜一の兎沢警部補の住いはどこかな？」

〈北新宿の官舎です。なにかお調べですか？〉

「二人暮らしだと思うけど、夫婦仲はどうなの？」

〈少しお待ちください……〉

曽野はパソコンの画面に目をやる。七年前の事件が気にかかる。

〈お待たせしました。報告によれば七年前から完全に冷め切っております〉

「七年前か」

〈間違いありません。相互監視システムに漏れはありません〉

独身や家族向けに警視庁は多くの官舎を都内に設置している。家族寮の奥方の半数以上が元女性警官だ。些細な夫婦喧嘩の類いまで人事課はデータを吸い上げる。

警官自身だけでなく家族の引き起こすトラブルも批判の標的となる。スキャンダルの芽を摘む意味から、相互監視の仕組みは漏れがないように構築されている。

〈課長、なにか問題でも？〉

「いや、それだけで結構」

受話器を置いた曽野は、再度パソコンの画面を睨む。

香川の事件を追う過程で、兎沢は志水の前に姿をさらし続ける。七年前の一件が志水を苦しめることになるのは確実だ。いや、今も志水は胸をつぶされるような思いで行確を続けている。

無線のボタンに触れた。志水を外すか。

香川殺しの深部や真相はまだ一向に見えてこない。だが、いずれ捜一の兎沢がネタを引いてくる。公安部と衝突する局面が必ずある。矢面には立たないものの、行確している志水の精神的負担は増す。瞬きを忘れた男でさえ、精神面でオーバーフローする可能性がある。

曽野は無線機の「入」のボタンを凝視した。志水がつぶれてしまえば、今後の公総にとって痛手は計り知れない。ボタンの冷たい感触が指に伝わったとき、課長室入口の緑色のランプが灯った。

「失礼します」

課内のデータ管理を担当する警部補だった。曽野は無線機から手を離した。

「ご依頼の資料を持ってきました」

「見立てはどう？」

「表面上は問題ありません」

制服姿の警部補は感情を排した声で告げた。

「なにか引っかかったの？」

「背乗《はいの》りかもしれませんね」

警部補が資料ファイルを差し出した。ファイルの表紙をめくると、背広姿の男が現れた。

「どうして背乗りだって思ったわけ？」

「どう見ても同一人物とは思えません。背乗りされた本尊は三〇年前に失踪し、以降一切姿を見せておりません」

ファイルにある男はやせ形で背が低い。曽野は頭のメモリーを稼動させ、瞼に焼き付けていた男の残像を呼び戻す。

「そうだね。こりゃ全くの別人だ」

曽野が目にした村岡は肩幅が広く、胸板が厚かった。男の横には、『パワーデータ株式会社』という社名のほか、代表取締役との役職が記されている。

「村岡晴彦《はるひこ》の割り付けと基調を大至急やって」

「なにか問題のある人物でしょうか？」

「教えない。予備知識与えると、君らは僕に都合の良い報告書作っちゃうからね。予断なしでやって」

警部補は一礼して部屋を後にした。

曽野は改めて顔写真に目を向ける。

他人の戸籍を盗み、入れ替わる〝背乗り〟するような輩を副総監に近づけてはならない。内田はどこでこの人物と接点を持ったのか。

失踪者や行方不明のまま家族が探していない人物の経歴や戸籍をそのまま使うのが背乗りだ。ロシアや北朝鮮のスパイが頻繁に使う手法でもある。村岡がどちらかの国が送り込んだスパイだとしたら危険だ。次期警視総監候補の最右翼である内田と接触していたことが発覚すれば、公安部の面子《メンツ》が丸つぶれとなる。

警電に目をやる。内田本人に当たるか。ただ、内田の体面もある。現場の機微を知ろうともしない上司だが、警備公安畑のトップであることには間違いない。執務室に招き入れる人物の基調くらいは秘書室がやっているはずだ。こんな情報が久保田局長辺りに漏れれば、総攻撃を食らう。

手帳を取り出すと、曽野は未決案件のメモ欄に「内田・村岡」の名を刻んだ。

4

志水が大隈講堂近くの馴染みの大衆食堂に入ると、壁の大時計は午後五時一〇分を指していた。奥のテーブルでは、三人の早大生が大盛りの白米をかき込んでいる。天井から吊るされたブラウン管テレビには、昨晩起きたニューヨークとワシントンの同時多発テロの特番が流れている。

「仕事終わったの？」

割烹着姿の女将《おかみ》が瓶ビールをテーブルに置く。志水は肩をすくめてみせた。

「昼までには帰るつもりだったけど、残業が長引いてね」

「早く帰って体を休めれば？」

「気持ちを切り替えてから帰りたいんだ」

「なんだかんだ言って飲むんだから」

一年半前に戸塚署勤務となった。八カ月前に発生した強盗事件の地取り捜査で訪れて以来、すっかりこの大衆食堂が気に入った。

蕎麦や丼物のほか、中華料理、一品料理と手頃な値段で揃っている。家族経営で料理は全て手作り。お袋の味を求める学生が客の中心だ。なによりも気に入ったのが、署内の面倒な人間関係とは無縁の場所だからだ。志水が手酌でビールを飲み始めたとき、曇りガラスの引き戸が開いた。

「遅くなりました」

「お疲れさん」

志水は後輩刑事を簡素なテーブル席に手招きした。

「新顔ね」

ビール会社のロゴが入ったグラスを手に、女将が兎沢の顔を覗き込む。後頭部を掻きながら、兎沢がなんども頭を下げる。

「新人でね。女将、面倒みてやって」

「早稲田のラグビー部でもこれだけの体格の人は珍しいわよ。たくさん食べていって」

快活な笑い声を残し、女将が厨房に消えると、兎沢がぺこりと頭を下げる。

「今日はありがとうございました」

「検視官や課長だって冷汗かいたんだ。新米に死因を断定するなんて無理だよ」

志水は手早く二つのグラスにビールを満たし、兎沢と乾杯した。

「志水さん、今まで何件くらい臨場したんですか？」

「前の所轄が振り出しだから、かれこれ三〇件くらいかな」

「よくあれだけ冷静にやれますね」

眼前の後輩が目を見開く。

「数をこなせば誰でもできるって」

兎沢が志水のグラスにビールを注ぐと、女将がモツ煮込みとゲソの唐揚げを運んできた。

「いい飲みっぷりじゃないの」

「秋田衆で酒好きだもんな」

「はい」

兎沢が照れ笑いを浮かべた。はにかんだ後輩の顔は、これから様々な凶悪事件に接し、次第に刑事の面《ツラ》になる。戸塚は事件の数が比較的少ない。このあとに新宿や池袋など大きな所轄を回り、実績を挙げれば本部への道も開ける。基礎的な捜査の手順を体で覚える今の時期が肝心だ。志水の意図を察したからこそ、兎沢はこうして駆け付けた。素直な気持ちに応える。志水は意を新たにした。

「女将、こいつ新婚なんだ」

「だったら悪い先輩なんかと付き合わないで、さっさと帰らなきゃ」

「いえ、嫁は元同僚ですから、その辺りの事情は分かってくれています」

目の前の大男が照れくさそうに告げると、女将が弾かれたように笑う。

志水は姉二人の下で育った。ずっと弟が欲しいと思っていた。眼前の兎沢は、三歳下で不器用な男だ。仕事を覚えようと、官舎に帰りたい気持ちを懸命に抑え込んでいる。絶対に一人前にしなければならない。

兎沢が志水のグラスにビールを満たす。そして大男が姿勢を正した。

「志水さん、俺、今度父親になります」

兎沢が顔を赤らめる。

「本当か？　今、何カ月だ？」

「四カ月だそうです。まだ実感湧きませんけどね」

「女将、ビールもう一本。お祝いだ」

「あらあら、そんなときに本当に帰らなくても平気？」

「子供のためにも、先輩の指導を仰ぎます。よろしくお願いします」

兎沢がテーブルに両手をつき、頭を下げる。

「俺が提供できるのはただの経験談だよ。とにかく飲もう」

兎沢が志水のグラスにビールを注いだとき、店の戸が開いた。

「店の前の自転車、所有者は誰かな？」

目を細めた制服警官が入ってきた。

「あ、俺のですけど」

今まで奥のテーブルで丼飯を食べていた学生が表情を曇らせる。

「学生証見せて」

中年の制服警官に見覚えがあった。地域課の巡査部長で安部というベテランだ。

「安部さん、お疲れさまです」

志水が立ち上がって頭を下げると、制服警官が目を細め、頷いた。

「気にせず飲んでください」

安部は淡々と告げ、大学生に近づく。

「さぁ、学生証見せて」

安部が事務的な口調で学生に告げる。志水は兎沢に目を合わせ、声を潜めた。

「地域課のポイントゲッターだ」

兎沢が顔をしかめる。学生が渋々財布から学生証を取り出している。

「あのチャリ、先輩からもらったんですよ」

「先輩の名前と学部は？」

「もう卒業した方なんで、忘れてしまって……」

学生の声が次第に小さくなる。安部は肩口の受令機を使って防犯登録番号の照会を始めた。

学生の完敗が決定的となる。

「……了解。君の言い分と大分違うようだね。ちょっと交番まで来て」

安部が強い口調で告げると、学生は肩を落とした。

「盗犯月間でもないのに、あそこまでやらなくても」

兎沢が口を尖らせる。志水も同感だった。ただし、安部とは所属が違う。

「彼はずっと地域課一本で所轄を回っているようだ。口出しはできない」

「それにしたって、あんまりじゃないですか」

「よその課の話はするな」

ビール瓶を差し出すと、兎沢はグラスの中身を一気に飲み干した。口元を手の甲でぬぐうと、兎沢の表情が一変した。

「今朝みたいなことがまたいつあるか分かりません。もっと教えてください」

「防犯課絡みの例を一つ、教えておくよ」

志水は、戸塚署管内には公園が多いと告げた。冬場が近づくと、公園内で死亡するホームレスが増加する。処理に関する意外な盲点を明かすと、兎沢はメモ帳を取り出した。

「通報のあとはどうする？」

「鑑識係経由で本部鑑識課に連絡し、管下の全署に手配書を送る、でしょうか？」

「正しい。ただ、今朝の教訓が生きていない？」

「どういうことですか？」

「今も言ったじゃないか。防犯課だよ。戸塚署や隣の牛込、目白辺りで手配されている人間だったりすることが案外あるんだ。最初にそこを確認してから本部の鑑識課に連絡だ。今朝と同じで、自署や近隣との連携がなっていないって嫌味を言われる」

「分かりました」

「まだあるぞ。今朝みたいなアパートの変死体にありがちなケースだ。古いアパートだと、湯沸かし器や内釜を丹念にチェックしろ」

「不完全燃焼ですね」

「そうだ。器具の不具合が大半だが、逆にこれが偽装殺人だったケースもある」

兎沢が熱心にメモを取る。

兎沢は同じ刑事課でも志水のいる強行犯係ではなく、盗犯担当だ。しかし、宿直は否応なしに回ってくる。いつどんな事件に遭遇するか分からない。犯人は宿直の係を選んで犯罪に手をつけるわけではない。現場の動きを教えてほしいと熱心に請われた。新宿署で机を並べていた先輩刑事から授けられた知識のほか、自らの経験に照らした実地の知識を惜しみなく伝えようと考えた。

自分も先輩に育ててもらった。後輩に捜査スキルを手渡すことが本心から嬉しかった。

「ドラマや映画だと、一酸化炭素中毒が死因となるが、一つ落とし穴がある」

兎沢が首を傾げている。

「戸塚署管内の場合、不完全燃焼による酸欠はあっても、一酸化炭素中毒はあり得ない」

たちまち兎沢の眉根が寄った。後輩の集中力は切れていない。貪欲に知識を吸収しようとする真剣な眼差《まなざ》しだ。

「都市ガスの成分の関係だ。戸塚署管内では絶対に死なない」

志水は立ち上がると、女将のいる厨房に兎沢を連れて行った。ガスコンロの前に立つと、ガス会社のステッカーを指した。

「13Aって書いてあるだろ。意味分かるか？」

兎沢が頭を振る。

「天然ガスだ。吸い込んでも一酸化炭素中毒にはならんのさ。昔の6Bの都市ガスならあり得たがな」

コンロ脇のステッカーの文字を書き取りながら、兎沢がメモを続けている。

「ガス器具が新品で故障もしていないのに、呼吸困難で死んでいたら、殺しを疑うべきだ。刑事ドラマや推理小説で仕入れた生半可な知識が迷宮《おみや》に直結する」

「もっと教えてください」

「死体四、現場六の割合でバランスを取って臨場しろ」

大衆食堂の厨房で、兎沢が熱心にメモを取る。

二人でテーブル席に戻ると、女将が焼酎のボトルをテーブルに置く。

「今日はあたしからのサービス」

「ありがとう」

志水が頭を下げると、女将が甲高い声で笑った。

「あんたたち、見た目は全然違うけど、兄弟みたいね」

「いやぁ、先輩に悪いですよ」

兎沢が後頭部を掻く。ボトルの封を切ると、志水は新しいグラスに焼酎を注いだ。

「構わんさ。さぁ、飲めよ」

顔を赤らめた兎沢がグラスを差し出すと、女将がまた笑った。

5

「主人はいつ戻るのですか？」

兎沢が古びた分譲マンションのドアを開けた途端、小柄な香川夫人が声を震わせた。

「所轄から連絡が入りますので、もう少しご辛抱ください」

鮮やかな色のジョギングシューズが並ぶ三和土で、兎沢は深く頭《こうべ》を垂れた。

戸山公園の現場から一旦牛込署に運ばれた香川の遺体は、信濃町の私立大学の病院に搬送されたばかりだ。

腕時計に目をやると、午前一一時四五分だった。他殺と判断された以上は念入りに司法解剖が実施される。兎沢の経験に照らせば、少なく見積もってもこれから五時間はかかる。

「ご帰宅は早くとも夕方以降になると思います」

努めて丁寧な口調で告げると、夫人が掌で口元を押さえ、頷く。

「別の捜査員がお邪魔したと思いますが、改めてお話を聞かせてください」

「どうぞ、お入りください」

元警官の妻は気丈に対応している。小脇にノートパソコンを抱えたまま、兎沢は部屋に上がる。

短い廊下を左に折れると一〇畳ほどのリビングだ。勧められるまま椅子に腰を下ろすと、夫人が茶の支度を始めた。パソコンをテーブルに置き、メモ帳を開く。

「どうかおかまいなく」

兎沢が告げた途端、固定電話のベルがけたたましく鳴る。夫人が電話口で声を震わせた。親戚か友人かもしれない。

なんども被害者《マルガイ》の家に聞き込みに訪れた。

泣き叫び、摑み掛かる家族、声を押し殺し犯人の早期検挙を訴える子供たち……様々な場面に遭遇した。

今、夫人が気丈に電話応対している。元警官の妻として、冷静に対応する姿がかえって痛々しかった。

夫人が受話器を置き、テーブルに歩み寄る。

「手短に済ませます」

兎沢は香川の仕事関係の資料を見たいと申し出た。特に、持ち帰ったと思われるメモリーカードについて尋ねた。夫人は頭を振る。

「仕事についてはカイシャ時代から全く聞いておりませんでした」

捜査情報は厳重保秘が原則だ。たとえ家族であっても帳場の話はしない。香川も同じだったはずだ。意を決したように夫人が立ち上がる。

「では、こちらにどうぞ」

夫人がダイニングキッチン奥の扉を開けると、寝室横の納戸が見える。夫人がドアを開き、照明を点けると、三畳ほどの狭いスペースがある。

壁際に電気スタンドが置かれた小さな机があり、両脇には本棚が据えられている。左側の棚には時代小説を中心に数百冊の文庫本とランニングの専門誌が詰まっている。もう一方の棚にはジャズやクラシックのCDが大量に収納されている。

「仕事関係のメモ帳やノートはありませんか？」

「おそらく引き出しです。どうぞ、ご覧になってください」

一段目の引き出しを開けると、年賀状や暑中見舞いのはがきが束ねてあった。その横には、小さな文字で綴られた住所録がある。

「恐れ入りますが、これを預からせていただき、分析します」

夫人の了解を得たあと、兎沢は鞄から杉の屋の紙袋を取り出し、はがき類を入れた。

今度は二段目の引き出しを開ける。掌サイズの手帳が輪ゴムで束ねられている。ゴムを外して中身を見ると、捜査メモを兼ねた日記だった。

新宿署や本部SITでの膨大な備忘録だ。夫人を振り返ると、頷いている。手帳を袋に入れ、最後の三段目を開ける。

クリアファイルにコンサートチケットの半券や書評のスクラップが分類整理されていた。この棚にも問題のメモリーカードはない。もう一度、一段目をチェックし直したとき、玄関でチャイムが鳴った。

「すみません」

夫人が小走りで書斎から出て行く。兎沢は手帳と葉書の束をもう一度調べたが、小型のメモリーカードは見当たらない。机の天板のほかに引き出しの裏もチェックしたが、目的のブツはない。

書棚の一段目にある文庫本も見た。だが、書籍の中や棚との隙間には隠していない。二段目の棚に手をかけたとき、背後に人の気配を感じた。

「お疲れさまです」

振り返ると、制服姿の警官が敬礼している。捜査本部の会議で再会したときと同じで、目を細めている。

「安部さん、どうされました」

「署長の指示で、奥様の手伝いに参りました」

姿勢を正した老巡査部長が言った。

「兎沢さんは鑑取りですか？」

「兎沢で結構です」

「そんなわけには参りません。今や本部赤バッジの警部補《しゅにん》さんです。お手伝いしましょう」

兎沢は慌てて頭を振る。探しているブツの正体を部外者に告げるわけにはいかない。かつて同じ所轄署で勤務した同僚であっても同じだ。まして今朝の捜査会議で芽生えた不信感もある。真意を悟られぬよう、兎沢は穏やかな口調で告げる。

「奥様に色々と連絡が入っています。どうかお手伝いに専念されてください」

「老いぼれですが、いつでも声をかけてください」

安部は皺を寄せて笑うと、リビングへと引き返す。兎沢が再び棚の書籍を手に取ったときだった。夫人が戻ってきた。

「兎沢さん、これは参考になりますか？」

夫人は人差し指大の細長いステッカーを差し出した。ＱＲコードと四ケタの数字が一組となり、四つ並んでいる。

「これ、なんですか？」

「宅配業者の伝票です」

目を凝らすと、「ご依頼主様保管用シール」と刷られている。書類や薄い雑誌を送る簡易パックだ。

「これがなにか？」

「昨晩、帰宅したときに持っていました。今朝、ジョギングに行く途中でコンビニから送り出したのだと思います」

「持ち帰ったのは昨夜で間違いありませんね？」

「はい」

兎沢はステッカーを自身のメモ帳に挟んだ。

香川は職場のパソコンを空にして、データをメモリーカードに移管した。状況を考えれば、宅配便の小包にはメモリーカードが入っている公算が大だ。メモリーカードの中身はなにか。なぜ急いで別の場所に転送する必要があったのか。香川は殺された。自分に危機が迫っていることを察知していたとしたらどうか。

兎沢の頭の中に、幾筋もの線が浮かぶ。

「メモや手帳の類いもお預かりさせていただきます」

夫人に頭を下げ、兎沢は小部屋を出た。リビングに着くと、安部が警察の共済と馴染みのある葬儀社のパンフレットをテーブルに並べている。

「帳場に戻られるのですか？」

「えぇ、まあ」

兎沢は香川のパソコンと紙袋を抱えると、若松町のマンションを飛び出した。

6

大隈講堂近くの食堂を後にすると、兎沢は夏目坂沿いの小さなスナックへと志水を誘った。カウンター八席の小さな店に先客はいない。止まり木に着いた途端、志水が口を開く。

「秋田衆とまともに付き合ったら死んじまうよ」

「二人とも明日は非番なんですから、もう少しいいじゃないですか」

軽口を叩きながら、兎沢は年老いたママに安ウイスキーのボトルを頼む。

「今日は本当に勉強になりました。ありがとうございます」

ママがグラスに氷を入れる横で、兎沢は志水に頭を下げた。

アパートの変死体処理に始まり、都市ガスの扱いに至るまで、教習では得られない現場の機微を惜しみなく志水は伝授してくれた。口をついて出た言葉に偽りはない。

「だからさ、数をこなせば慣れるってば」

濃い目の水割りに顔をしかめ、志水が言う。

「俺、不器用ですから。一つひとつ教えてもらうしかないんです」

「でもな、おまえは自分なりのやり方を作っていけばいいよ」

顔を赤らめた志水が言う。

「俺、これからも刑事としてやっていけますかね？」

グラスを空にした兎沢は体を志水に向け、訊く。

「どういう意味だ？」

「俺、融通利かないじゃないですか。捜査はなんとか体で覚えたとしても、なんて言うか、組織の中でうまく立ち回れるのかなって思うんです」

「防犯課のおっさんのこと、根に持っているのか？」

アパートの変死体に関しては、防犯課のベテランが仏の通院歴を明かしてくれず、自殺と見抜くまでに時間を要した。結果として海藤課長が検視官に叱責される事態となった。

志水が機転をきかせてくれなければ、戸塚署に帳場が立っていたかもしれない。署内で露骨に兎沢の生真面目さを煙たがるのは防犯課のベテランだけではない。交通課や地域課のメンバーに面と向かって叱責されたのは一回や二回ではない。

「自分の軸を作ればいいんじゃないか」

突き出しのピーナツを口に放り込み、志水が言った。

「軸ですか？」

ウイスキーを一口舐め、志水が頷く。

「うまく言えないけど、これだけは譲れないっていう柱みたいなものを作るんだ」

軸、柱という言葉を兎沢は嚙み締める。

「これから先、俺もおまえもどこに異動するか分からない。一生所轄をぐるぐる回ることになるかもしれないし、運が良ければ本部に引っぱってもらうこともある」

「なるほど……」

「一〇年後刑事課に居座っているか、鑑識課に異動しているかは分からんけど、どこにいても自分の軸がぶれなきゃやっていけると思うよ」

志水の言葉に、兎沢はなんども頷いた。一つひとつの言葉が、じんわりと体の中に染み入っていくようだった。

「新宿署にいたときさ、なんどか上が取引するのを見てきた」

苦そうに水割りを喉に流したあと、志水がぽつりと言った。

「具体的になにを？」

兎沢は自然に身を乗り出す。途端に志水が苦笑する。

「マル暴とネタを交換したり、本部に貸しを作ったり、色々だ」

「志水さん自身が関わったんですか？」

「俺が触った案件もあるし、当時の刑事課長が泣きを入れたことも知ってる」

そう言ったあと、志水が黙りこくる。

兎沢は戸塚署の面々を思い起こす。署長は公安部出身の堅物で、刑事課長の海藤とソリが合わない。本部の警備課に引き上げてもらいたい地域課長は、無愛想な署長の後を一日中追いかけている。自分はそれぞれの上司との関係は良好だが、互いの悪口を聞かされるのは苦痛だった。

兎沢自身、今後どこに行きたいかも決めていない。日々の任務をこなすのが精一杯で、考える余裕さえない。だが、いずれは志水が言ったように取引の当事者になるかもしれない。もう一度、戸塚署の上司たちの顔を思い浮かべてみる。一部の同僚のように盆暮の付け届けをするようなことはしたくない。だが、不器用な自分を引き抜いてくれそうな上司は思い当たらない。それならば、どうすればよいのか。すると、頭の中に光が灯ったような気がした。

「そうか、そういうことか」

年老いたママが満たしたばかりのグラスを、兎沢は一気に空ける。

「取引しないって決めればいいんだ。分かりましたよ」

志水が苦笑いしている。

「兎沢は不器用だから、そのままでいいんじゃないか」

「志水さんは器用だから、どこに行っても大丈夫ですね」

兎沢が笑うと、志水が頭を振る。

「俺だって不器用なんだぜ。おまえより少しましなだけだ」

そう言って志水は水割りを喉に流し込んだ。


戸塚署前の銀杏《いちょう》並木が薄らと黄色に変わった。朝日の光と黄色のコントラストが日増しに鮮明になっていく。

応援に駆り出された地域課の部屋から刑事課に戻り、兎沢はテレビのスイッチを入れた。

朝の情報番組では、話題の新製品との触れ込みで海外ニュースが映った。

画面では、丸眼鏡で髭面の男が石鹸大の箱を誇らしげに掲げている。テロップを見ると、携帯型音楽プレーヤーの革命との文字が見える。画面下には、スティーブ・ジョブズという名とともに、iPodという商品名がある。

デスクの上に放り出していたMDプレーヤーとは随分違うと思った。「二〇〇一年、音楽が変わる」と宣言するジョブズという男のニュースを横目に、買い置きしていたコンビニの握り飯に手をかけると、刑事課のドアが開いた。

「おはようございます」

朝番の志水だった。兎沢は給湯器に駆け寄る。温《ぬる》めの緑茶を寿司屋の湯呑みに注ぎ、志水に差し出す。

「昨夜はなにもなかったのか？」

「ウチの分はゼロです」

「応援に出たのか？」

「二時間前に地域課が自販機荒しを緊急逮捕《きんたい》したあと、引き当たりの手伝いをしました」

手錠と腰縄で拘束された犯人を伴い、明治通りと早稲田通りの自販機一〇台をそれぞれ確認させたと告げると、志水の表情が曇る。

「緊逮かよ」

「主役はあくまで地域課ですが……」

自分の声が萎《しぼ》んでいくのが分かる。志水はなぜ渋面になったのか。

「自販機荒しは署に引っ張って上申書書かせるのが先決だ。おそらく常習者だ。引き当たりの場所も記憶違いをしている公算がある」

慌ててメモ帳を取り出すと、兎沢は要点を書き出す。

「被害者にしても金額確定に時間がかかる。犯行と被害額の突き合わせが難儀なんだ。ジュースだから元々金額が細かい。わずかな誤差が命取りになる。だから通常逮捕が無難なんだよ」

「ありがとうございます。参考になりました」

兎沢が礼を言ったあとも、志水の表情が冴えない。

「令状請求は？」

「まだだと思いますよ」

志水は露骨に顔をしかめた。

「誰か箇裁に行かせて順番待ちさせろって教えてきな。裁判官によっては出直しさせられるぞ」

「なぜですか？」

「裁判官はな、警視庁全体の緊逮事件を時系列でチェックしている。当然、重要案件が先になる。向こうだって人間だから、熱意を見せれば令状は早めに出してくれるけど、人によっては通常逮捕で十分だから出直してこいって言われるぞ」

「すぐに伝えてきます」

「弁解録取書《べんかいろくしゅしょ》もつけろってな」

「了解です」

兎沢がメモ帳を尻のポケットに入れ、ドアノブに触れたときだった。デスクの警電が鳴った。振り向くと、志水が受話器を取り上げ、目で待てと合図した。

「課長、おはようございます」

志水がメモ用紙にペンを走らせる。あっという間に目付きが険しくなる。兎沢はデスクに駆け寄り、メモに目をやった。

〈上杉《うえすぎ》　ババ　さかえ通り〉

肩が強張っていくのが分かった。志水は電話の指示になんども頷く。メモに刻まれたのは、二年半前から逃亡中の全国指名手配中の凶悪犯の名だ。同姓の指名手配犯はいない。冷静な志水の表情が紅潮していくのがなによりの証拠だ。

「本職と兎沢のほか、署内の数名ですぐに向かいます」

受話器を置いた志水が唾を飲み込んだのが分かった。

「兎沢、防犯課や地域課で手の空いている人間を五、六人集めろ」

「間違いなくあの上杉ですね？」

「海藤さんの協力者《ネタモト》が高田馬場駅前でそれらしい男を見たらしい」

「分かりました」

兎沢は、刑事課の壁にある指名手配のポスターに目をやった。

〈犯人逮捕にご協力を　警視庁築地署捜査本部　懸賞金一〇〇万円〉

太文字の下には、犯行当時の上杉の顔がある。

やや長めでくせ毛の頭髪と一重の瞼。鼻の下と口周りに無精髭を生やしている。隣には、整形手術を施した、逃亡後の二重瞼で坊主刈りの写真がある。

二年半前、私立大四年生だった上杉保《たもつ》は、交際中だったOLを刺殺した。現場となったOLのマンションで就職活動の失敗をなじられたことに上杉は激高した。台所にあったステンレス包丁で恋人を刺し殺したのだ。

OLの叫び声を聞いた近隣住民の通報で築地署地域課巡査長が現場に向かったが、あと一歩のところで上杉は二階のベランダから逃走した。

殺人容疑で全国に指名手配されたが、全国各地を転々とする逃亡生活を続けている。

整形手術を繰り返すなど捜査陣を攪乱《かくらん》した。警視庁が懸賞金一〇〇万円をかけた凶悪逃亡犯だ。

「整形後の顔を頭に焼き付けておけ」

兎沢の視線の先を辿った志水が指示する。

二つの手配写真は全くの別人だ。口元や顎の形状を凝視していると、志水が刑事課から飛び出して行く。兎沢は慌てて後を追った。


午前七時三二分、志水はJR高田馬場駅の券売機横で海藤と合流した。上杉らしき男の目撃情報のあったガード脇のさかえ通りは、兎沢と私服に着替えさせた地域課巡査二名を回してある。

「協力者はどんな方ですか？」

「古い付き合いの美容整形外科医だ」

海藤は本部経験が豊富な大ベテランだ。逃走犯が顔を変えて高飛びするケースにもこれまで遭遇したに違いない。

大方、美容整形外科医とは聞き込みで懇意になったのだろう。情報を提供させるようになるには、強固な信頼関係を築き上げるしかない。眼前の上司はスポーツ紙を眺める風を装い、駅構内を行き交う利用客を鋭い目付きでチェックしている。

「ロータリー見てきます」

海藤に告げると、志水は改札口から吐き出される学生やサラリーマンの群れに身を投じた。駅の早稲田側ロータリーの信号が赤になった。

首をゆっくりと左に向ける。大学生やＯＬに交じり、制服姿の女子高生の一団がいた。デジカメのシャッターを切るように、志水は視界に入った光景を切り取り、頭のメモリーに刻む。

上杉は二五歳だが、それらしい人物は見当たらない。

今度は右側に目をやる。寝癖がついたままの中年サラリーマンが酒臭い息を放ち、あくびをした。その背後には大きなショルダーバッグを持った坊主頭の高校生がいる。やはり、上杉はいない。

信号が青に変わる。

様々な生活臭を背負った一団が一斉に歩き出す。幅の広い交差点の中心部にロータリーと喫煙所がある。志水はスタンド型灰皿の方向に足を向ける。

親の敵《かたき》のように煙を吐き出すサラリーマンの周囲には、細くて長い煙草を得意気に吸う女子大生が二、三人いる。志水は携帯電話を取り出し、メールを読むふりをしながら周囲をゆっくりと見回した。

バスの乗降場所からタクシー乗り場、そして西武新宿線改札口へとまんべんなく視線を移す。ＪＲの改札付近と同様に、大量の人が早足で歩く。

もう一度視線をＪＲ側に移していると、掌の中で携帯電話が震えた。兎沢だった。

〈牛丼屋や立ち食いそば、コンビニをチェックしましたがそれらしい男はいません〉

「俺はロータリーの灰皿にいる。海藤さんはＪＲの券売機前だ。引き続き探せ」

電話する間も志水は一定の速度でロータリー周辺の風景を切り取り、頭の中のメモリーに刻みつけた。上杉は身長一七五センチ、体重は七〇キロ前後。特徴に合致する人間はいない。

目の前の灰皿を起点に、左方向から三回、右方向から四回周囲の風景を切り取った直後だった。

駅前ビルのビッグボックスから西武新宿線改札へ視線を移したとき、大きめのバックパックを背負っている男が視界に入った。

チェックのシャツに濃いグレーのパーカーを羽織っている。フードを被り、やや猫背の男だ。荷物が重いのか、足取りは周囲の群衆と違い遅めだ。

志水は客待ち中のタクシーを見た。車高は一五〇センチ前後だ。タクシーの画像を頭の中で切り取り、歩く男の姿と重ね合わせる。猫背だが、男の身長は一七〇センチから一八〇センチの間だ。携帯で海藤の番号を探し、通話ボタンを押す。

「海藤さん、それらしいのが一人います。ビッグボックスから西武線の改札に歩いていくバックパック、フード被った野郎です」

〈まだ触るな〉

海藤の指示で電話を切り、ロータリーを囲う柵を跨《また》ぐ。タクシーとバスの間を縫い、西武線の改札方向に早足で向かう。横顔しか見えなかったが、口元の雰囲気が手配写真の面影を残していた。もう一度、志水は携帯をつないだ。

〈兎沢です〉

「西武線の早稲田口改札に来い。上杉らしいのがいる。ただし、キョロキョロするなよ」

携帯電話を掌に入れたまま、志水は駅の構内に足を踏み入れる。

西武線だけでなく、JRの改札からも吐き出される人波が続く。奥にグレーのフードが見える。男はぼんやりと西武線の電光掲示板をチェックしている。

先ほど見た側とは反対の横顔だ。切れ上がった二重瞼が確認できた。整形後の上杉の特徴と一致する。一〇メートルほど距離を取り、志水は早稲田口方向の出口に向かう。壁に寄り、待ち合わせ客を装う。男は電光掲示板を見たままで動かない。

「あれか」

背後から海藤が合流する。頷き返すと、海藤はゆっくりと西武線改札方向に歩み出す。スポーツ紙を携え、パーカーの男と同じように電光板を見上げた海藤が振り返る。

パーカー男の背後に回ると、海藤が頷く。

「遅くなりました」

息を切らせた兎沢が志水の背後に立った。顎で男を指した。

「どうします、職務質問《バンカケ》しますか」

「待て。海藤さんの指示を待つ」

海藤は男から三メートルほど離れた地点で新聞を広げているが、目線はきっちりと男を捉えている。

志水は海藤に視線を送る。海藤が新聞を畳み、首を回し始めた。傍目には肩凝りをほぐすサラリーマンにしか見えない。志水は顎を動かし、男を指す。即座に海藤が頷いた。

「俺が声をかける。兎沢は奴の背後につけ。逃走の気配があれば組み伏せろ」

「了解」

兎沢の返事と同時に、足が勝手に動き出す。依然として人波は尽きない。男の両手を見た。凶器になるようなものは保持していない。バックパックはどうか。大きな荷物の中にナイフや包丁の類いがあるかもしれない。

「奴の荷物に注意しろ」

「分かりました」

バックパックが眼前に迫ったとき、突然、男が尻のポケットに手をかけた。バタフライナイフならばジーンズのポケットに収まる。まずい。通行人を人質に取られたりすれば、混雑する駅はパニックに陥る。早めに男の動きを封じなければならない。

「志水さん」

隣の兎沢も同じことを考えたようだ。次の瞬間、男がポケットに手を入れ、財布を取り出した。

「今だ」

志水は駆け足で男の真横に体を寄せた。ほぼ同じタイミングで海藤が男の前に立ちふさがる。

「警視庁です」

志水は声をかけながら、男を見た。

二重瞼に尖った顎。整形前の顔とは大分違う。だが、両目と鼻の位置は、手配写真とバランスが一緒だ。志水の頭の中で手配写真と眼前の男の顔が合わさり、それぞれのパーツが合致した。間違いない。上杉保だ。

「ちょっといい？」

「なんですか？」

男が顔をしかめた。志水は警察手帳を取り出し、提示した。

「警視庁戸塚署だ。職務質問させてもらえるかな」

「はぁ？」

「身分を証明できるものを見せてくれないか」

「免許証を家に置いてきちゃって、今はありません」

「それなら、署でちょっと話聞かせてくれないか」

「これから友達の部屋に行くんだけど」

「どこに住んでる友達だ？　なんて名前だ？」

矢継ぎ早に畳み掛けると、男は口籠る。

「そんなの、関係ないじゃん」

「友達の最寄り駅の名前は？　それとも言えない事情でもあるのかい」

「おまわりさんに言う必要ないと思うけど」

「上杉保だな」

「はい？」

「上杉保だな。もう逃げ道はないぞ」

男が肩をいからせる。喉仏も上下に動く。同時に、バックパックのストラップに手をかける。

「暴れるなよ」

大柄な兎沢が男の手を強く摑んだ。

「上杉だな」

「…………」

「ひとまず署で確認する。一緒に来るんだ」

志水が告げると、男の釣り上がった目が充血し始める。間違いない、殺人容疑で全国指名手配されていた上杉保だ。志水は強い口調で言い放った。

「行くぞ」

早稲田口の前では、兎沢に同行していた私服姿の地域課巡査が署のパトカーを招き入れていた。

7

皇居にほど近い半蔵門の商業ビル前で兎沢はタクシーを降りた。

麹町署の奥の区画にある一〇階建てビルの四フロアは、捜一の第一・第二特殊犯捜査係の実動部隊が常駐している。

営利誘拐や企業恐喝事件の発生に備え、トカゲと呼ばれるバイク追跡部隊が日夜訓練に明け暮れているほか、最新鋭盗聴器や撮影機材を満載し、冷凍車を改造した指揮車両もこのビルの地下駐車場に待機している。

入口脇のインターホンで兎沢は第二特殊犯捜査第四係に所属する坂上《さかがみ》巡査部長を呼び出す。二分後にポロシャツとジーンズのラフな恰好の坂上が現れた。ぼさぼさの髪には、カチューシャがわりのセルの眼鏡がのっている。首から下げたＩＤカードがなければ、警視庁の人間には見えない。

「随分と大荷物だね」

秋葉原駅前が似合いそうな捜査員は兎沢より三つ年下だが、いつもタメ口だ。ほかの後輩であれば胸ぐらを摑むところだが、坂上の言いぶりはなぜか不快さを感じさせない。

「いいから手伝ってくれよ」

兎沢は香川の書斎から押収したはがき類が入った紙袋を差し出す。

「なにを分析させようってわけ？」

「これだよ」

兎沢は顎で小脇に挟んだノートパソコンを指す。エレベーターで四階に着くまでの間、兎沢は香川事件の概略と押収したパソコンの関連を話した。

「不自然だなぁ」

無造作に伸びた髪を掻きながら、坂上は四階南東側の部屋に兎沢を招き入れる。

本部六階の大部屋とは違い、捜査員の机ごとに衝立が設けられている。

部屋の中央部の衝立に着くと、兎沢は顔をしかめる。大型のモニター三台がデスクに設置され、壁面にはアニメのキャラクターのポスターや切り抜きが所狭しと貼られている。

「いい歳してまだオタクやってんのかよ。さっさと結婚しないと出世できねぇぞ」

「オタクをやめるつもりはないし、結婚には一切興味なし」

減らず口を叩きながら、坂上が白手袋をはめる。

「そこまで気を遣わなくてもいいだろう」

「前の職場のクセだもん。しょうがないじゃん」

坂上は本部鑑識課に一〇年間勤務した三五歳の中堅だ。

指紋捜査や銃器の弾道計算に強い上、近年増加の一途を辿るインターネット関連の追跡捜査で抜群の機動力を発揮し、特異なスキルを評価されてＳＩＴに引き抜かれた。

企業恐喝や誘拐事件では、近年インターネット経由で被害者や企業と接触するケースが急増した。

大手プロバイダのフリーメールや海外サーバーを使った犯罪者を暴き出す際、中学時代から数十台のパソコンを自作した元オタク少年は能力をフルに発揮した。

坂上本人は、捜査をゲーム感覚で楽しんでいるフシがあるが、現在進行形の犯罪捜査には欠かせない人材に成長したとSITの同僚から聞かされた。

坂上とは強盗殺人や怨恨殺人の帳場で知り合った。無趣味な兎沢と様々な分野に通じている坂上は、性格が正反対で互いに嫌味を言いつつも付き合いが深まった。

「これ、起動しなくて当然だよ」

ノートパソコンの電源を触っていた坂上が突然言い放った。

「どういうことだ？」

「だって、メモリがないし、ハードディスクがないもん」

坂上はノートパソコンを裏返し、底面を叩いた。

「エンジンのないクルマって言えば素人にも分かりやすいかな」

「なぜエンジンがない？」

「誰かが抜き取ったってこと。想像だけど、相当大事なデータがあったんじゃないかな」

作成したファイルを削除しても、ハードディスクにデータは必ず残っていると坂上は強調した。兎沢も頷く。

パソコンに疎くてもその程度の知識はある。過去になんどか被害者のパソコンを坂上のもとに持ち込み、データを復元してもらったこともある。

メモリーカードの行方が摑めないため、データの復元を頼むために半蔵門まで急行してきたのだ。

「どうしてもだめか？」

「だめだってば。エンジンなしの車はとりあえず押せば動くけど、パソコンはメモリとハードディスクがなければ液晶付きの単なる箱だからね」

「誰がハードディスクを抜き取った？」

「すっかりペースに乗せられてるよ。はいはい、調べましょうか」

坂上がデスク下からジュラルミンの箱を取り出す。鑑識の用具箱だ。

坂上は微細なアルミ粉末を特殊な刷毛《はけ》につけ、手早く指紋を浮き上がらせる。絆創膏《ばんそうこう》大の透明フィルムを指紋に貼り付けると、次々に写し取っていく。

採取したフィルムを専用台紙に貼り付けた坂上は、スキャナーを起動させる。

「ブツを押収するときは手袋してって言ってるじゃん。指紋は本人確認だけじゃなくてさ、最近ではＤＮＡ鑑定にも転用できるんだよ。汗の成分が入っているからね」

「分かったよ。今度から気をつける」

データのスキャンが終わると、坂上はアニメの女戦士が映る大型モニターに向き合う。手早く職員番号とパスワードを打ち込むと、画面が切り替わり、警視庁の指紋認証システムが稼動を始める。

システムが動き出してから一分ほど経過すると、モニターの左側に採取した指紋が三人分表示された。右側にはデータベース登録された前歴者の指紋が一秒ずつ表示され、瞬く間に切り替わっていく。

「どうやら前科《マエ》の該当者はなしだね」

坂上がつまらなそうな口調で言った。

「身内はどうだ？　俺の分が出てくるだろうし、香川さんの分もあるはずだ」

先ほどの前歴者リストと同様、今度もモニターの右側に猛烈な速度で指紋画像が映し出された。

「早速ヒットしたよ」

スロットマシンのように動いていたモニター画面が停止する。画面の中では、左側の一番上の指紋と右側の停止画像に赤い線が結ばれた。

画面下には「九九・九九％」の表示が現れ、その横に顔写真が出た。眉毛の太い男の顔だ。

「香川さんだね。これは本人だから当たり前だ」

坂上が再度マウスをクリックすると、再び右側の指紋が動き出す。三〇秒後だった。

「だから、言ったんだよ。今度からは絶対に手袋してね」

先ほどの人物映像の枠に、眉根を寄せた制服姿の兎沢が現れる。

「これだけか？」

「念のため、もう一度検索するね」

坂上が作業を再開した。右側の指紋が猛烈な速度で動く。一分ほど経過した。

「該当者なしかな……」

坂上がマウスを動かしかけたとき、画像がピタリと止まった。

「誰、この人。兎沢さんが知ってる人？」

坂上が首を傾げている。兎沢は画面下に表示された男の顔に釘付けになった。

8

〈こちら四番、残念ながら手出しできません〉

「カゴ抜けするかもしれない。裏口も張れ」

無線のスイッチを切ったあと、志水は舌打ちした。

新宿の杉の屋デパートを離れた兎沢の後を追った。四番、そして七、八番が秘匿追尾したが、兎沢は若松町の香川の自宅を出たあとに予想外の行動に出た。

〈七番です。顔見知りが複数いるため、内部に潜入できません〉

〈八番、裏口に到着。ジの連中が始終出入りするため、気付《ヅ》かれる可能性大です。至急交代要員を〉

「了解、すぐに手配する」

志水は事務的に告げると、無線機横の液晶画面に目をやる。

皇居の半蔵門近く、新宿通りに面した大手下着会社の前に指揮車を着けた。

七、八番から継ぎ目なしの画像が届く。ＳＩＴの分駐所があるのは分かっていた。ただ、兎沢が急行した理由が摑めない。無線機で交代要員を求めたあと、チャンネルを切り替える。

「薗田さん、聞こえますか？」

〈江畑は複数のマル暴事務所に足を向けましたが、成果はゼロのようです〉

ベテラン巡査部長の声は沈んでいた。

「香川さんの自宅はどうですか？」

〈まだ報告がありません。なにか？〉

「兎沢がなにか掴んだようです。麴町のSIT分駐所に潜り込まれました。なんとか中の様子を探る手段はありませんか？」

〈厳しいですね。奴ら定期的に掃除しますから秘録機材の設置は厳しいです〉

「こちら側のS《スパイ》は？」

〈一人もおりません〉

「では、香川さんの自宅で徹底的に調べるよう指示を」

無線機を切ったあと、再度液晶画面に目を向ける。

商業ビルの出入口には一般企業のOLや宅配業者が行き交っている。だが、数分に一度、面識のある捜査員が映った。

兎沢一人ならば秘匿追尾に問題はない。だが誘拐や企業恐喝捜査で感覚を研ぎ澄ました追跡のプロが詰める場所での追尾は困難を極める。

公安側が顔を覚えているのと同様に、捜一の精鋭たちもこちらの人着を記憶している。非公表施設の周囲を公安メンバーが徘徊していると察知されれば、あらぬ疑念を惹起《じゃっき》させてしまう。

最小限のメンバーだけ残して一時撤収するのが得策か。志水の頭にいくつかのオプションが浮かんだとき、無線機のランプが灯る。

〈メモリーカード、入手できた?〉

曽野だった。

「申し訳ありません。まだです」

〈今、どこにいるの?〉

「兎沢を追尾し、麴町に到着しました」

〈そこはまずいね〉

「あと少しだけ、様子を見ます」

志水は顔をしかめた。なんとか打開する手立てはないのか。手に冷たい汗が滲んだ。

9

「なぜ、この人の指紋があるんだよ」

「心当たりがあるの?」

兎沢は大型モニターに映る制服姿の男を凝視し続ける。

〈安部義一《ぎいち》巡査部長　牛込署地域課〉

「香川さんの自宅で会った。所轄の署長が気を利かせて手伝いに出したロートルだ」

兎沢は香川家の間取りを思い起した。小さな書斎に案内される前、リビングのテーブルにノートパソコンを置いた。

兎沢がメモリーカードを書斎の棚に探ったとき、安部が合流した。老巡査部長はテーブルに葬儀の資料を広げていた。

「おそらく、テーブルの上で位置を変えたんだろうな」

「そうかな?」

坂上が顔をしかめる。

「なんだよ、おかしいか?」

「それだと矛盾するんだよね」

坂上はキーボードをよけ、モニターの正面に香川のノートパソコンを置く。

「兎沢さん、このパソコンを移動させてみて」

指示された通り、兎沢はパソコンの両端を摑み、デスクの隅に動かした。

「普通はそこを摑むはずだよ」

坂上が兎沢の摑んだ両端を指した。

「もちろん、そこからも安部巡査部長の指紋は出ているけどさ……」

「なら問題ないじゃないか」

坂上は強く頭を振り、ノートパソコンを持ち上げた。

「でも、この辺りは安部さんの指紋がほとんどなんだ」

ノートパソコンを裏返した坂上は、底面のネジを指す。

「ここはハードディスクの格納場所」

「なぜそんなところを触る？」

「それを調べるのが兎沢さんの仕事じゃない」

坂上が肩をすくめてみせる。

「安部さんがハードディスクを抜いたのか？」

「それは違うと思うな」

「なぜだ」

「このメーカーは、ハードディスク保護のために、特殊な小型六角レンチを使っているんだけど……」

坂上が小さなネジを指す。目を凝らすと、「＋」「－」のネジではなく、直径三ミリ程度のレンチ用の穴が見える。

「こじ開けようとした形跡、見えるかな」

ハイテク担当の捜査員が腕を組む。もう一度特殊なネジを凝視する。小さな穴の周辺に微細な引っかき傷の痕が残っている。

「結論から言うと、このパソコンのハードディスクは香川さん自身が外し、どこかに隠した、あるいは廃棄した公算が大だね。一方、安部巡査部長は中身があると判断し、こじ開けようとした……」

「地域課のオッサンがどうして？」

「だから、それを調べるのが兎沢さんの仕事だってば」

兎沢は大型モニターに目をやる。

近眼で捜査の機微を知らない万年所轄回りの巡査部長にハードディスクを抜き取る動機があるとは思えなかった。

10

明治通りを見下ろす戸塚署取調室で、志水は連行した上杉と向き合った。

鑑識係の指紋鑑定の結果が出た。

眼前の男は一〇〇％上杉保であることが確認された。

「築地の特捜が身柄《ガラ》取りにくるまで、頼むぞ」

「了解しました」

海藤は指紋が印刷された書類を机に置き、慌ただしく取調室を後にした。

明治通りに面した署の駐車場が騒がしい。

二年半にわたり全国各地を転々と逃亡した殺人犯確保の情報は即座に警視庁記者クラブに伝達された。新聞やテレビだけでなく、週刊誌のカメラマンまでが戸塚署から築地署に移送される上杉の表情を捉えようと集まり始めた。米国発の同時多発テロばかりに紙面や画面を独占されていただけに、久々の国内のビッグニュースに取材陣は沸き立つ。眼下の駐車場の喧噪《けんそう》は次第に大きくなる。

志水は書類を一瞥し、背後の記録席にいる兎沢に手渡した。

「築地の特別捜査本部に着いたら、徹底的に締め上げられるぞ」

「それがどうしたんだよ」

今まで黙っていた上杉がようやく口を開く。拘束されたときと違い、やや顎を上げ、挑発的な態度が現れ始めている。

「俺は直接の担当じゃないが、その態度はどうかと思うな」

「だったら早く担当連れて来いよ」

パイプ椅子の背もたれに反り返った上杉は、パーカーのポケットに両手を突っ込んでいる。

精一杯の虚勢だ。

「ふざけんなよ」

志水は自身でも驚くほど大きな声を張り上げた。

今まで二〇人以上の強盗犯や窃盗犯を検挙した。殺人幇助《ほうじょ》の疑いがある人物も取り調べた。取調室では、容疑者ごとにタイプが違った。ふてぶてしい表情を浮かべる者が大半だったが、後ろめたい思いがあるのか、どこかに不安の色があった。目の前の殺人犯は全く違う。せいいっぱいの虚勢を張り、志水に挑戦的な眼差しを送り続けている。全身の血液が脳天に逆流するような激しい怒りが志水の胸に湧き上がる。慣れない兎沢に見本を示す良い機会でもある。

「おまえ、人を殺したんだよ。それもおまえを励ましてくれていた彼女だ。なんだその態度は」

志水は右手で机を乱打した。上杉は反り返ったまま、肩をいからせる。

「少しは反省しろって言ってるんだ」

もう一度、机を叩く。その途端、今まで強がって正面を向いていた上杉が横を向く。

「なぜ殺した？」

「あんたじゃなくて、築地署の担当に言うよ」

「なんだと」

椅子から立ち上がると、志水は上杉の隣に駆け寄る。胸ぐらを摑み、睨み続けた。

「人殺しが偉そうな口きくんじゃないよ。質問に答えろ」

「関係ないだろ、もっと偉い刑事連れて来いよ」

「ふざけんな」

胸ぐらを摑む両手に力を込めると、兎沢が割って入る。

「志水さん、まずいですよ」

「こいつ、性根が腐ってる。特捜に渡すまでは俺が調べ官だ」

兎沢の手を振り払うと、志水はもう一度胸ぐらを摑み、一段と力を込めた。

「なぜ刺した？　いくらなじられたからって、包丁持ち出すことはないだろうが」

「あんたには関係ない。なんど言ったら分かるんだよ」

「志水さん！」

もう一度、兎沢が割って入る。肩口を摑まれ、強引に上杉から引き離された。

「志水さん、座ってください。ちょっとおかしいですよ」

深呼吸したあと、志水は椅子に座る。

上杉は私立医大内科部長の息子だ。母親は私立高校の英語教師を勤めていた。中学校から名門と呼ばれる私立校に入り、優秀な成績を収めていた。

高校から大学へとストレートに一流校へ進んだが、就職活動で躓《つまず》いた。挫折を知らないエリートが初めて直面した壁は、就職氷河期という抗いようのない高いものだった。

殺されたＯＬは高校時代の同級生であり、短大卒で一足先に社会に出ていた。厳しい現実を知る女が、救いの手を差し伸べた。女は上杉を励ます意味できつい言葉を投げかけた。上杉は今まで見下していた相手からなじられたことが気に入らず、突発的な犯行に及んだ。実際にどんな言葉をぶつけられたのか。そこが動機だ。

「彼女、なんて言った？　エリートさんが聞くに堪《た》えないようなことを言ったのか？」

志水が告げた途端、上杉は顔色を一変させる。同時に両手で机を乱打した。

「初めて会ったばかりのあんたに、なにが分かるっていうんだ」

両目を見開いた上杉は、唾を飛ばしながら絶叫する。落ちる。このまま動機を聞き出して築地署に引き渡せば、先方の苦労も半減する。志水は身を乗り出す。

「一番肝心なことだ。彼女になんて言われたんだ！」

志水は上杉よりも大きな声で応じた。

「あんたなんかに分かってたまるかよ」

「特捜本部の調べはこんなもんじゃないぞ」

「これ以上話したくない。黙秘する」

上杉がありったけの声で叫んだ直後に突然取調室のドアが開いた。

「おまえら、なにやってんだ！」

志水が振り返ると、太った男が顔面を紅潮させていた。見覚えのある顔だった。

「なぜ部外者が調べをやってるんだ！」

太った男がもう一度怒声をあげた。職員向け広報誌で見たことのある顔だ。本部捜査一課の参事官だった。

「申し訳ありません」

参事官の背後で海藤がなんども頭を下げている。海藤の隣には、仏頂面の男が三人控えている。築地特捜の担当捜査員だ。

「俺、黙秘するから。胸ぐらつかまれて、どなられた。ったく酷い扱い受けたんだぜ。絶対喋らないからな」

引きつった声で上杉が叫ぶ。

「上杉保、築地署特捜本部に移送する」

渋面の捜査員二人が上杉を立ち上がらせ、連行して行った。

「おまえ、自分のやったことが分かってるんだろうな。首洗って待ってろよ」

参事官は志水に捨て台詞を残し、取調室を後にした。

「志水、やりすぎだ」

海藤が震える声で加わる。目には明確な怒りの色が浮かんでいる。

「今日は帰宅しろ。許可するまで自宅謹慎だ」

海藤はそう言い渡すと参事官の後を追った。

なにが捜査幹部の怒りを招いたのか。

凶悪犯には冷徹な態度で臨まねばならない。下手に出たら、舐められてしまう。二年半の間、上杉は数千人の警官を振り回してきた。捜査に携わった全ての警官の怒りを理解させようとしただけだ。

志水は自らの両手に目をやった。小刻みに腕と掌が震えている。怒りが根源なのか。それともほかのなにかの感情が噴き出したのか。震えの根源が分からなかった。

〈上杉容疑者は逮捕後一週間黙秘を貫いているほか、支給された食事にも手を付けない状態が続いており……専門家によりますと、上杉容疑者の性格は知的でプライドが高いため、警察に身柄を拘束されたことによる一種のショック症状が顕在化していると……〉

豊島区要町の賃貸マンションのリビングで、志水はぼんやりと朝の情報番組を眺めた。上杉と対峙《たいじ》した翌日に一ヵ月間の自宅謹慎処分が下った。

署の取調室を出ると同僚たちの好奇と憐れみの視線にさらされた。高田馬場駅前での見当たり捜査で上杉を発見したのは自分だ。なぜ、ここまで責められなければならないのか。理解できない。

缶ビールのプルトップを引く。喉に流し込むと、刺すような痛みがあった。刑事試験合格を機に止めていた煙草に火を点けた。もう一度、喉に鋭い痛みが走る。

「サンドイッチ作ったから。少しは食べなきゃだめよ」

二年前に結婚した妻の仁美《ひとみ》がキッチンから顔を出す。

「仕事のあと、署に寄ってくる。海藤さんに様子を聞いてくるから。夕ご飯はなにがいい？」

仁美が懸命に明るく振る舞う。だが、応じるだけの気力が残っていない。ぼんやりとテレビを見つめ、志水は煙草をふかし続ける。

「気が向いたら、いつでも携帯に連絡して」

仁美がリビングを横切り、出て行った。

缶を摑み、ビールを無理矢理喉に流し込む。画面に目を向けると、築地署前のリポートからスタジオに画像が切り替わる。

〈詳しくは分かりませんが、捜査陣が焦った可能性がありますね〉

岡山県警の元警部補がもっともらしくコメントする。

〈焦ったとはどういうことです?〉

〈頭ごなしに怒鳴ったり、威嚇するような取り調べを行ったのではないでしょうか。この種の逃亡犯は極度の緊張から、異様な精神状態に置かれることが多いのです。威圧すれば、容疑者は頑に心を閉ざすものです〉

〈なるほどねぇ〉

〈上杉容疑者は子供の頃から挫折知らずの人生を送ってきました。こういう犯人はやっかいです。まずは心を開かせ、事件の全容を供述させることが基本です。そもそも、被疑者の大半は、逮捕直後に容疑を否認するものです。『自分は悪くない。相手の態度が気に入らなかった』、あるいは、『警察に捕まったのは、誰かが密告したせいだ』などと、身勝手なことばかり考えるのです。警視庁は面子があったのでしょうが、まずい対応をしたものです〉

「ふざけんな!」

リモコンを摑み、力一杯テレビに投げつけた。

〈挫折知らずの人生を送ってきました〉

画像が途切れたテレビから、コメンテーターのだみ声が反響する。

私立大学を卒業して警視庁に奉職した。安定志向だった検察事務官の父親から勧められたことがきっかけだ。同期中三番で刑事試験に合格した。

新宿署では盗犯の摘発実績を着実に積み上げた。戸塚署に移ってからも、指名手配犯を三人検挙し、薬物取引の現場で主犯格の男にも手錠をかけた。昇進試験対策も手を抜かず、法令や捜査書類、検察への送致実務も全てミスなくこなしてきた。

〈挫折知らずの人生を送ってきました〉

もう一度、コメンテーターの声が耳の奥で響く。

上杉と自分は同じではないのか。

取調室の椅子に反り返った上杉は、二年半の逃亡を経て検挙された。虚勢を張ることで、自分の人生を正当化しようと最後の抵抗を試みた。

変形したリモコンが視界に入る。謹慎を言い渡され、酒浸りになっている自分は、取調室で不貞腐《ふてくさ》れていた上杉となんら変わりがない。

缶ビールを一気に飲み込んだ。むせた。苦い体液が逆流する。自らの意識とは無関係に、涙が溢れる。

上杉と同じように力一杯テーブルを乱打した。自分を兄のように慕ってくれた兎沢の顔が浮かぶ。なにを偉そうに先輩面していたのか。

突然、今度は笑いがこみ上げてきた。自分は誰のために生きてきたのか。なぜ警官面していたのか。ソファに思い切り沈み込んだ。海藤の顔が浮かぶ。

〈庇《かば》い切れなくなった〉

面倒見の良かった上司は、視線を合わせることなく告げた。海藤にしても、結局は組織の歯車に過ぎなかった。

本部の参事官の怒りの前では、部下よりも所轄署の刑事課長という自分の体面を取ったのだ。正式に謹慎処分が出た際も、海藤の態度はよそよそしいままだった。良くも悪くも、海藤は型にはまった普通の警官だった。

誰のために仕事をしてきたのか。奉職してから、警官らしく振る舞うことに全てを賭けてきた。だが、結局のところ容疑者と全く同じ精神構造を持つ自分に気付かされた。耳の奥で響く乾いた笑い声が、自分のものなのか、戸塚署の全員の嘲笑なのか、区別がつかなくなる。

両手で髪を掻きむしったとき、玄関でチャイムが鳴った。

仁美が戻ってきた。ここ数日、忘れ物をしたと偽り、必ず様子を見に帰ってくる。無視を決め込んだ。だが、なんどもチャイムの音が響く。

舌打ちして、重い腰を上げ玄関に向かう。扉を開けると、思いがけない人物が立っていた。

「調子はどうだい?」

「安部さん」

地域課のベテラン巡査部長が笑みを浮かべている。

「上がらせてもらう」

非番なのだろう。安部は地味なジャケット姿だった。三和土で靴を脱ぐと、安部は勝手にリビングに入った。

「案の定こういうことになっていたわけだね」

安部の声は落ち着いている。ベテランらしく、後輩をいたわる腹積もりなのか。だが、普段見下してきた地域課のメンバーに慰めてもらういわれはない。

「一番の功労者なのに、謹慎とは酷い扱いだ。本部の参事官かなんかしらんが、何様のつもりだろう」

安部が穏やかな口調で告げる。

同じ組織の中で誰も労《ねぎら》ってくれる者はいなかった。安部の声音は優しい。志水は頰を涙がつたったのを感じた。

「なにもかも嫌になりました。謹慎が解けたら、離島の駐在かもしれません」

安部はテレビのリモコンを床から拾い上げ、ソファに座った。志水にも座るよう促している。

「駐在さんになんかさせないさ」

「しかし、本部一課の参事官の怒り方が半端じゃありませんでした」

「捜査一課なんてどうでもいいじゃないか」

「俺は刑事課の人間です。本部に目を付けられた以上は一生日陰者です」

一気に告げると、今まで笑みを浮かべていた安部の表情が一変する。

冷めた目で志水を凝視している。爬虫類《はちゆう》を思わせる冷たい視線に、両腕と首筋が一気に粟《あわ》立《だ》つ。

「刑事部なんかにいる必要はないよ」

安部はジャケットから警察手帳を取り出す。地味な巡査部長の真意が摑めない。巡査部長の瞳の奥が鈍く光る。

「こっちに来ないか？　君には得難い才能がある」

安部が手帳を開いた。顔写真と階級の表示された面には、戸塚署地域課巡査部長ではなく、全く別の肩書きがある。

「どういうことですか？」

志水は全身が硬直していくのを感じた。

11

捜査メモに安部の名と「ハードディスク」と書き加えると、兎沢はページをめくる。

「おっ、これもおまえに頼もうと思ったんだ」

兎沢は鑑識の用具箱を片付けている坂上の肩を叩いた。

「一応、自分の仕事がまだ残っているんだけど」

坂上が眉根を寄せる。兎沢は香川の家で押収したステッカーを取り出す。

「ご依頼主様保管用シール」と書かれた面を向ける。

「ものはついでって言うじゃないか」

「なにを調べさせるわけ？」

「この業者、たしか配送の履歴をインターネットで辿れるよな」

「そのためのシステムだからね」

兎沢がQRコードと数字が印刷された箇所を指すと、坂上の表情が一段と曇る。

「まさか、侵入しろとか言わないよね」

「三年半前のケータイ事件のとき、見せてくれたじゃないか」

「ちょっと、声が大きいよ。アレは裏技なんだから」

坂上が慌てて唇の前で人差し指を立てる。

携帯電話会社の基地局が放火され、巨額のカネが強請《ゆす》られた事件だった。兎沢はSITの後方支援に回り、八王子市と日野市の境の現場に臨場した。このとき、坂上も鑑識課の一員として同行した。

現場検証を終えて所轄署で夕飯をともにした際、坂上は犯人グループから出されたメールを解析した。

犯人グループはブルガリアや香港のサーバーを経由して要求を出した。最終的に上海のネットカフェの端末を割り出したのが坂上だった。

坂上は日本企業のセキュリティの穴を見つけ、そこから足跡をつけずに海外のネット拠点を行き来した。

「あのときの要領でやれば、業者のシステムに入るなんてわけないだろ」

「そりゃできるけど、正規の手続きで捜査照会すれば済む話じゃん」

「それじゃ遅いんだよ。頭の固い鹿島管理官を通さないと令状取れないしな」

「勘弁してよ。警察官の不正アクセスがバレたらしゃれにならないってば」

「バカ野郎、殺人事件の捜査中だ」

声を押し殺し、兎沢は凄んでみせる。坂上は渋々頷く。

「責任は俺が取る」

「分かったよ。まったく、この人は言い出したら聞かないからな」

坂上はキーボードを引き寄せ、宅配業者のホームページを画面に表示させると同時に手元の小型ノートパソコンを開く。

全く馴染みのない数字とアルファベットが羅列された画面がある。黒い画面の中で、緑色の記号が猛烈な速さでスクロールし続ける。兎沢の視界の中で、小さなコマンドが蟻のように行き交う。

「やっぱり気が進まないなぁ」

「難しいのか？」

「配送のシステムは、ドライバーと本支店間の連絡用なんで大したことないけど……でも、本当に入っていいの？」

「殺しの捜査だって言ってるだろう。こんな理屈、小学生でも分かる」

兎沢の悪態に溜息をつきながら、坂上は小型ノートパソコンと大型のキーボードを交互に叩く。

坂上が携帯電話を取り出す。薄い石鹸のような形だった。

「それはなんだ？」

「スマートフォンも知らないの？　小型パソコンに電話機能が付いてるヤツ」

「俺には普通ので十分だ」

坂上はなんどかスマートフォンの画面をタッチすると、どこかに電話をかけ始めた。同時に、小声で暗号のような数字やアルファベットを伝える。仲間うちとキーワードのやりとりをしている様子だ。電話をかけながら、坂上はせわしなくメモを取る。覗き込むが、内容はさっぱり理解できない。

一五分ほど坂上の作業を見守ると、キーボードの音が止んだ。坂上は小型パソコンの画面に見入っている。

「……お探しの荷物は東北向けの大型トラックに積載されたところだね」

「東北のどこだ？」

「ちょっと待ってよ……山形県だね。配達エリアは山形市と天童市」

「宛名や住所は分かるか？」

「そこまでは分からない。伝票の住所部分は手書きだからね。だから、正式に令状取って調べた方がいいって」

坂上が口を尖らせる。

「こういうときのために、これを押収してきたんだ」

兎沢は小型ノートパソコンと大型のキーボードを衝立に押しのけ、紙袋の中からはがきや手紙を机に載せた。

「ちょっと場所借りるぞ。頻繁にやりとりしている山形か天童の人間を探せばいい」

「さすがにそういう作業は帳場でやってほしいんだけど」

「うるせえな。さっさと手伝えよ」

輪ゴムで束ねられた年賀はがきを坂上に差し出す。手袋を外しながら、坂上がひったくるように受け取る。

「これで最後だからね」

小学生のように、坂上は左手親指の爪を噛む。仕事が佳境に入ると必ず見せる仕草だ。不貞腐れた体を装っているが、本心は興味津々だという証拠だ。

「メイド喫茶でもなんでも奢ってやるよ」

兎沢は年賀状の束を勢い良くめくり始めた。

12

〈警視庁公安部公安総務課　巡査部長　安部義一〉

安部の警察手帳には、戸塚署地域課巡査部長ではなく、全く畑違いの所属部署が明記されている。

「安部さんは本部の公安捜査員ということですか？」

安部は無表情のまま頷き、口を開いた。

「上杉を見つけたときのスキルはどこで身に付けた？」

唐突に公安だと名乗った安部は、志水の疑問などお構いなしに言葉を継ぐ。

「どういう意味ですか？」

「捜査共助課の見当たり捜査班にいたことはないよな？」

「ありません。新宿の盗犯係を経て、戸塚で強行犯担当ですから」

安部が満足げに頷く。公安ならばとっくに経歴を調べ上げているはずだ。志水は安部の意図が未だに分からず、首を傾げる。

見当たりは本部捜査共助課の仕事だ。主要なターミナル駅や空港に赴き、頭に叩き込んだ指名手配犯を根気強く雑踏の中から探し出すプロのチームだ。なぜ安部が唐突に特殊な班の名を持ち出したのか理解できない。

「強いて言うなら、中高と剣道部に在籍しました。対戦相手のクセを覚え、どう攻め込んでくるかを瞬時に頭に刻み付けるよう教わりました。動体視力と記憶力はそこで鍛えたものです」

志水が告げると、安部が頷く。

「視線をゆっくりと動かす。そして目に入った風景を人とともに切り取り、脳に植え付ける。見事なやり方だった。公安では〝引っかけ〟と呼ぶ」

上杉が高田馬場駅周辺に出没したとの情報を受け、志水ら刑事課のメンバーは急遽集まった。ロータリーに向かった志水は、安部が言った通りの方法で雑踏に紛れ込み、上杉の姿を追った。

「駅前ロータリーを見下ろせる位置にハンバーガー店があるのは知っているか？」

「どういうことです？」

安部の口元が歪み、不気味な笑みが浮かぶ。志水はもう一度駅前の風景を思い起こした。

高田馬場駅早稲田口を出るとロータリーがある。あの日、赤信号で歩みを止めると、大学生やOL、制服姿の女子高生の一団がいた。

目を閉じ、頭の中のファイルをめくる。早稲田通りを挟んだ場所で古い商業ビルの残像が蘇った。

高校生の一団と行き交う車の向こう側に、ドラッグストアの黄色い看板がある。その上のフロアには赤い看板があった。世界的なチェーン店の大きなロゴが浮かんだ。

「ミッキーズバーガーですね」

「俺はあの窓際の席でずっとおまえを観察していた」

安部の言葉を聞いた瞬間、背中に冷水を浴びせられたような感覚に襲われた。

「なぜですか？」

「目利きに間違いがないか、確認したかったのさ」

「目利き？」

「以前、高田馬場駅前で不審者を職質して覚醒剤所持で現逮したな」

志水は記憶のページを辿る。半年前の終電間際だった。駅構内で目線を泳がせていた男がいた。売人の到着を待っていた学生だった。

「あのときも私を観察していたのですか？」

志水の問いには答えず、安部は言葉を継ぐ。

「おまえは刑事部なんかより何倍も公安に向いている。あの灰皿スタンドでの陣取りといい、人の流れを冷静に分析するところも様になっていた。予《あらかじ》め署にあった指名手配のポスターをチェックして、上杉の特徴を頭に叩き込んでから臨んだはずだ」

安部の言う通りだ。身長一七五センチ、体重七〇キロ。整形前と手術後の顔の特徴を頭に叩き込んだ。

「タクシーの車高で大まかな目安を決め、対象となる人間を無意識のうちに探ったな」

たしかにタクシーの車高を物差しにして、行き交う人間の身長と当てはめ、上杉を炙り出した。安部の指摘は一つひとつ正確なものばかりだ。だが、安部の言っていることには、大きな矛盾がある。頭に閃いた考えを口にする。

「安部さん、目が悪いんじゃないですか？」

「これか？」

いつものように安部は目を細めてみせる。近視の人間が焦点を合わす仕草だった。署内ですれ違うときの安部は、いつもこの目付きだ。

「こうしていたら自然と周囲には近視だと刷り込まれる。そこが狙いだ。実際、俺がミッキーズから監視していたなんて、夢にも思わないだろう？」

早稲田大近くの大衆食堂に顔を出したときも安部は目を細めた。近視特有の仕草は志水の記憶の中に蓄積された。

安部の真意が分かると、両腕が粟立つ。安部はどこまで自分のことを把握しているのか。

「怖がらなくてもいい。これが仕事なんだ」

志水の心の内を見透かしたように安部が告げた。

「向いていると言われても、具体的な仕事の中身が見えません」

「国を護《まも》ることだ。事件を起こさせないよう抑止する。公安の意義はそこに尽きる」

今まで浮かんでいた安部の薄ら笑いが消え去った。

国を護り、事件を抑止する。安部は断定口調で言い切った。だが、仕事の詳細は見えてこない。

「この前の学生、覚えているか？」

安部が手帳から一枚の写真を取り出した。写っているのは若い男だった。

「早稲田の学生ですよね。大学近くの食堂で飯を食べていました。なぜ公安があんな学生までチェックしたんですか？」

志水の問いかけを無視し、安部が手帳から別の写真を取り出す。今度は浅黒い肌、立派な顎鬚《あごひげ》をたくわえた男で、ニューヨーク同時多発テロの首謀者だ。

「この前の学生は理工学部の四年生だ。レーダーに関する研究を続けている」

理工学部の学生とテロ組織の首謀者がどうリンクするのか。まだ合点がいかない。

「あの学生が住む鶴巻町のアパートに不審な連中が出入りした。自宅《ヤサ》を割ると同時に、アパートの周辺を徹底的に調べた」

安部は淡々と告げるが、志水には話の着地点が読めない。

「学生が所属するゼミは国内有数のレーダー誘導技術を研究している。ＮＡＳＡとのつながりもある」

「まさか、あの呑気な学生がテロ組織の手先に？」

「本人にそんな意識はない。ただ、アパートの部屋には学術論文のデータが大量に詰まったパソコンがある。そこにサークルで知り合った北アフリカ出身の留学生が頻繁に出入りしていたら、どうだ？」

安部は手帳から別の写真を取り出し、テーブルに載せる。

彫りの深い顔立ちの男だ。安部が写真を裏返すと、小さな文字で男の名前、生年月日、東京での住所が記載されている。末尾には、「テロ組織末端協力者」の文字があった。

「まさか……」

「最新鋭のレーダー誘導装置が搭載されたミサイルが洋上から発射されたらどうなる？」

志水の脳裏に、顎鬚をたくわえたテロ首謀者であるオサマ・ビン・ラディンの顔が浮かぶ。米国での一件以降、テロ組織はこれに協調する国に制裁を加えると訴えていた。ミサイルや誘導という言葉には計り知れない現実味がある。安部を見返す。

「この協力者は既に国外へ出た。もちろん、公安部外事三課と公総が共同で秘匿追尾を続け、水際でデータ流出は食い止めた」

志水は息を呑んだ。

戸塚署管内は平穏な学園都市だ。早稲田大学のほか、名門女子大や私立の名門中高が集まり、昔ながらの商店街も残っている。テロ組織とは一切無縁だと思っていた。だが、国際的なテロ組織が平和な街で大手を振って活動していた。

「戸塚は代々公安部のシマなんだよ」

安部が抑揚を排した口調で告げる。

「学生運動華やかなりし頃は、早稲田のキャンパスは急進的な左翼に相当侵蝕された」

志水の脳裏に白黒のニュース映像が流れた。ヘルメットを被り、角材を振り回して機動隊と衝突する学生たちだ。

「潜在的に反体制勢力が棲《す》みやすい土地柄でもある。時代が変われば監視対象も変わる」

テーブルの写真を回収した安部が断定口調で言った。

「痴話喧嘩で女を刺すような野郎を追い詰めることが、おまえのやりたかった仕事なのか？」

ゆっくりした口調で安部が告げた。取調室で虚勢を張る上杉の顔が浮かぶ。

「日本人が当たり前に暮らせるのは、俺たちが体を張ってこの国を護っているからだ」

言葉が志水のこめかみを射貫《いぬ》く。

「どちらの意義が大きいか、頭の良いおまえには分かるはずだ」

安部が言い切った。濃い灰色の瞳が鈍い光を発する。国を護る。言葉はなんども頭蓋の中で反響した。

第三章　背乗り

1

「ウチのデータベースで該当者はゼロでした」

公安部外事二《ソトニ》課の担当警部《かかりちょう》が分厚いファイルを閉じた。

曽野は外事一《ソトイチ》課の警部に目をやった。担当警部は申し訳なさそうに頭を振る。

「北でもない、ロシアにも該当者なしってどういうこと？」

背乗りは日本人になりきった外国人S《スパイ》が諜報活動《エスピオナージ》に用いる常套手段だ。

外見上、日本人と見分けがつかない北の工作員が多用する。外事二課は在日朝鮮人のルートを辿りつつ、背乗りに関して神経を尖らしてきた。

かつての日本人拉致事件でも背乗りした工作員が暗躍した。北のミサイル開発計画が進捗するにつれ、日本の全主要都市が射程に入った。今も視察の手を緩めたことはない。

一方、外事一課も背乗りには細心の注意を払ってきた。一五年前にも日本人に成りすましたアジア系ロシア人のスパイを摘発したが、このケースも失踪日本人の戸籍を悪用した典型例だった。

「公総《ウチ》ではなにか引っかからなかったの?」

曽野は公総データ班の警部補を見る。

内田副総監のところに村岡が現れたのは午前中だった。公総の会議室からはライトアップされた国会議事堂が見える。基調を命じてから既に八時間以上も経過している。

「全国の担当者に緊急照会しましたが、めぼしい情報はありません」

「選り抜きメンバーが血眼《ちまなこ》で探したのに、どうして引っかからないかな」

曽野は手元の資料に視線を落とす。パワーデータ社という怪しげな会社を経営する村岡晴彦が他人の戸籍を悪用しているのは明らかだった。

パワーデータ社の公式資料によれば、村岡は五三歳。関西の商業高校を卒業したあと、秋葉原の電子部品問屋に就職した。以降、複数の問屋や部品メーカーの営業職を経て、一〇年前に村岡デバイスという小さな部品商社を資本金二億円で興した。その後パワーデータ社に商号変更し、現在に至る。部品商社という登記はあるが、実態は村岡一人のペーパーカンパニーであり、中身はほとんどない。注記を見ると、半導体メーカーと電機会社の特殊な半導体取引を仲介する電子部品ブローカーとなっている。

「背乗りされた人の情報は？」

公総データ担当の警部補は、青い表紙のファイルから書類を取り出した。

「本物の村岡氏のデータです」

関西地方の小さな衣料品問屋の入社式の記念写真だと説明が添付されている。会社玄関前で撮影された写真の中で、本物の村岡は口を真一文字に結んでいる。背が低く、体の線も細い。今の村岡とは似ても似つかない人物だ。

「家族からの失踪届けとか捜索願いは？」

「児童養護施設出身で、元々身寄りのない人物でして、会社側でも勤め切れないから勝手に退職したものと判断したようです。かなり人づかいの荒い企業として知られ、毎年新入社員の半分以上が退職するそうです」

「背乗りしやすかったわけだな」

毎年、日本では一〇万人近くが失踪する。過去やしがらみを自らの意思で捨てる者、犯罪に巻き込まれる人間とその形態は様々だが、失踪者を悪用する事例が後を絶たない。

「極左や新興宗教の線はどうなの？」

「担当の一課、二課から特段危険な人物の報告はありません」

北やロシアでなく、極左や新興宗教でもないとすれば、村岡はなぜ背乗りをしたのか。しかも、内田副総監とどのような経緯で接点を持ったのか。

「現在の村岡氏について、割り付けと基調をお願いしていたよね」

警部補が背広からメモ帳を取り出した。

「出身地、実年齢は一切分かっていません。これは推測ですが、マル暴や専門の裏戸籍斡旋業者に依頼して身分を買い取った公算があります。秋葉原での履歴は現在調べさせております」

「分かった。それで家族の評判は？」

「一五歳年下の妻との間に一〇歳の娘がおります。現住所は世田谷区等々力三丁目、近所の評判は悪くありません」

「奥さんの素性は？」

「パワーデータ社で秘書を務めていました。どうやら六本木の夜の女のようです。なお彼女の一族全員に関し、思想等で問題は一切ありません。娘は六本木の名門女学校初等部に通っています」

「引き続き基調をお願い」

曽野は腕を組んだ。

なぜ関西で失踪した男を背乗りしたのか。思想や諜報にしても動機が乏しい。

「刑事《ジ》の分野でなにかあったのかな？」

公安の膨大なファイルとデータベースに引っかかってこない以上、背乗りの動機は刑事事件絡みの要因があるのではないか。

「それとなく、あっちも探ってよ」

曽野が告げると、三人の公安捜査員が無言で頷く。

「午前中にも言ったけど、どんな意図で調べさせているかはあえて伏せておく。ただし、組織の存亡に関わるリスクがあることは承知しておいてね」

一方的に告げると、曽野は会議室を後にした。

廊下に出ると、副総監室に足を向けるか逡巡《しゅんじゅん》した。携帯電話を取り出し、内田の番号を呼び出す。内田は親しげな顔で村岡を個室に招き入れた。曽野はもう一度考えを巡らせる。

面と向かって尋ねるのは容易《たやす》いが、内田が全く背乗りの事実に気付いていない場合、リスク管理の観点から重大な問題となる。

万が一、内田が背乗りの事実を知っていた場合はなおさら厄介だ。警備公安畑の保守本流を歩いてきた男が背乗りの意味するところを知らぬはずがない。内田自身が村岡に弱味を握られているケースも考えておかねばならない。その場合、警視庁だけでなく、警察庁という国家組織全体がリスクにさらされる。

曽野は携帯電話を背広のポケットに入れ、課長室に向かった。

2

複数の帳場を回り、海藤が本部六階の課長室に戻ったときは午後九時を回っていた。運転手の巡査部長と一緒に冷えた幕の内弁当を食べ始めると、いきなり兎沢が現れた。

「夜の捜査会議にも出ず、どこに行ってたんだ」

海藤が顔をしかめた途端、巡査部長が気を利かせて部屋を出た。

「一つだけ収穫がありました」

悪びれもせず、兎沢が報告する。海藤が顎で促すと、兎沢がソファに腰を下ろした。

「被害者がのっぴきならない書類を作っていたのは確実です」

兎沢が背広から手帳を取り出し、ノートパソコンの写真をテーブルに置いた。

「おそらく昨夜の段階でデータを作成し、これをメモリーカードに移管していました。念を入れて、パソコンのハードディスクを抜き取っていました」

「なぜそんな必要があった？」

「身の危険を感じるなにかがあった、そう睨んでいます」

兎沢の言葉を頭の中で繰り返す。業務用のパソコンを破壊してしまえば、翌日からの勤務に支障が出る。そのリスクを冒してまで、香川がなんらかのデータを保護する必要に迫られていた。

「移管したデータはどうした？」

「自宅には残っていません。発送されていました」

「どこにだ？」

「課長の地元ですよ」

「山形か？　なぜだ」

「ＯＢです」

再度手帳をめくった兎沢が、ページの間から年賀はがきを取り出した。

黄ばんだはがきのほか、今年のものまで一五枚ほどある。テーブルから取り上げ、宛名を見た瞬間に海藤は声をあげた。

「柏倉《かしわぐら》さんじゃないか」

「課長との接点は？」

「初めて本部勤務になったとき、柏倉さんは第三強行犯係の警部補《しゅにん》だった。その後なんども一緒に捜査した」

「五年前に大井署長を最後に定年退職し、その後は天下りせずに郷里に戻られたんですよね？」

「彼はＳＩＴ管理官が長かった。香川さんをよく知っているはずだ」

海藤は分厚い年賀状の束に目をやる。

短軀《たんく》だが、柔道で鍛えた体は定年後も健在だった。渓流釣りのスナップや庄内地方での黒鯛釣りの様子がプリントされている。現住所は山形市中心部となっている。

「課長を使って申し訳ないんですがね、被害者が死の直前に発送した宅配便が明日か明後日には柏倉さんのところに着きます」

「話を通しておく。本部宛に転送してもらえばいいな？」

「いえ、俺が取りに行きます」

兎沢が眉根を寄せて言った。

「なぜだ？」

「香川さんのパソコンを押収したんですがね」

兎沢が香川家での出来事、そして指紋を検出した経緯を話した。

「牛込の安部巡査部長ですが、実は公安の人間ってことはありませんか？」

思いもつかなかったことを兎沢が言い出した。今朝帳場に顔を出したとき、目撃情報を提供したのは安部巡査部長だった。

地域課の職務として殺害現場となった戸山公園の一帯を警らしていたという証言に不自然な点はない。所轄署の気遣いとして元刑事の通夜や葬式の手伝いに出ることも前例のない話ではない。

だがノートパソコンの背面にあるハードディスクに手をかけようとした事実は、合理的な説明がつかない。

「安部巡査部長は戸塚時代も地域課でした。帳場で再会したときも、所轄回りの地味な人という以上の感情は抱きませんでした。ただし、あの証言を聞くまでの話ですがね」

海藤は目を細めた安部の顔を思い出した。

「怪しい人を見た、安部氏はたしかにそう言ったよな」

「今回パソコンに付着した指紋を見て、改めてあの証言が気になるんですよ」

海藤は腕組みし、目を閉じた。

なぜ遺族のもとに出向いてから、不自然な形でパソコンに触れたのか。香川の死になんらかの興味があり、重要な書類の存在を知っていたのか。

「彼が公安のメンバーだとすると、理屈に合うんですよ」

「なぜだ？」

「戸塚署は元々公安のシマでした。正規の公安係のほかに、地域課や交通課にも公安の要員が交じっているって話を聞いたことありませんか？」

目を開けると、兎沢が身を乗り出していた。刑事課長時代に公安絡みの噂はなんども耳にした。

早稲田大学に潜む極左勢力を監視するため、代々の署長は警備公安畑の出身者が就いた。兎沢の言う通り、安部が公安だったとしても違和感はない。現在の牛込署にしても管内や近隣には複数の私立大学がある。未だに極左とつながっている自治会組織があるとも聞いた。安部の公安要員説は十分あり得る話だ。

「それに志水の野郎が電話をかけてきたわけですし、内田副総監が直々に帳場入りしたってことにも説明がつくんですよ」

「安部の目撃証言も疑っているのか？」

「今となってはそうです」

兎沢が顔を紅潮させる。公安が絡むと兎沢の形相が一変する。海藤は慌てて手で制した。

「ともかく、柏倉さんには話を通しておく。あす朝一番で出張してくれ」

海藤の言葉が終わらないうちに、兎沢は席を立った。

海藤はテーブルに残されたはがきを取り上げた。小さな文字で綴られた番号をダイヤルすると、懐かしい声が響いた。

3

〈四番です。お客さん、どうやら帳場から直帰するようです〉

「了解。引き続きよろしく」

ガス会社のバンを偽装した指揮車の中で、志水は無線のスイッチを切った。指揮車内の画像モニターの表示を見ると、午後九時半だった。

夜の捜査会議は午後八時からと決まっている。だが、会議そのものを兎沢は無視した。四番の報告が入る前、帳場に設置した秘録機材から伝送されたのは若い管理官と兎沢の怒鳴り合いばかりで、得るべきデータは一つもなかった。

兎沢は意図的に単独で行動している。香川の勤務先で得た手掛かりと自宅で押収した資料になんらかの糸口を見つけたのだ。

薗田の報告によれば、香川家にはわずかな差で兎沢が先行した。牛込署から安部が駆け付けたときは、既にはがきやかつての捜査メモを押収されていた。パソコンのハードディスク抜き取りも試みたが特殊な工具がなく、断念したと聞かされた。

モニター横の小型ノートパソコンを取り上げると、志水は時系列に記してきたメモに兎沢の行動記録を記した。

〈四番です。所轄の車両で帰宅するようです〉

「了解。脱尾しろ。指揮車が追尾する」

運転手がサイドブレーキを解除する音が車内に響く。

報告通りに兎沢が動くとすれば、車は大久保通りを西方向へ走る。大久保通りと小滝橋通りを左折し、一キロほど進めば北新宿の官舎だ。志水は無線のスイッチを入れる。

「お客さんがご帰宅だ。準備は？」

〈八番です。官舎玄関の下駄箱に秘録装置設置済みで、音声はいつでも拾えます〉

どのような手段で設置したかは把握していないが、兎沢夫妻が官舎住いを続けてくれていたことが幸いした。

官舎の中は相互監視システムが徹底している。煮物を大量に作ったからお裾分けに来たとでも偽り、現役の公安要員が接触して装置を設置するのは容易い。

無線を秘録機材のチャンネルに切り替える。車内のスピーカーから民放ドラマの音声が響く。背後では、かすかにシャワーの音が聞こえた。機材の感度は良好だ。

官舎の音声を聞きながら、志水はメモを書き続ける。事実関係と時刻を簡潔にまとめた。今後の秘匿追尾の留意点や要員の交代の引き継ぎに関する手続きも加え、ファイルを曽野にメールした。

『送信完了』の文字を確認したときに、スピーカーからドアの音が響く。両耳に意識を集中させると、兎沢の尖った声だった。

〈帰ったぞ〉

〈どうしたの、こんなに早く?〉

シャワーの音が途切れ、兎沢の妻、瑠美子《るみこ》の声が響いた。

戸塚署時代に仁美とも一緒になんども四人で食卓を囲んだ。瑠美子はくるくるとよく動く瞳と快活な笑いが特徴的な小柄な女だ。だが、スピーカー越しに聞こえた声は、志水が知るかつての瑠美子の声音ではなかった。冷め切っている。瑠美子の声が現在の兎沢の家庭を全て映している。

〈ご飯は?〉

〈食う〉

〈簡単なものでいい?〉

〈ああ〉

ぶっきらぼうな兎沢の声が途切れたあとは、包丁と俎板《まないた》の音がスピーカーから漏れる。その背後に紙袋を漁る音が重なった。兎沢は香川の家で古い年賀状の束と捜査メモの類いを押収した。家に戻ってからも資料《ブツ》を当たっているのだ。

〈帳場に入ったから、明日も早いんでしょう？〉

瑠美子の声のボリュームが上がる。玄関に近いリビングに移動してきた。

〈明日は出張だ〉

〈どこに？〉

〈おまえに関係ない〉

兎沢が露骨に不快な声をあげると、瑠美子が反撃する。

〈そんなの分かってるわよ。朝ご飯がいるか知りたいから聞いてるの〉

〈いらねぇ。新幹線の中で適当に食う〉

〈西に行くの？　それとも北？〉

〈山形だ。日帰りだが、遅くなるから夕飯も用意しなくていい〉

志水はノートパソコンの画面を切り替える。公総と人事一課で作った人事チャートのファイルを呼び出し、ＩＤとパスワードを打ち込む。

退職者の項目を開いて香川を探すと、即座に眉毛の太い男の顔が現れた。『検索』の欄に

『山形』と打ち込むと、五秒後に複数の人物相関図が現れた。

4

〈メールをご確認いただけましたか？〉

「ちょっと待ってね……なるほど、そういうことか」

曽野はデスクトップの画面に見入った。

報告メールの中に香川の資料が現れる。香川の顔の上でマウスをクリックすると、志水が炙り出した相関図が現れた。

「捜一の兎沢君はこの人宛にメモリーカードが送られたと睨んでいるわけだね？」

〈先ほど香川家で待機する安部さんに再確認をお願いしました。夫人によれば、香川さんが本部で一番信頼していた人物だそうです。間違いないでしょう〉

「柏倉管理官ねぇ」

〈ご存知ですか？〉

「ちょっとだけね。例の総監経験者襲撃事件が起きたとき、彼はＳＩＴの管理官だったから」

〈山形に視察の手配をお願いできますか?〉

「了解。君も行ってくれるよね」

〈新幹線ですと気付かれる恐れがあるので、車で先回りします。面が割れていないメンバー一〇名で秘匿追尾します〉

「よろしくね」

曽野は電話を切ると、画面上の香川と柏倉の写真に見入った。現場、現場と常に泥臭いことばかり主張する捜査員が柏倉だった。

一〇年前、歴代の警視総監経験者を狙うテロ事件が発生した。中野区と武蔵野市に住む二人がターゲットとなった。いずれも宅配便業者を装った暴漢に襲われるという異様な犯行だった。瞬く間に世論が沸騰した。

現役の警視総監を本部長に据え、公安部と刑事部が合同特別捜査本部を立ち上げたが、結果は散々なことになった。極左主犯説を唱える公安部と怨恨の線を主張する刑事部が激しく対立しただけだった。

公安機動捜査隊管理官として、曽野は極左の実行部隊の存在を炙り出したが、過去の怨恨ネタを摑んだ柏倉管理官がこれにことごとく嚙み付いた。

事件発生から一カ月たったとき、都内に住む無職の男が警視庁本部に出頭し、事件はあっけなく解決した。過去に職務質問で感情を害されたのが動機だと自供した。公安、刑事双方ともに替え玉説が浮上したが、上層部の政治的な判断により自首した男の供述が採用され、事件は着地した。

深い溝がある柏倉に直接連絡を取り、データを閲覧させろとは口が裂けても言えない。もとより、柏倉が協力してくれるはずもない。

曽野は警電を取り上げ、山形県警の警備部長に連絡した。宅配便が到着する前に、集配所やドライバーに接触できないか相談した。先方は二つ返事で引き受けてくれた。

警察庁警備局を頂点にした公安捜査の網は、全国の所轄署に切れ目なく広がっている。戦前に旧内務省特別高等警察が築いた全国組織がそのまま現在も活かされている。戦前と同じく、上意下達の組織運営も健在だ。

曽野が受話器を置いたとき、唐突に課長室のドアが開く。顔を上げると、内田副総監が立っている。

「国際環境会議の段取りだけど、記者レクチャーの草稿どうなった？」

「できてますよ。ちょっとお待ちください」

執務机から離れ、曽野は壁面のキャビネットのファイルを取り出す。内田は机の前で腕組みしていた。

「帰りの車の中で目を通しておきたくてな」

次期総監の椅子が目前に迫る内田は、メディア対応にことのほか気を遣う。

作成した文書には、動員される機動隊員の詳細と配置をオンレコ、オフレコ用に明確に区分した上で記しておいた。

オフレコ情報を巧みにちらつかせればバカな記者は喜ぶ。一番肝心な機密情報は、当然資料には載せていない。オンレコ、オフレコのページを目にした内田は、曽野の意図を察し、口元に笑みを浮かべる。

「よくまとまっている。ご苦労だった」

「次のポストへの地ならしは大切ですからね。記者連中が喜びそうなネタを仕込んでおきましたよ」

「えげつないことを言うな。それから、例の殺しの一件、どうなった?」

「特段の進展はないようです。情報は逐一出しますので、帳場に寄るのはやめてください」

「結果的に俺が首を切った人間だから気になるんだ」

「一つだけお教えしましょう。事件のカギになるブツがどうやら山形に行っているらしいのです。刑事部の連中が回収する前に、なんとかします」

「そうか。ご苦労さん」

内田は満足げに頷いた。目の前の上司と村岡の顔が一瞬だぶった。喉元まで名前が出かかったが、飲み込む。内田は中年太りの体を応接セットに深々と沈め、もう一度ファイルに目を通している。

村岡の割り付けが終わったあとで、注意すればよい。上司の機嫌をいたずらに損ねることは、ズケズケと物を申すタイプの自分にもはばかられた。

ファイルを小脇に抱えて部屋を出て行く内田の背中を、曽野は黙って見送った。

5

部下がサイドブレーキを引く音で志水は目を開けた。腕時計に目をやると、午前五時二三分だった。

窓の外には、出張でなんどか訪れた古い街並が見える。

山形市中心部の七日町交差点を通り過ぎたところで、電気工事業者を装った指揮車がゆっくり停車した。運転席越しに前方を見ると、クリーニング業者のロゴが付いた白いサニーのバンが停まっている。

「山形《やまがた》県警の行確班キャップです」

助手席の巡査部長が志水に告げる。

まだ夜が明け切っていない。志水は指揮車の周囲を見回す。通り沿いには地場の老舗書店や百貨店があるが、メーンストリートを行き交う通行人はほとんどいない。新聞配達の原付バイクが指揮車を追い越したのを見計らい、志水は降車した。バンに歩み寄ると、助手席のドアが開き、作業ジャンパーを着た男が志水に会釈した。

「公総の志水です。朝早くから恐縮です」

「どうぞ、乗ってください」

促されるまま、窓に黒いフィルム加工が施された後部座席に乗り込む。ジャンパーの男は、県警本部公安課の佐藤《さとう》巡査部長と名乗った。

「早速ですが、行きますか?」

「お願いします」

東北自動車道を北上する間、柏倉の自宅を監視するよう要請した。曽野が手配してくれたことで、態勢はスムーズに整った。

「自宅マンション前に電設工事のバンを停めております」

「変わった様子は?」

「現状、特にありません」

バンは表通りを左折した。電柱の住所表示を見ると本町二丁目になっていた。表通りから折れると、山形市内の古い商家や住宅が並ぶ。

「あれです」

助手席の佐藤がフロントガラス越しにマンションを指す。築一〇年程度で、古い街並とは趣《おもむき》を異にする煉瓦張りの中層マンションだった。

「特に問題のある人物とは聞いておりません。行確は初めてでして、生活パターンは摑んでおりません」

「突然のことで申し訳ありません」

柏倉は不祥事や問題行動が原因で辞めたわけではない。警視庁警務部人事一課から行確指令が出るような人材ではないのだ。山形もやりづらいのだろう。

「今は無職ですか？」

「そうです。実家は郊外にあったようですが、夫人と二人暮らしということで、生活に便利な中心部の本町を選んだようです」

「なんどか県警に顔を出したんですね？」

「かつて桜田門の捜査一課で一緒に仕事をしたキャリアが、現在はウチの本部長です。時折、お茶を飲みに来るようです」

バンが速度を落とす。通りから見渡せる屋外駐車場には佐藤が言った通り、電設会社の車両が停車している。

「マンションの外周を走ってもらえますか」

志水の言葉に、若い運転手が頷く。マンションは三〇世帯程度が入居しているもようだ。所々に電灯が灯っているが、大半はまだ眠りについている様子で建物全体が薄暗い。

敷地の外れ近くに差し掛かったとき、志水は目を凝らした。住民用の薄暗い駐車場の奥に粗大ごみの置き場が見える。

「ちょっと停まって」

バンがゆっくり停車した。使い古された冷蔵庫と箪笥の奥に防犯用の蛍光灯が見える。志水の視線を辿った県警の佐藤巡査部長が運転手に声をかけた。

「おい、あの冷蔵庫の向こう側はなんだ?」

「えっ……分かりません」

運転手が口籠ったと同時に、佐藤が志水に顔を向けた。

「ゴミ処理業者が出入りする専用出入口かなにかでしょうね」

顔をしかめた佐藤がドアを開け、ゆっくりと薄明かりの方向に歩き出す。運転手に目を向けると、横顔が硬直している。

一分ほどすると、佐藤が小走りで助手席に戻った。ドアを閉めるなり佐藤が頭を下げた。

「柏倉の車はありましたが、駐輪場のスクーターがありません」

「カゴ抜けですか」

志水が溜息を漏らすと、運転手がなんども頭を下げた。佐藤が射るような目付きで後輩を睨む。

「急なお願いでしたからね」

志水は携帯電話を取り出すと、柏倉家の固定電話の番号を表示させる。呼び出し音が二回鳴ったあと、受話器が上がる。電話口で夫人の快活な声が響いた。

「早朝から恐縮です。私、警視庁人事一課の者ですが、ご主人はご在宅ですか？　昨日亡くなった香川さんの葬儀について、ご主人の同期会から急ぎで献花の相談が入りまして」

志水が澱《よど》みなく告げると、電話口の夫人が申し訳なさそうな声をあげた。親交が深かった香川という名を出したおかげで、夫人は全く警戒している様子がない。

〈今朝四時頃でしたか、コンビニにスポーツ紙を買いに行くと……いつも携帯を持っていくように頼んでいるのですが〉

「いつも利用されるコンビニは？」

〈さぁ、散歩がてら、あちこち歩くのが好きな人ですので〉

電話を切ると、県警の二人は事情を察した様子で俯《うつむ》いた。佐藤が口を開く。

「そう遠くではないはずです。至急、柏倉さんの交遊関係を洗います」

「よろしくお願いします。私は指揮車で待機します」

志水の言葉に運転手が弾かれたように反応し、シフトレバーをDに入れる。警視庁の公総メンバーなら、初めての行確対象だとしても絶対にあり得ないミスだった。運転席を背後から思い切り蹴り上げたい衝動をなんとか抑え込む。

まもなく兎沢が山形に現れ、柏倉と接触する。香川が柏倉に託したものになにが隠されているか知る由もないが、刑事部の手中に落ちることだけは阻止する。後部座席で腕を組み、志水は次の手立てを考え始めた。

6

午前一〇時二〇分、指定された時刻の一〇分前に兎沢は待ち合わせ場所に辿り着いた。

山形市を訪れるのは初めてだったが、ＪＲの駅でタクシーの運転手に老舗書店の八文字屋が営む喫茶店と告げると、迷うことなく市内の目抜き通りに案内してくれた。

店舗一階の書棚が連なるフロアを通り抜け、内階段から二階の店舗に向かう。書店の名を冠したパーラーの扉を開け、店舗の天井から吊り下げられた巨大な屋号入りの提灯を見下ろす席に着く。先客は背広姿の恰幅の良い老人一人だけ。老人は買ったばかりの書籍に目を通している。

兎沢がコーヒーをオーダーしたあとに若いカップルが入店した。二人は海外旅行案内の書籍を手に、兎沢のはす向かいの席に着いた。

互いの両親に内緒で韓国観光に出かけるとはしゃいでいる。店員がゆったりとした動作でコーヒーのドリップを始めた。

地方都市の穏やかな時間が流れている。だが、自分は重大な任務を帯びている。兎沢はSITの坂上から借り受けた小型ノートパソコンを取り出し、電源を入れた。昨晩、官舎から柏倉に電話を入れた。海藤から事前連絡してもらっただけに段取りはスムーズに運んだ。

あと数分で現れる柏倉からメモリーカードを受け取る。手元のノートパソコンのスロットに挿し込めば、香川殺しの重要な手掛かりが得られる。携帯電話で山形から帳場に指示を飛ばすことも可能となる。

兎沢の脳裏に戸山公園で会った香川の顔が浮かぶ。飛び出した眼球と奇妙な形に歪んだ両腕は、香川が遺した無念の象徴だ。改めて犯人《ホシ》を挙げろと叱咤《しった》されているような気がする。

頭の中に次々と昨日の捜査が蘇る。

鑑取りに赴いた杉の屋デパートでは、香川が対応した複数のクレーム常連者、特に体格の良いマル暴風の男が浮かんだ。

捜査の定石ならあの客は重要参考人になり得るが、絶対にあの男は犯人ではない。強請りで金銭を要求する粗暴な男を警戒するならば、香川が仕事用のパソコンから重要なデータを吸い上げる必要などない。

狙われることを香川は自覚していた。柏倉に託したメモリーカードには、犯人を名指しするような手掛かりが記されているのではないか。杉の屋の保安課副主任に対し、香川は個人的な仕事だと告げていた。警官時代に扱った未解決事件を追っていた公算もある。加えて、香川の職場にはなんどか不審な電話も入っていた。この電話の主が犯人である可能性が高い。

腕時計に目をやる。一〇時三三分になった。約束の時間から三分経過した。

宅配便の到着が遅れているのか。昨夜の段階では柏倉が自宅近くの集配所に自ら確認の連絡を入れ、午前一〇時までには荷物が届くことを確認してくれた。その上で一〇時半という時間が設定された。

もう一度腕時計に視線を向ける。三四分だ。警官は時間に厳格だ。SIT経験者であれば尚更《じ》だ。身代金の受け渡しに遅れるようなことがあれば、人質の生命が脅かされる。兎沢は焦れた。

手元のノートパソコンの画面は、坂上がスクリーンセーバーに設定したアニメのキャラクターが次々と浮かんでは消えていく。無機質な薄っぺらい笑顔が苛立ちを助長させる。

コーヒーカップの横に置いた携帯電話は一向に反応しない。柏倉の番号を呼び出そうと手を伸ばしたとき、小さなモニターが光った。見慣れた名前が点滅する。

〈会えたか？〉

海藤だった。舌打ちを堪え、兎沢は声を絞り出す。

「まだです」

〈なにか分かったらすぐに報せてくれ〉

電話は一方的に切れた。

帳場には海藤経由で出張を知らせてある。元警官殺しの一件は海藤の焦り具合から見てもめぼしい成果がない。目の前の無邪気なアニメキャラクターの顔が癪に障る。兎沢が力一杯ノートパソコンの蓋を閉じたときだった。眼前に老女が現れた。

「本部の兎沢さんでいらっしゃいますか？」

「そうです」

兎沢は不安げな表情の女を見上げた。名前を知っている上に本部という単語を使った。

「奥様ですね」

兎沢が椅子から立ち上がると、白髪の女が頷いた。

「柏倉さんは？」

夫人が力なく頭を振る。

「早朝にスポーツ紙を買うと言って家を出たまま、戻りません」

戻らないという言葉に接し、兎沢は自然に肩が強張るのを感じた。

「いつも買いに出ていらっしゃるのですか？」

「ごくまれに、競馬の重賞レースがあるときに……あの、主人が出かける前に電話がありました」

「誰でした？」

夫人が思い出したように告げる。

「分かりません……主人がボソボソと話しておりましたので」

兎沢は秘かに胸の中で手を打つ。香川の職場に電話を入れた人物かもしれない。

「あと、主人が出て行ったあとに、人事一課の人からも献花について電話がありました」

部署名を聞いた途端、兎沢は公安の存在を確信した。だが、動揺する夫人の前でうかつな行動は取れない。兎沢は努めて冷静な口調で訊く。

「本職との約束をご主人は覚えていらっしゃいましたよね？」

兎沢の問いかけに夫人が頷く。昨晩電話した時点で、柏倉は夫人に後輩刑事の部下が訪れることを告げた。では、なぜ現れない。どうして夫人が不安な表情で立ち尽くすのか。

「宅配便のことは聞いておられますよね？」

兎沢の問いに夫人が再度頷き、小さなポーチからピンク色の伝票を取り出した。

「一五分ほど前、主人から頼まれたといって宅配便業者のドライバーがこれを」

兎沢は差し出された伝票を引ったくるように受け取った。手書きで「柏倉」とサインされている。

「これはご主人の文字ですか？」

夫人は困惑の表情を浮かべながらも頷いた。兎沢は小さく深呼吸すると、夫人に席を勧めた。新たな伝票はなにを意味するのか。

「すみません、私、まだ事情が飲み込めないのです」

それはこちらの言い分だ。兎沢は喉元まで出かかった言葉を飲み込む。兎沢が身を乗り出すと、夫人が目を赤らめた。

「配達員によると、午前九時までに主人が連絡を入れなかったら、この住所に東京からの荷物を転送するように頼んだそうです」

「ちょっと待ってください」

夫人を遮った兎沢は、改めて伝票を凝視する。業者の判が押されている。柏倉が直接荷物の集配所に向かい、手配していた。想像するに、荷物は柏倉が集配所を訪れたときにはまだ届いていなかった。早朝にも拘らず、柏倉本人が出向いたということは、元警官が万全を期したということに他ならない。

柏倉は香川が殺されたという事態を重く受け止めて、念には念を入れる形で転送の指示を出した。柏倉の周囲に不審な出来事でもあったのか。

香川の遺品を受け取るために、兎沢は早朝の山形新幹線に飛び乗った。事の重大性は元警官の柏倉も十二分に承知している。なぜこんな手間のかかることをしたのか。しかも、連絡を入れなかったらと柏倉は条件を付けた。意図はなにか。伝票を睨んだまま、兎沢は腕を組んだ。

「昨夜、変わったことはありませんでしたか?」

兎沢は夫人に訊く。

「そういえば、深夜と未明に何度か無言電話がありました。私がとり、二、三回は主人が」

やはり、そうだ。香川の職場だった杉の屋デパートでも不自然な電話があった。

元SIT捜査員が皮膚感覚で危険を悟ったのだ。不意に、香川の遺体が頭に浮かぶ。柏倉にも危機が迫っている。兎沢は立ち上がった。

7

「志水さん、メール着信中です」

書店近くに停めた指揮車の中で、助手席の巡査部長がノートパソコンの画面を指す。後部座席から身を乗り出した志水は、短文に目を凝らした。

〈柏倉、待ち合わせに現れず〉〈お客さんと柏倉夫人が面談中〉

画面には、携帯電話の簡易メールサービスで送られた文字がある。朝一番の新幹線で東京から乗り込んだ八番からのメッセージだった。

「二人の配置は？」

「お客さんのはす向かいに陣取っています」

八番と九番は若いカップルを装っている。完全に気配を消すことのできる秘匿追尾のプロでもある。至近距離に兎沢がいたとしても、携帯メールを打つ動作に不自然さはない。次の着信を志水は固唾《かたず》を呑んで待った。三〇秒ほどたつと、再度画面に文字が走った。

〈夫人も柏倉の行方を摑んでいない〉

志水は巡査部長と顔を見合わせた。

「お客さんが東京から来ることは、柏倉氏は承知しているはずだよな」

「もちろんです」

〈お客さん、宅配業者の伝票チェック中〉

「ブツはまだ渡っていないということですね」

「山形《やまがた》県警に頼んで、業者の集配所の様子を」

志水の指示が終わらぬうちに、巡査部長は無線のマイクを摑み、クリーニング業者のバンに向け指令を出す。

業者の輸送ネットワークの中で連絡ミスが起こり、荷物の不着という事態につながったのか。いや、それならば柏倉から直接兎沢に連絡が入る。肝心の柏倉が姿を現さないことが問題なのだ。どういう経緯で夫人が伝票を携え、兎沢の前に現れたのか。

「山形への依頼終えました」

「柏倉氏の行方は？」

「まだ報告ありません」

志水は腕を組んだ。

宅配便業者の集配所には、地元事情に通じた山形県警の公安課員が直行している。なんとか理由をつけて、香川からの荷物の中身を調べることができるかもしれない。だが、柏倉の行方に関しては、情報がない。志水の耳にメールの着信音が響く。

〈転送、お客さんと夫人、転送と言及〉

志水は巡査部長と顔を見合わせた。即座に、部下がもう一度山形県警の担当員に連絡を入れ始める。

巡査部長の手からノートパソコンを取り上げ、志水はキーボードに指を走らせる。

〈転送とはなんだ?〉

エンターキーを叩き、一分近く経過した。

〈荷物を別の場所に送るよう指示したもよう〉

志水は首を傾げる。柏倉の意図が全く分からない。黙って自宅で待機していれば、宅配業者から確実に荷物が届けられる。

人に会う途中かあるいは戻る間際だったかは分からないが、わざわざ集配所に赴き、転送を願い出る合理的な理由が思い当たらない。

気付《ヅ》かれたのか。早朝に家を出たのは、公安の監視を恐れたためか。いや、それは考えづらい。東京の公総から情報が抜けることなど考えられない。山形の担当員にしても、柏倉を張るのは初めてだ。気付《ヅ》かれる恐れは皆無であり、柏倉に警戒感はないはずだ。

〈お客さんと夫人が移動準備〉

〈ほかの一般客が入店、会話を拾い切れず〉

矢継ぎ早にメッセージが現れる。横から文字を追っていた巡査部長が無線マイクに小声で告げた。

「五番は書店出口から徒歩で追尾、三番と一〇番は車両で待機」

〈脱尾せよ〉

志水は素早く文字を打ち込んだ。兎沢と柏倉夫人はどこに向かうのか。東京から投入した行確要員はベテランであり、二人を見失うはずがない。だが、柏倉の不在と荷物の転送という行動の意味が未だわからない。次のシナリオを描き切れない漠然とした不安が志水の胸の中で急速に膨らむ。

8

公安各課との定例ミーティングを終え、曽野は公総課長室に戻った。席に着いた途端、二人の公総所属の警部が目の前に現れた。

「なにか分かった？」

二人が口を開くより早く、曽野が尋ねた。デスク前に立つ二人は力なく頭を振る。

「こんなこと言いたくないけど、君たちなにやってるの？」

「申し訳ありません」

公総の統括警部が小声で詫びた。

内田副総監のもとに出入りする村岡という男の背後関係を調べるよう命じた。村岡は他人の戸籍を丸ごと拝借する「背乗り」をやっていた。思想や行動に問題はないが、成りすましを行うような人間を次期警視総監に近づけておくわけにはいかない。

「村岡氏に対する行確の報告は？」

村岡はパワーデータ社という小さな会社を営む半導体ブローカーだ。内田副総監とどうつながるのか。行動確認を通じて背後関係が浮かび上がる公算もある。二人の警部には基調と同時並行で行確を進めるよう指示を出していた。

「その件でご報告に上がった次第です」

統括警部が頭を垂れ、絞り出すような声で言った。

「まさか、失尾したとか言わないよね？」

「申し訳ありません」

今まで黙っていた行確担当の警部が口を開く。目が真っ赤に充血している。

「へぇ、言い訳してみてよ」

「今朝、会社の車がいつものように等々力の自宅に到着し、過去三回行確したときと同じルートを辿りました」

「だから、どこで見失ったか、なにが原因だったのか、核心を聞きたいわけ」

曽野が矢継ぎ早に畳み掛けると、行確担当警部が唇を嚙む。

「目黒通り沿いのコンビニに停車しました。毎回、複数の新聞を購入するので、通常のパターンだと油断していました」

「裏口からカゴ抜けされた、そんなドラマみたいなこと言わないよね？」

曽野は睨み返した。警部が唇を一層強く嚙む。

「課長、主要メンバーが山形に行っておりまして、こちらの班は手薄でした」

曽野は力一杯掌を机に叩き付けた。目の前の二人が肩を強張らせる。

「村岡の基調はまだ済んでおりませんが、一般人ではありません」

もう一度、統括警部が言った。

「どういう意味？　極左にいたこともなし、カルト教団の影もない。なにが一般人と違うわけ？」

「うまく表現できませんが、犯罪者然とした身のこなしと言いますか、気配の消し方と言ったらいいでしょうか」

行確担当警部が小声で返答する。

曽野は考えを巡らす。

現在の村岡は関西の養護施設で育った身寄りのない人物を背乗りした。その行為自体が立派な犯罪だ。副総監室の前で一見したとき、犯罪者が放つ特有の後ろめたい雰囲気や陰は感じとれなかった。だが、眼前の行確のプロは、何らかの気配を察知したという。プロを失尾させるような犯罪者が、公安のリストに引っかからないはずはない。

「とにかく早いところ行方を突き止めて」

ぶっきらぼうに指示を出した直後だった。デスクの警電が鳴る。

〈志水です。山形の待ち合わせ場所に柏倉氏が現れません〉

「どういう意味？」

扉に向かっていた二人の警部の足が止まった。曽野は目で待機するよう合図した。

〈お客さんと会っているのは夫人です。例のブツは柏倉氏の手元に届く前の段階で、別の場所に転送された気配が濃厚です。これから宅配便の集配所に向かいます。連中が荷物に触る前に、なんとかします〉

「山形はなにしてたの？」

〈柏倉氏を失尾した上に、今も行方を摑めません。柏倉氏は業者の集配所でなんらかの仕掛

けを施した公算もあります〉

分かったと告げ、曽野は受話器を叩き付ける。

公総が主導する行確で短時間に二度も失尾という大失態が起こった。直立不動の姿勢で指示を待つ二人のベテラン警部に目を向ける。

「とにかく早く村岡氏の基調と行確を」

曽野はデスクに広げた村岡の資料のページを再度めくった。

9

牛込と板橋の帳場を回った海藤は、午前一一時半すぎに本部六階の課長室に入った。

「おはようございます」

秘書を兼ねた女性職員が緑茶を持ってきた。

「メモをご覧いただけましたか？」

湯呑みを置いた女性職員が言った。携帯電話の着信ばかり気にしていたため、決裁書類の横に置かれた電話メモに気付かなかった。

刑事部長からのメモが目に入った。事件の進展を常に知りたがるキャリアは、始終連絡を入れてくる。心配性の上司は朝から二度、電話をしてきた。ほかには警務部長からの事務連絡がある。時間順に置かれたメモをめくると、女性職員の丸みを帯びた筆跡で見慣れない紙片がある。

「なんだこれ？」

海藤は職員を呼び止めた。

「直通外線にかかってきた電話です。それだけ伝えれば分かる、そう仰っていました」

外部に知られていない直通電話にかけてくる人間は限られている。

〈もう間に合わない。転送先に急げ〉

電話の主の名前が記されていない。これではメモの体を成していない。着信の時刻は午前八時三三分と記してある。

「誰だった？」

海藤が尋ねると、女性職員は肩をすくめた。

「一方的に切れてしまいました。とても慌てている様子で、声も擦《かす》れていました。それに、課長の直通番号を知っている人ですから、内部の人かOBだと思いました」

女性職員の顔が曇る。確かにその通りだ。女性職員が出て行ったあと、海藤はもう一度メモを睨む。

課長席の直通番号を知っている人間は、捜査一課の現職か本部内の電話表を持っている人間だ。しかし、該当者はいずれも使い勝手の良い警電を使う。警電のない場所にいて急用を告げるならば携帯か課長専用車の番号を優先させる。警電を使わず、携帯番号を知らぬ人間となれば、自ずと対象は絞り込める。

〈間に合わない〉とは、兎沢と会うはずだった柏倉ではないか。

海藤は携帯電話の通話履歴を辿り、前夜かけたばかりの柏倉の自宅固定電話を鳴らした。呼び出し音が一〇回鳴ったあと、留守番電話に切り替わる。迂闊《うかつ》なことに、柏倉の携帯番号を聞いていなかった。

〈転送先に急げ〉とはなにを指しているのか。不意に胸騒ぎを覚える。捜査一課SITの経験が長い柏倉なら、課長席の直通番号を諳《そら》んじている。間に合わないとは、兎沢との面会を指している公算が大だ。

携帯電話を手に取り、ためらうことなく兎沢の番号を押す。一回目の呼び出し音が鳴り終わるより早く、兎沢が電話口に出た。

〈ちょうどかけようと思ったところです〉

「なにが起こった？」

〈柏倉さんが現れません。今、奥さんと一緒です〉

兎沢が吐いた言葉が、ずしりと下腹に響く。

〈奥さんが例の荷物の再配送伝票をお持ちです。これから行ってきます〉

「山形《やまがた》県警に頼んでPC《パトカー》を手配する。伝票の新たな送り先はどこだ？」

〈山形市山寺四五五六番地、漆山司《うるしやまつかさ》とあります〉

「山寺だと？」

〈ご存知ですか？〉

「とにかく急げ。柏倉さんが危険だ。山形県警に彼の警護を依頼する」

一方的に電話を切ったあと、海藤はデスクから全国都道府県警の連絡簿を取り出し、山形県警本部刑事部の代表番号をダイヤルした。

兎沢用の緊急車両手配に加え、柏倉の警護を矢継ぎ早に依頼する。幸い、県警の古株刑事部長は高校の先輩であり、話は早かった。

自宅で宅配便の到着を待つだけの柏倉がなぜ出かけたのか。それにもまして、なぜ警視庁の課長席にかけてきたのか。

異常事態が起こったと読むのが自然だ。だが、兎沢という腕っこき刑事と会う直前、なぜ柏倉が突発的な行動を起こしたのか、動機が全く理解できない。

〈もう間に合わない。転送先に急げ〉

もう一度、メモを睨む。誰かに追われ、兎沢との面会が果たせないと踏んだ柏倉のメッセージだ。香川から託された荷物も狙われているということなのか。

いや、違う。荷物と同時に柏倉も狙われたのだ。香川と同様に、元ベテランＳＩＴ捜査員は最悪のシナリオを描いた。

海藤は秘書のメモに自分で書きなぐった新しい配送先の住所を見た。山寺だ。なぜあの場所が選ばれたのか。海藤はもう一度警電の受話器を上げた。

10

柏倉夫人を帰し、七日町の書店前で待っていると兎沢の前にレガシィの覆面車両が急停車した。助手席の窓が開き、若手警官が身を乗り出し、頑丈そうな顎を突き出す。

「県警捜査一課の清野《せいの》巡査部長です。乗ってください」

兎沢は早速レガシィに乗り込む。簡単に柏倉の一件を説明したあと、兎沢は清野に指示を飛ばした。

「山寺に向かって」

清野がダッシュボードのランプボタンを押すと、けたたましいサイレンが周囲に響き渡った。

「何分くらい？」

「飛ばせば二〇分程度です。任せてください」

路肩に急停車した一般車両を器用に避けながら、清野はレガシィを駆る。

〈山形三五号より、五五号へ〉

市内中心部を八〇キロ程度で走り抜ける間に無線機が鳴った。

「この車です」

清野が答えると、兎沢は反射的にマイクを手に取る。

「五五号同乗中の警視庁兎沢です、どうぞ」

〈現在、市内上柳のトマリ急便山形集配所です。ご依頼の件、荷物を確認中〉

海藤が県警を動かしてくれたおかげで、捜査一課の精鋭が早速宅配業者の集配所を当たっている。

〈荷物の件、判明。集配所から再配送先に向け、五〇分前に出発した〉

「了解。ほかに変わった様子は？」

〈一五分ほど前、同業者が荷物の状況を尋ねてきたそうです〉

「所属は？」

〈山形東署地域課の制服だったそうです〉

兎沢はハンドルを握る清野に目をやる。清野は顔をしかめ、頭を振る。

「ウチより早いなんて、あり得ませんよ」

「となれば、奴らしかいない」

「奴らとは？」

「公安だよ。ウチのOBから柏倉さんに送られた荷物にとんでもないモノが仕込まれている」

公安と言った途端に清野が舌打ちする。警視庁と同様に山形県警でも刑事と公安の間には深い溝がある。

「その地域課は、行き先を調べていったのか？」

〈柏倉さんの強い申し入れで、誰にも教えないようにとのことでした。本職自身も再配送先を教えてもらえません〉

柏倉は慎重だった。なぜそこまでする必要があったのか。なぜ再配送という手段を取ったのか。柏倉と接触できていないだけに、兎沢は焦れた。

「公安の連中なら、必ず配送車を追尾している」

兎沢の意思を感じ取ったように、清野がアクセルを強く踏み込む。市街中心部からバイパスに出たレガシィは、時速一〇〇キロ近いスピードに達している。

車両がバイパスを北上する間、兎沢は考え続けた。香川と柏倉はなにを感じ取ったのか。なぜ手間がかかる手段を選んだのか。答えは浮かばない。兎沢は、夫人から預かった再配送の連絡先を見やる。電話番号を調べ、かけてみるが話し中で一向につながらない。

バイパスに『山寺』を示す道路標識が見え始めたときだった。ダッシュボード下の無線機から、県警指令本部オペレーターの鋭い声が響く。

〈各移動に告ぐ、至急、至急〉

〈山形市内奥山寺の渓流で男性の遺体発見、至急、奥山寺の渓流で男性の遺体発見〉

〈年齢五〇歳から六〇歳程度〉

兎沢は反射的にマイクに手をかけた。

「こちら五五号、ほかに遺体の特徴は？　殺しか？」

〈現状、まだ不明〉

マイクを切ると、清野が心配そうな顔で言った。

「もしかしたら？　柏倉さんでしょうか？」

「そうでないことを祈るしかない。とにかく、急いでくれ」

レガシィは減速しないまま、バイパスから脇道に右折した。助手席のドアに体を預けながら、兎沢は視界の先に見える小高い山並みを睨んだ。

11

〈伝票番号はなんとか判明しました。現在配送車を追尾中〉

市内中心部を流していた指揮車のスピーカーから、山形県警公安係の声が響く。

「どっち方面ですか？」

握り締めたマイクに向け、志水は告げる。

〈天童市一帯と山形市の東側方面です〉

「引き続き、割り出しをお願いします」

マイクを助手席の巡査部長に手渡すと別チャンネルから県警の指令が響く。

〈山形市内奥山寺の渓流で男性の遺体発見、至急、奥山寺の渓流で男性の遺体発見〉

「まさか柏倉氏では？」

「被害者の詳しい情報を」

助手席の部下に指示を飛ばし、志水は考え込む。

監視をかいくぐるように早朝から家を出た柏倉は、宅配業者の集配所に立ち寄って荷物を別の場所に転送させた。

発見された遺体が柏倉だとしたらどうか。警視庁ＯＢの不可解な行動は、公安の監視を警戒したものと予想していたが、そうではない可能性が浮上した。

指揮車は市街地を離れてバイパスに出る。県警公安課員が乗ったバンは、香川からの荷物を搭載した業者の車を追尾中だ。いち早く合流できるよう指揮車も速度を上げる。

〈志水さん、よろしいですか〉

指揮車が信号待ちで停まったとき、無線で県警公安課員の声が響く。

〈奥山寺で発見されたマル害の所持品が割れました〉

「身元を確認できるものは？」

〈所轄と本部一課の無線をモニターしました。免許証が出ました。お客さんと待ち合わせしていた柏倉氏です〉

「自殺ではありませんね？」

〈検視待ちですが、臨場した所轄署員の報告によれば首に圧迫痕があるようです。おそらく殺しでしょう〉

「引き続き情報をお願いします」

無線機を巡査部長に戻したあと、志水はスマートフォンを取り出す。電話帳を繰ると、直属の上司を呼び出した。

「柏倉氏が殺害されました」

自分でも驚くほど大きな声が出た。公安の気配を察知していたとばかり思っていただけに、見立てが外れたことに動揺している。曽野の反応も大きい。

〈どういうこと？　詳しく教えて〉

いつも抑揚のない言葉を口にする曽野だが、語尾が上がる。巡査部長からメモを受け取り、志水は矢継ぎ早に情報を伝える。

なんどか曽野が唸る。会議や報告に出向いたときでさえ聞いたことのない声音だ。

〈誰かにやられた感じだね〉

「遺体の見分調書を取り寄せられてはいかがですか」

〈やっておく。とにかく、君は例の荷物を追うことに専念して〉

曽野が一方的に通話を断ち切ると、車内に無線機の声が響く。業者を追尾中の山形の公安課員だ。

〈天童市内の配達を完了、そろそろ山形市の奥の方向に向かいます〉

「引き続きお願いします」

〈それがですね、ちょっとおかしいのです〉

「なにがですか？」

〈業者の配送ルートを調べましたが、このまま行くと、あとは山寺周辺だけなんです〉

「山寺がなにか？」

〈急遽柏倉氏の親戚や交遊関係を洗いましたが、重要な荷物を預けるような相手は浮かびませんでした〉

「分かりました。我々も合流しますので、引き続き監視してください」

無線を切り、マイクを助手席の巡査部長に手渡す。巡査部長は小型パソコンでデータを照会中だった。小さなモニターに柏倉の顔写真が浮かぶ。

「こちらでも出ませんね」

巡査部長は柏倉の人事データに『山寺』というキーワードを打ち込んでいた。だが、顔写真の横には「該当ナシ」の文字が点滅している。

「刑事部が摑む前に、なんとしても先にいただく」

志水が言うと、巡査部長が頷いた。

第四章　追尾

1

「あれが仙山線《せんざん》の山寺駅です」

サイレンを止めた清野が小さな駅舎を指す。フロントガラス越しに寺院のような木造の駅舎があり、入口には昔ながらの郵便ポストが配置されている。兎沢は業者の再配送伝票を見たあと、ダッシュボード上のカーナビに目をやった。

「駅前は山形市大字山寺だ。詳細な住所はどの辺りになる？」

「お待ちください」

清野は素早く液晶画面に触れ、問題の再配送先の番地をカーナビの検索画面に打ち込む。

モニターが暗転し、小さな矢印が現れた。

「やっぱりだ」

清野が舌打ちする。兎沢も改めて画面を覗き込んだ。細い道の先に矢印が立っている。

「なにか問題でもあるのか？」

「車では行けません。走っても三〇分近くかかります」

「嘘だろ？」

画面上には駅からほんのわずかな場所に矢印が点滅する。山寺に来たのは初めてだが、地図上の間隔はどう見ても五分程度しかない。

「芭蕉でさえ苦労した難所ですよ」

顔をしかめた清野が突然告げる。

兎沢は膝を叩いた。同時に川の向こう岸を睨む。土産物屋が立ち並ぶ一角の奥に、切り立った断崖が見える。

「もしやあの一角か？」

兎沢が断崖の上に立つ小さな祠《ほこら》を指すと、即座に清野が頷く。

「一角というよりは、あの奥にあたります。立石寺《りっしゃくじ》の最上部、つまり山寺の頂上付近に茶屋があるんです。おそらく漆山さんという人は茶屋のご主人です」

兎沢は唸った。車が入れない地点に荷物を預ければ時間を稼げる。漆山という人物は柏倉の釣り仲間かなにかだろう。とっさの判断でこの特異な場所を再送先に選んだのだ。逆に考えれば、そうせざるを得なかった分だけ、柏倉とメモリーカードに危機が迫っている。

「とにかく急ごう」

清野は小さな駅前ロータリーからレガシィを出し、橋を渡った。

土産物屋や茶店が並ぶ参道脇に車両を停めると、一〇〇メートルほど先に短距離走者のロゴを付けたバンが見えた。荷台にはトマリ急便のロゴが見える。

「ブツはもう登り始めています」

清野が根本中堂《こんぽん》という案内表示の看板を指す。兎沢が勢い良く助手席のドアを開けたとき、石段の上から幼い歓声がこだましました。

「兎沢さん」

一足先に石段を登り始めた清野が振り返る。

清野の頭上方向から、黄色や青い帽子を被った幼稚園児の一団が下ってくる。教員と手をつないでいる瞳の大きな女児と視線が交錯する。女児は笑みをたたえ、兎沢を見る。直後、体全体が硬直していく。

「兎沢さん!」

清野の声で我に返る。

「今行く」

兎沢は両手で頬を張ったあと、足を踏み出した。

2

本部六階の大部屋で捜査経費の精算をしていると、兎沢の携帯電話が鳴った。小さな液晶画面に〈瑠美子〉の文字が点滅する。周囲を愛知万博の警備応援に出ていた機動隊員たちが行き交う。

電話を掌で覆いながら、兎沢は通話ボタンを押した。

「なんだよ、仕事中だ」

〈ごめんね、咲和子《さわこ》の様子がおかしいの〉

「ちょっと待ってろ」

席を立ち、早足で廊下に向かう。他班のベテラン警部《かかりちょう》や警部補《しゅにん》が仏頂面で通り過ぎていく。

現在、兎沢の第四強行犯七係が抱えている事件《ヤマ》はないが、今晩は控えの宿直だ。殺人事件《コロシ》や強盗《タタキ》が連続して発生すれば、否応なく駆り出される。

誰もいないことを確認すると、兎沢は小声で話し始める。

「新入りで肩身が狭いんだよ」

〈今日の遠足なんだけど、咲和子が早退しちゃったの〉

妻が娘の名を口にした途端、兎沢は身構える。

〈近所の内科に診てもらったら風邪だろうって〉

「熱はあるのか？」

〈三七度五分。本人は平気だって言うけど、普段より顔が青白い感じがするの〉

「なにも事件がなければ、明日の朝には帰るから」

〈ごめんね仕事中に〉

電話を切ったあと、兎沢は廊下の天井を睨む。今朝、官舎の寝室で目を覚ましたとき、咲和子はちょうど出かけるところだった。

レッサーパンダとシロクマが楽しみだと咲和子ははしゃいだ。

半年ほど前から、咲和子は風邪をこじらせて保育園を休む日が増えた。先月も三度発熱し、そのたびに瑠美子がパートを早退し、迎えに行った。

兎沢は携帯電話のアルバム画面を開く。官舎近くの交番で、地域課の制服巡査と咲和子が敬礼している写真だ。大きな目をいっぱいに見開き、口を真一文字にした咲和子は、女性警察官になると巡査に告げた。

ページを繰る。

一年前、郷里の秋田・大潟《おおがた》村に里帰りしたときの写真が現れた。兄の車を借りて男鹿《おが》半島をドライブした。半島の入口で、巨大なナマハゲ像を前に、咲和子が大きな口を開けているスナップだ。

「どうした、兎沢」

不意に背後から声をかけられた。振り返ると海藤が立っている。

「なんでもありません、管理官」

「堅苦しいから管理官はやめてくれ。どうした、咲和子ちゃんの写真なんか見て」

「熱を出したようです。医者には診せたようなんで、大丈夫です」

兎沢が携帯電話を背広にしまうと、海藤が肩に手を回してきた。

「前の強盗致死の事件《ヤマ》が終わってから、ちゃんと休んだのか？」

「まぁ、一日半ほど」

正直に告げると、海藤が顔をしかめる。

「咲和子ちゃん、寂しがってないか？」

「瑠美子がいますから」

海藤が眉根を寄せ、しかめっ面を作る。

「咲和子ちゃん、三歳だよな、今が一番かわいいときだ。第四強行犯係管理官として命令する。帰宅せよ」

「しかし、先輩方が全員残っていらっしゃいますし、我々は当直ですよ」

「ウチは二番手の突撃部隊だ。なにかあればすぐに動員するから、とっとと帰れ」

「しかし……」

「上司の命令に逆らうか？」

再び海藤が眉根を寄せたとき、上司の胸ポケットで携帯が鳴った。海藤は無言で画面をチェックした。メールのようだ。

「なにか事件ですか？」

「バカ、それならこんな悠長な顔してないよ。私用だ。いいから早く帰れ」

海藤は一方的に告げると、大部屋に入った。ドアの向こうに消えた上司に、兎沢は深く頭を下げた。


ＪＲ大久保駅の改札を出ると、兎沢は駆け足で北新宿の官舎に向かった。

中央線と並行する小滝橋通りを抜け、古い住宅街にある殺風景な四階建て官舎の敷地に入る。

古い小型車が並ぶ駐車場を抜けたところで、鞄の中を見る。

地下鉄からJRに乗り換える市ケ谷駅で、駅前書店に駆け込んだ。書店員に動物図鑑を数種類見せてもらい、レッサーパンダとシロクマの写真が載っている一冊を買った。

咲和子がどんな顔をするか。図鑑の背表紙を確認すると、兎沢は集合ポスト脇の階段を駆け上がり、二階角の自宅に向かう。

玄関脇の窓から灯が漏れる。鉄製のドアに耳を当てると、瑠美子と咲和子の話し声が聞こえる。ドアノブをそっと回す。ドアを開けた拍子にビニール傘が三和土に倒れた。

「おとしゃんだ！」

廊下の奥の扉が開き、咲和子が一目散に駆け寄ってくる。

「ただいま」

そう告げた直後、咲和子が全力で胸の中に飛び込んできた。額に熱さましの小さなシートが貼ってある以外は普段と変わらない。

「おとしゃん、どうしたの？　今日は悪い人を逮捕するはずでしょ？」

「咲和子の顔を見に行けって、偉い人に言われたから」

正直に告げると、咲和子が首を傾げた。

「悪い人、今日はいないの？」

「あぁ、いない。悪い人が出てきても、ほかの刑事さんが捕まえる」

「おとしゃんが捕まえないの？　手錠かけないの？」

「今晩は、ここにいる悪い人を逮捕する」

兎沢は咲和子を抱き上げ、額のシートを小突いた。咲和子が満面の笑みを浮かべる。

「現行犯逮捕だ」

咲和子を抱き、廊下から小さなリビングに入る。やりとりを聞いていた瑠美子も笑う。

部屋の蛍光灯の下に来たとき、肩と腕が強張った。兎沢の表情を見た咲和子が敏感に反応する。

「どうしたの、おとしゃん」

「早く帰ってきて良かったって思っただけだ」

テーブル脇の瑠美子に咲和子を預けると、兎沢は下唇を噛んだ。電話で聞かされていた通り、普段よりも咲和子の顔が青白い。

「おとしゃん、おとしゃん」

突然、咲和子が兎沢を呼ぶ。顔を向けると、兎沢は目を見開いた。

「咲和子、どうした？」

「血が出たの。ティッシュ取って」

青白い顔の中心に一筋の赤い線ができている。鼻血だ。テーブル下からティッシュを箱ごと取り上げると、兎沢は膝を折った。

「咲和子、おまえ、お鼻触ったか？」

「うぅん、触ってない」

兎沢の声に驚いたのか、咲和子が怯えの色を浮かべる。咲和子の顔を拭くと、ティッシュがたちまち変色した。

「瑠美子、先生に電話しろ」

ティッシュをたぐり続けながら、兎沢は大声で言った。

「おとしゃん、お鼻触ってないよ。いたずらなんてしてないよ」

咲和子が涙声になる。

「大丈夫だからな」

本部勤務になってから、凄惨な犯行現場になんども臨場した。かつて、戸塚署時代に志水が教えてくれた通り、場数をこなすことによって血に対する恐怖は薄らいだ。だが、眼前の鮮血は、言い様のない怯えを兎沢に与えた。

3

根本中堂に向け、兎沢は一段飛ばしで石の階段を駆け上がる。

背後から幼稚園児の無邪気な声が聞こえ続ける。耳の奥に突き刺さる声を振り切る。兎沢自身でも驚くほど速い足取りだった。

登り切って立ち止まると、一五名ほどの壮年男女の一団が石畳の上に陣取っている。

「これがあの有名な句だわ」

観光客の一行は、道を塞ぐ格好で思い思いにスナップ写真を撮り始める。

「あとどのくらいあるんだ？」

清野が頭を振る。

「目的の茶屋が頂上だとしたら、ここはまだ一合目にも来ていません」

兎沢は視線の先にある鐘楼《しょうろう》、そしてその右奥に見える山門を見た。

「本当か？」

「小学生の頃から遠足でなんども来ています。飛ばしすぎると膝が抜けます。ほどほどに走ってください」

「だがな、あいつらの中に公安《ハム》が交じってるかもしれん」

兎沢は観光客を振り返る。清野がいぶかしげに一団を見やる。

「まさか」

「そのまさかをやってのける連中だから、わざわざ東京から来た」

兎沢は清野の肩を叩くと、再び駆け出した。

山門脇の事務所で警察手帳を提示し、そのまま門を駆け抜けた。すると、先ほどの参道からの石段よりも幅が狭く、急な階段が見えた。

「本職だけで行きましょうか？」

清野が気を遣っている。

普通の捜査ならば若い巡査部長に任せる手もある。だが、今回ばかりは人任せにはできない。香川が命を賭し、そして柏倉も身の危険を感じながら託した荷物だ。自らの手で受け取り、中身を確認する。

「行くぞ」

兎沢は石段を上り始める。行く手には、先ほどの一行と同年代の集団が雑談しながら上っている。人二人が交互に行き来できるだけの山道の下り側には、社員旅行らしい若手の集団がいる。

「警察です。道を空けて」

兎沢は大声をあげながら上る。トマリ急便のスタッフがどこにいるかは分からない。長く険しい山道のどこかで公安が接触する可能性がある。息が上がり始める。兎沢は懸命に引きつる腿を蹴り上げた。

4

「この前の浜松の法事はどうだった？」

広尾で行われた初めての秘匿追尾から一週間たった月曜の朝早く、キッチンで野菜サラダを作る仁美の背中に向け、志水は訊く。点《つ》けっぱなしのテレビからは、朝の情報番組の音声が響く。甲高い声のキャスターが、サッカー日韓ワールドカップのリポートを続けている。

「そうそう、正彦《まさひこ》伯父さんのこと覚えてる？　彼ね、またビルを買ったって。相変わらず不動産好きだって親戚のみんなが呆れてたわ」

仁美は普段と変わらぬ調子で告げる。キャベツを刻む包丁のリズムにも乱れはない。

「どんなビルを買ったの？」

「商店街にある築一五年の五階建てだって。良い買い物をしたって喜んじゃって」

作り立てのドレッシングをキャベツにかけながら、仁美がすらすらと答える。

普段と変わらぬ朝の情景が志水の眼前にある。

だが、一週間前の行確を経て、志水の日常は歪《いびつ》な非日常に変貌した。曽野に叩き付けられた言葉が今も頭蓋の奥で反響する。

〈任務に私情はいらない。今までの君は死んだよ〉

あの声を聞いて以降、盗犯検挙件数のノルマや指名手配情報を血眼になって漁っていた志水という警官は死んだ。

曽根が発したひと言には、生まれてこのかた両親や周囲の評価ばかりを気にしてきた生き方を一変させるだけの力が籠っていた。

目の前にいる仁美に対しても一切特別な感情を抱かなくなった。志水は自然に湧き上がってきた言葉を口にする。

「最近、マル暴が一般企業を装ってテナントに入るケースがあるらしい。署のマル暴担当に話をつないであげるから、伯父さんの携帯番号を教えてよ」

志水が普段通りの声音で告げると、仁美が振り返った。

「そこまで大げさにしなくてもいいわよ」

仁美のこめかみが小さく震える。志水は眉根を寄せ、心配顔を作る。もう一人の自分が天井から演技をチェックしている。台本にないアドリブだが、素人とは思えない自然な素振りだ。

「マル暴は素人が考えている以上に怖いよ。伯父さんがあちこちでビルを買ったことは連中の耳に入っている。そうだ、年賀状に携帯番号が刷られてたよね」

志水は踵《きびす》を返し、リビングの戸棚に向けて歩き出す。背後から仁美が駆け寄る。足音が不規則なリズムを刻む。

「彼の税理士さんがうまくやってくれるわ。大丈夫よ」

背中で聞こえる声がやや上ずっている。志水は振り返り、口を開いた。

「税理士さんの名前は？」

「えっ？」

「伯父さんでなく、その税理士さんにつないであげるよ」

志水を追い越した仁美の眉間に皺が刻まれる。視線が天井と戸棚を行き来し始める。仁美は懸命に次の言葉を探している。

「そこまでしなくても……浜松にそんな怖い人、いなかったわよ」

「違う。日本最大のマル暴の中核は名古屋にある。浜松も彼らのシマだ。仁美が知っている昔の浜松じゃない」

志水は再び戸棚に足を向けると、仁美が戸棚の前に立ちふさがる。

「大丈夫だって。なにかあれば、向こうでうまくやるから。あなたに迷惑かけたくないの」

仕上げをしろ。演技を見ている監督から指示を出された気がする。

「法事に来た親戚の数は？」

自分でも驚くほど冷たい口調で告げる。取調室でシラを切る被疑者に動かぬ証拠を突きつけるときと感覚は一緒だ。

「えっ？」

「法要のあとで食事した料亭の名前は？　どんな料理だった？　先付けはなんだった？」

一気に告げると、志水は仁美の目を見据える。妻の口元が歪む。

「あなた、最近なぜ瞬きしないの？」

「質問に答えて。料亭の名前と料理の詳細の順番だよ」

「なぜそんなこと訊くの？　もう忘れちゃったわよ。それより、怖いよ、その目」

仁美のこめかみに青い血管が浮き出す。細い肩も小刻みに震える。

「ならば教えてやろうか」

志水が発した言葉に、仁美の肩が強張る。

「カレイの昆布ジメ、毛蟹の酢の物が先付けだ。そのあとは、鯖の胡麻醤油和え、タコと大根の柔らか煮、カマスの棒寿司。寿司懐石だな」

仁美の眉間の皺が解けると同時に、顔色が一気になくなる。志水は妻を見据えたまま、言葉を継ぐ。

「この間、ヱビスビールの中瓶を呑み、そのあとは新潟の地酒をぬる燗で。お銚子二本目から握ってもらったね。最初はマグロの中トロ、次はコハダ、そのあとは富山射水《いみず》産の鯖だ。浜松には随分凝った仕事をする職人さんがいる」

自分でも驚くほど抑揚を排した声で一気に告げる。

「お椀は蜆《しじみ》とあら汁の二種類だ。君は蜆を選んだ。どこかに間違いはあったかな?」

眼前の仁美がすとんと床に座り込む。歪んでいた口元が、いつの間にか半開きになっている。

「仕事でミスを犯して部署替えになった。家庭のごたごたまで露見したら警官人生が終わる」

志水は仁美を見下ろす。女はフローリングに目を向けたままなにも言葉を発しない。

戸棚に歩み寄り、一番上の引き出しから薄い紙片を取り出した。志水は仁美の視線の先に紙を置く。

「俺の分は書いた。五分以内に君の分を記入し、捺印してほしい。これから二日間、新しい職場の研修で東京を離れる。できれば今日中に離婚届を区役所に提出し、俺が帰る前にこの部屋から君の痕跡を一切消してくれ」

志水は膝を折り、仁美の顔を見続ける。妻だった女がかすかに頷く。

「五分以内に君の分を記入し、捺印してほしい。これから二日間、新しい職場の研修で東京を離れる。できれば今日中に離婚届を区役所に提出し、俺が帰る前にこの部屋から君の痕跡を一切消してくれ。もう君には一切の感情も抱いていない。相手が誰かにも一切の興味はない」

抑揚を排した声で、もう一度、志水は全く同じことを言った。女はずっと紙を見続けている。身じろぎもしない。自分とあのスーツの男を天秤にかけているのか。しかし、自分の意思は変わらない。

志水は壁の時計に目をやった。約束の時間まであと一分に迫った。もう一度、同じことを告げようとすると、女が目線を上げた。

「そんなにカイシャが大事なの？」

「俺の言ったことを理解したのか？」

「なぜ瞬きしなくなったの？　どうして冷たい人になったの？　悔しくないの？」

女がありったけの声で叫ぶ。だが、志水の心は不思議と波立たない。いや、女の顔が紅潮していけばいくほど、心が落ち着いていく。

「引っ越し費用はあとで振り込む。慰謝料はなし。これ以上の条件は認めない」

「分かりました」

女が立ち上がり、志水を押しのけて戸棚に向かう。仁美だった女は、ペンと印鑑を取り上げると、再び床に踞《うずくま》った。ペンを持つ手が小刻みに震える。

「書き損じはなしだ。無駄な手間は省きたい」

志水が吐いた言葉に、女が唇を噛む。

「泣くな。書類が汚れる。区役所の窓口で書き直しを命じられるのはごめんだ」

女が志水を睨む。強い憎悪が瞳に映る。志水は冷静に睨み返した。絶対に赦《ゆる》さない。強い念を込めた。

二分ほどたったとき、女の瞳から生気が抜けた。

「鬼の目ね」

視線を外した女が書類にペンを走らせ、言った。

「鬼になったのは誰のせいだ？」

「まだ分からないの？」

女はそう言うと、記入を済ませた紙を残し、立ち上がる。

二度と志水と目を合わすことはなかった。志水は床に放置された離婚届を見続けた。キッチン横の寝室からは荷造りの音が聞こた。

女が大きめのバッグを携え、リビングを横切った。女が玄関に向かうと、目の前の薄い紙切れが一瞬、脈打ったように揺れた。

志水は膝を折り、床の上で丁寧に紙を畳んだ。

5

額に薄らと浮かぶ汗をハンカチで拭い、志水は周囲を見回す。山門から上り始めて既に一五分経過した。トマリ急便の配達員の姿は未だ見えない。

急な勾配の石段を上り、踊り場のような場所に辿り着いた。丸い石碑と直方体の石碑が並んでいる。

振り返ると、左側には今まで登ってきた階段が見える。ほぼ直登《ちょくとう》で石段を上がってきた様子がありありと分かる。志水は山形の担当者に顔を向ける。

「この石碑は？」

「通称せみ塚です。芭蕉の句の短冊をこの場所に埋めたと言われています」

「そうではなく、ここに人を一人配置できないかという意味です」

「失礼しました」

山形の若い巡査部長が渋面で頷く。

石碑の背後は茂みになっている。多くの観光客が立ち止まるスポットで、観光地に不釣り合いの背広姿が三名、水道工事の作業ジャンパーを羽織った二名がいるのは不自然だ。数名を茂みに配置し、対刑事部の要員にしたり、ほかの突発的な事案に対処させる。

「それでは君が残って。指示は適宜無線で送ります」

一方的に告げると、志水は石碑の右側に連なる階段に足を踏み出した。

「キャップ、彼と一緒に残るのはいかがですか？」

東京から同行したベテラン巡査部長が言った。それも考えた。だが、万が一、荷物が再配送先に届けられたあとのことを考えると、責任者である自分が相手を説得せねばならない。

柏倉が信用して荷物を預けるような人間だ。公安捜査員の身分を気付かれ、抵抗された場合は、瞬時の判断で対応する必要に迫られる。志水は背広のポケットに手を入れた。スタンプ型の小型注射器が人差し指に触れる。

「キャップ、まさか使うんですか？」

志水の動作を見た巡査部長が顔をしかめる。

「使うときがあればの話だ。半日すれば、けろりと起き上がる」

曽野が公安機動捜査隊管理官時代に導入した睡眠剤だった。ロヒプノールという睡眠薬をベースに、各種のアレルギー反応に副作用をもたらさない効用を併せ持つ。いざとなれば、この特製薬を使ってでも香川の遺品を持ち帰る。

「では急ぎましょう」

山形の人員に目配せしたあと、志水は石段を上り始めた。

東京から持ってきた指揮車には、様々な衣服が用意してある。だが、観光地の山寺という場所は全く予想しなかった。牛丼屋の制服や電話工事の作業服ばかりで、現在の環境に溶け込むような衣装がない。志水はベテラン巡査部長に命じ、観光バスの車内に残されていた旅行会社の添乗員のバッジとワッペンを拝借させた。

いざというときバッジを胸に付ければ、ツアーからはぐれた老人客を探す添乗員に偽装できる。

せみ塚を出発して五分ほど登ると、巨大な立岩が眼前に現れる。周囲の木立を切り裂くような異形の岩石だ。軽石のように所々穴が開いている。立て札に目をやると、「弥陀洞《みだほら》」と記されている。

巡査部長の息づかいは、確実にテンポが速くなっている。山形の人員によれば、あと二〇分以内に目的の場所に着く。配達員とはすれ違っていない。まだ荷物はこの石段を上っている。必ず捕捉する。志水は自らに言い聞かせると、やや張りが強まった腿を懸命に引き上げた。

眼前に色褪せた板と大きな屋根が見え始めた。

「仁王門です。あと少しです」

巡査部長の背後にいた山形のベテランが声をあげた。

「では、あなたはあの門の陰に待機してください」

志水は門の周囲に目を向け、言った。

6

戸山公園近くの国立国際医療センターの緊急外来に到着してから二時間半が経過した。次々に到着する救急車とストレッチャーを兎沢は漫然と見続ける。

官舎近くの内科医に飛び込んだのが四時間前だった。

年老いた医師に鼻血の一件を告げると、精密検査をするよう指示され、紹介状とともに医療センターを訪れた。

幸い、夜勤当番の小児科医が咲和子を診てくれた。三七度ちょうどまで熱は下がったが、顔色は一向に回復しない。

採血したあと、簡易データが得られるまで待つよう指示された。咲和子は小児科の診察ベッドに横になり、その隣には瑠美子が付き添う。

兎沢は緊急外来近くのロビーで結果を待つ。懸命に大丈夫だよと言い続ける咲和子が痛々しかった。幼い娘に気を遣わせないよう仕事の連絡があるからと兎沢は抜け出した。

人気のないロビーの硬い椅子に腰掛けているうち、小児科医の言葉がなんども頭の中を駆け巡る。

〈緊急検査しましょう〉

咲和子の顔色を見た瞬間、小児科医が告げた。近所の内科医が言った精密検査とは、別の意味を含んでいるように感じた。兎沢は瑠美子と顔を見合わせた。

〈どこが悪いのでしょう？〉

兎沢が尋ねても、医師は曖昧な表情を浮かべるのみで、明確に答えなかった。

〈データをチェックしてからお話しします〉

足元を見る。瑠美子が持ってきたパンダ柄のトートバッグがある。咲和子用のタオルや小さなTシャツが見える。兎沢が買ってきた動物図鑑も入っている。

虎とキリン、イルカのイラストが表紙に載った図鑑を手に取る。上野動物園で咲和子はどの動物を見ることができたのか。瑠美子とは、非番の日に愛知万博に出かけようと話し合った。わずか一カ月前のことが、はるか遠い日のことのように思える。

初任の所轄署で瑠美子と出会った直後、互いの非番に合わせて上野動物園に出かけた。虎やゴリラの見学コースで瑠美子と一緒にはしゃいだ。小柄でころころと笑う瑠美子は、署内では妹的な存在でしかなかった。デートに誘われ、引率者のような気分で付き合った。

〈子供と一緒に来たら楽しいだろうね〉

園内モノレールの中で、瑠美子が無意識に呟いた言葉が蘇る。今まで意識していなかったが、初めて瑠美子の八重歯に気付き、惹かれ始めた。

〈兎沢さん、子供好き?〉

瑠美子の口から自然に出た言葉だ。このときから強く瑠美子を意識するようになり、初デートから一年後に結婚した。

〈レッサーパンダとシロクマ〉

咲和子はそれぞれの観察はできたのか。

新婚期間中に咲和子を授かった。この時期に兎沢は刑事試験に合格し、戸塚署勤務となった。育児はもっぱら警官を辞めた瑠美子任せとなったが、できる限り時間をやりくりし、咲和子と向き合った。

〈おとしゃん〉

いつの頃からか、咲和子は兎沢をこう呼び始めた。

咲和子は始終おとしゃんと言いながら官舎の中をついてきた。元々、兎沢自身は子供好きではなかった。だが、無垢な感情をそのままぶつけてくる咲和子を、なんとしても育ててあげると思うようになった。

図鑑のページをめくる。

アフリカの草原に棲息する動物たちの写真が載っている。子供の頃に見た図鑑とは違い、内外の一流フォトグラファーが撮った動物たちは躍動感に溢れている。

牙をむき出してハゲタカを威嚇するハイエナ、全力疾走するチーターの筋肉のアップ、木の上からキリンの食事風景を撮った貴重なカット……。

さらにページを繰る。ロッキー山脈の動物たちの写真が並ぶ。次のページには、北極海でシロクマを追った写真がある。駅前書店で一番気に入った写真だった。

猛烈な地吹雪の中で母熊が盾になり、子熊を庇っている。

北極の気温が何度まで下がるかは知る由もない。真っ白な世界で、透明な雪の粒が母熊の肩にぶつかっている。しかし、不思議と冷気が感じられない。むしろ温もりが溢れているように兎沢の目には映る。このカットをどう咲和子に説明するか。考えながら図鑑をレジに持ち込んだ。

「お父さん、どうぞ」

突然、頭上から看護師の声が降ってきた。兎沢は看護師の顔をぼんやりと見つめた。

「お父さん、先生がお呼びです」

「はい」

兎沢は慌てて図鑑をバッグに戻し、足早に去った看護師の後を追った。

7

「一分だけ休む」

石段の踊り場のような形状になった場所を見たとき、兎沢は清野に告げた。

「良かったら、これどうぞ」

山門近くで買ったミネラルウォーターを清野が差し出すと、兎沢は一気に喉に流し込む。

乾いたスポンジが一気に潤っていくような気がした。二、三人の観光客が熱心に丸い石碑をカメラに収めている。

周囲を見渡す。山寺駅の駅舎がマッチ箱のように見える。周囲の山々と渓流も模型のような大きさだ。パノラマという言葉が頭に浮かんだとき、背後から子供たちの歓声が聞こえ始める。兎沢は強く頭を振る。

「先を急ごう」

兎沢がボトルを清野に手渡すと、清野の携帯電話が鳴った。

「ええ、そうです。山寺の石段を……え、本当ですか？」

清野の眉間の皺が次第に深くなっていく。県警の上司からのようだった。清野が電話を耳から離す。

「例の奥山寺の変死体ですが、柏倉さんだと断定されました。殺しです」

「本当なのか？」

「頸部圧迫による扼殺《やくさつ》です。犯人《タマ》は正面から柏倉さんの首を手で絞めたようです」

扼殺と聞いた途端、兎沢の頭の中に戸山公園の現場が蘇る。眼球が醜く飛び出した香川の顔がなんども頭の中に現れる。柏倉も絞殺と断定された。人を殺《あや》めた経験を持つ犯人は、同じ手口に執着する。

山寺に着く前に嫌な予感が胸の中に広がる。黒い靄が次第に膨れ上がり、眼前の美しい山を覆うような気がしてならない。

「柏倉さんに荷物を託した元警部補《しゅにん》も絞殺だ」

「同一犯ですか？」

「分からん。だが、荷物を狙うという目的は、二人を殺す動機になる」

清野の表情がみるみるうちに強張る。自らの仮説を告げた兎沢自身も言い様のない嫌悪感に襲われる。

「柏倉さんの現場に行きますか？」

眉根を寄せた清野が言う。兎沢は強く頭を振る。改めて、再配送先に電話する。やはり話し中でつながらない。

「彼には悪いが、荷物が先決だ」

「分かりました」

先ほど追い越してきた観光客の中に、被疑者が交じっている可能性がある。周囲を見回しながら、先を急ぐ。荷物を運ぶスタッフの携帯電話の番号をトマリ急便山形集配所に聞き、電話するがやはりつながらない。

右手前に巨大な岩が見え始めたとき、清野の携帯電話が再び鳴る。清野が足を止め、端末を操作している。

「仏の写真が届きました」

顔をしかめた清野が携帯電話を差し出す。小さな画面に目を凝らす。河原とおぼしき場所にブルーシートが敷かれ、柏倉が横たわっている。首筋には紫色の痕跡がある。

「誰が殺《や》った」

意識とは関係なく、呻き声が出る。香川と柏倉は元ＳＩＴで護身術の一つや二つは心得ている。歳を重ねているとはいえ、二人をいとも簡単に殺してしまう犯人はどのような人物か。

「配送先の漆山さんが危険だ。急ぐぞ」

「はい」

兎沢の意図を察した清野が頷き、勢い良く階段を駆け上がり始めた。

8

〈取り急ぎ、現場鑑識写真をご覧ください〉

「ありがとう、ちょっと電話つないだまま待ってて」

曽野は受話器をデスクに置くと、目の前のパソコンのメール画面を開く。

眼球が飛び出し、口元から舌が垂れ下がってはいるが、曽野がよく知る顔だった。再び受話器を取り上げる。

「柏倉氏に間違いないね」

〈所持品の運転免許証のほか、データベース上の指紋《モン》も完全一致しました〉

山形県警警備部公安課の筆頭警部が明解な口調で告げる。

「そちらの見立ては？」

〈扼殺です〉

「犯人《ホシ》に関してはなにか浮かんでいるの？」

〈現在、被害者の怨恨を中心に調べを始めたもようです。もちろん、現場周辺の一斉聞き込みもやっております〉

「ご苦労さん。新しい情報があったらすぐに報せて」

電話を切ると、曽野はメール画面を閉じ、備忘録が収納されたファイルを開く。

〈総監OB連続襲撃殺傷事件〉

かつて扱った事件の名にマウスを合わせる。画面上に、当時の合同捜査本部のメンバーの顔写真が一覧表示された。

〈刑事部捜査一課　特殊犯捜査係　筆頭管理官〉

エラの張った四角い輪郭の男の写真をもう一度クリックすると、背広姿の柏倉が現れた。

曽野は顔写真の下に記された柏倉の経歴を一瞥する。山形の県立高校を卒業したあと、柔道部の先輩を頼って上京し、警視庁に奉職した。典型的な山形閥だ。

警視庁には地方出身者が多い。明治維新以降、警察組織の礎となった先達の多くは、鹿児島を筆頭に九州人だ。警備公安の畑では代々九州人脈によるヒキが強い。山形や福島など東北人も先輩のツテや同じ町村の出身という地縁を頼り、次男坊や三男坊が奉職するケースが少なくない。

捜査一課は代々東北出身者が多い。曽野は柏倉の人事データを別ファイルで呼び出す。案の定、二五年前の一課長が山形県天童市の出身だった。

人事データを閉じると、再び総監OB連続襲撃殺傷事件のファイルに目をやる。

〈二〇〇二年五月一〇日、午後五時半。中野区上高田の自宅。第七八代警視総監　安田《やすだ》素弘《もとひろ》、刺殺〉

〈同年五月二一日、午後八時二一分。武蔵野市吉祥寺北町の自宅。第七四代警視総監　福田《ふくだ》功治《こうじ》、鋭利なナイフにより全治六カ月の重傷〉

当時、曽野は公安機動捜査隊の管理官を務め、極左のテロ実行部隊を邀撃捜査した。被害者となった総監経験者はいずれも公安部長を経て警視総監に就任した。二人は極左撲滅を強く訴え、曽野は先兵として働いた。

現在のように街中に防犯カメラや監視カメラが行き渡っていない一〇年前、曽野は一五〇名の捜査員を束ねた。

事件発生後、曽野は公安一課や二課と共同で実行犯になり得る人物をクローズアップした。北区の古い一戸建て住宅に住む五〇代の男だった。かつて学生運動に熱を入れ、なんども逮捕歴があった。

曽野はこの男を一五〇名の部下を使って徹底マークした。市谷の私学の自治会に未だに出入りし、相談役的な立場にいることも摑んだ。男が不在のときは、秘かに部下を男の自宅に潜り込ませ、問題の男が様々な地下活動を展開していることをつかんだ。絶対にこの男はクロだった。当時も今も考えは変わらない。

画面を切り替える。当時の会議録が現れる。

〈怪しいと思った人間を無理矢理犯人に仕立て上げるのが公安の仕事か〉

第八四代警視総監の奥山保《おくやまたもつ》が本部長となった捜査一課との合同捜査本部では、会議のたびに怒号が飛び交った。議事録には、当時SIT管理官だった柏倉の発言が載っている。

〈現在、故人の怨恨関係を丹念に洗い出し、一〇名程度まで容疑者を絞り込んでいる〉

柏倉の発言のあとに曽野が続く。

〈これは単なる怨恨ではなく、国家権力に対する挑戦であり、極左の犯行であることは明白です。刑事部の見解はズレている〉

曽野は議事録を読み続ける。公安と刑事は完全なる水と油だった。

だが、一連の凶行から一カ月たったとき、会議の途中で情報が入った。

〈一〇分前、本部受付に犯人だと名乗る男が出頭しました〉

曽野は今もあのときの情景を鮮明に記憶している。

鋭くぶつかり続けた公安部と刑事部の全員が一斉に立ち上がった。口を半開きにしている捜査員さえいた。

自首した犯人《ホシ》は、凶器を持参していた。鑑識課の簡易鑑定の結果、二人分の血液がナイフの柄から検出され、事件は急転直下解決した。だが、公安部、刑事部ともにあの男を真犯人《ホンボシ》だと見ている人間はいない。

供述は曖昧で現場の地理にも詳しくなかった。精神病を偽っているフシさえあった。

当時の内田公安部次長と奥山総監が協議し、半ば強引に事件の幕が降ろされた。警察庁OBの与党大物代議士と、ライバル議員の暗闘が事件の背景にあった……。あるいは首相経験者の隠し子が出頭した等々の陰謀説が流れたが、どれ一つ正確なものはなかった。公安部と刑事部は結果的にどちらも傷を負わなかったが、後味の悪さは今も尾を引いている。

古い記録を閉じ、山形から送られてきた柏倉の遺体写真に見入る。香川と柏倉。現在は公安部トップの内田によって実質的に首を切られた警官と、公安部と鋭く対立したことのある警官が立て続けに殺された。

感傷めいた気持ちは一切湧き上がらない。憐れみもない。ただ、異常事態に警察組織が直面していることだけはたしかだ。犯人はどんな攻撃を仕掛けてくるのか。どうやって警察組織全体を防御するか。そもそもの動機はなにか。

誰もいない課長室で、曽野は遺体写真を凝視し続けた。

9

「やっと仁王門です」

清野が右方向を指す。傾斜のきつい石段と杉の木立の間から、大きな屋根を持つ古い門が見え始める。

「行くぞ」

痺れが痛みに変わった両腿を強く叩くと、兎沢はさらにピッチを上げた。

「あの門を抜ければ、漆山さんがいるはずです」

「分かった」

兎沢の速度に合わせ、若い清野も勢い良く階段を一段飛ばしで上る。三、四分の間息を詰め、懸命に上り続ける。

清野が言った通り、足への負担は予想以上だ。腿が痺れ、今にも膝が抜けそうだ。革靴が重く、踵も鋭い痛みを発する。

だが、急がねばならない。柏倉が命を奪われた以上、転送先の漆山という人物も狙われる可能性がある。

山門近くの階段には、老年の団体客がいた。清野が警察だと名乗り、老人たちの間を縫って上る。兎沢もこれに続く。好奇心丸出しの視線が全身に突き刺さる。スピードは落ちたが、なんとか仁王門に辿り着いた。

「もう少しです」

清野の指の先には、古びた祠がいくつも見える。依然として傾斜のきつい階段が連なる。

「あと何分くらいかかる？」

「今のペースで行けば、二、三分です。急ぎましょう」

仁王門にも大勢の老人たちがいた。この中に、柏倉と香川を殺した人間がいるかもしれない。兎沢は周囲を見回す。だが、誰も先を急ぐ人間はいない。

一〇秒ほど息を整えると、兎沢は再び走り出した。

一段飛ばしで階段を駆け上がる。狭い山道の右側に、次々と古い建物が見える。観明院、性相院《しょうそういん》を通り過ぎた。

膝から腿にかけて激痛が走る。歯を食いしばり、腿を引き上げる。金乗院を過ぎたところで、ようやく目的の場所が見えた。

「あそこです。漆山さんが営む茶屋です」

「分かった」

兎沢がそう言ったときだった。緑色のツナギを着た宅配業者の若い男が階段を下ってきた。全国展開する宅配大手トマリ急便のロゴが胸元にある。

「ちょっといいか」

兎沢は警察手帳を若い男の前に差し出す。

「なんですか？」

若い配達員は怪訝な顔だ。兎沢は息を切らしながら尋ねる。

「今、漆山さん宛の荷物を届けたよな？」

「はい、そうですけど」

「本人はいたか？」

「ええ、ご主人に手渡ししました」

「軽い荷物だったな？」

「そうです……」

「ならいい。ご苦労さん」

清野と顔を見合わせ、再び走り出した。あと少しで、香川が遺した重大な証拠品が手に入る。足が勝手に動き出す。

茶屋の前の急な階段を上り切ったとき、絵はがきのスタンドや清涼飲料水の自動販売機が視界に入った。昔ながらの茶屋の趣を色濃く残す板張りの建物だ。

「着いたな」

額に浮かんだ汗を手の甲で拭い、清野に言った。若い巡査部長の顔も汗で光っている。店の入口近くには小さなカウンターがあり、若い女性店員が観光客にペットボトルの水と玉こんにゃくの煮物を手渡している。兎沢は絵はがきスタンドの脇を通り、カウンターに向かう。

「東京の警視庁です」

兎沢は警察手帳を女性店員に提示した。店員はしげしげと手帳の顔と兎沢を見比べた。

「ご主人は？」

「奥にいますけど」

「すまんが、ここに呼んでほしい」

兎沢の求めに対し、店員が怪訝な表情を浮かべた。

「緊急の案件なんだ。早くしてよ」

焦れた清野が言った。だが、店員の表情は同じだった。

「どうして警視庁の方が別々に来るんですか？　それに、どうして兎沢さんという刑事さんが二人もいるんですか？」

店員の発した言葉に、兎沢は全身が硬直していくのを感じた。

10

「対象はどの位置にいた？」

曽野が志水の耳元で言った。曽野の手元にあった写真は、すでに伏せられている。

「右から三つ目の改札機の後ろ、四番目がお客さんです」

志水が答えると、満足げに頷いた曽野が写真の表を見せる。

「当たりだ。今のところ正解率九五％だね」

新宿区若松町の機動隊訓練場の奥に設置された公安総務分室で、志水は一日半の間、一切の睡眠を取ることを禁じられ、ひたすら写真めくりに明け暮れた。

百科事典のような分厚い写真ファイルに、びっしりと顔写真が並ぶ。無作為に選んだページから曽野が一人を指す。次いで写真が一〇枚ほどデスクに置かれ、この中から先ほどの人物を探した。

与えられた時間は、最初は一分だった。その後三〇秒に短縮された。志水が一〇枚の写真の中からたった一人を指し示すと、その位置関係や周囲の情景を説明するよう指示された。

単調な訓練の連続で異様に目が疲れた。窓のない六畳ほどのスペースに、デスクと椅子二脚が置かれただけの殺風景な部屋だった。訓練が始まってから三時間ほどの間は息が詰まるような感覚に襲われたが、次第に体が慣れ、写真を使った人物特定の精度が上がり始める。

「確か剣道をやっていたんだよね？」

「相手の次の一手を読むために、動体視力を鍛えました」

「公安捜査員のために生まれてきたようなもんだよ」

机の上の写真を回収すると、曽野が立ち上がる。メンバーの定期訓練に曽野は必ず立ち会う。志水自身がこのトレーニングを受けるのは、公総に入って三年で、一〇回目だった。

公安総務課長を務める風変わりなキャリアは、厚ぼったい瞼の奥から射るような眼光で志水を見据える。

志水と同様、一日半の間、わずかな休憩を除いて上司もずっと対面の椅子に座った。瞼が閉じそうになるのを懸命に堪える志水とは対照的に、曽野の表情は訓練前と全く変わりがない。

「訓練のあとで悪いけど、早速秘匿追尾に出てもらうから」

曽野が席を立ち、ドアノブに手をかけた。志水も後を追った。曽野は足早に廊下を歩く。

曽野は一回も振り返ることなく、機動隊施設の建物を出た。広場では、重装備の機動隊員たちが六尺棒を持って訓練中だ。

志水は目を細める。頭上から降り注ぐ陽の光が異様に眩しい。

「たまには瞬きしたらどう？」

いつの間にか曽野が歩みを止め、志水を見ていた。訓練中はひたすら写真に集中した。目が乾くという感覚は、あの日妻だった女の行確に参加した日から完全に忘れてしまった。

「大丈夫です。それより車両を使うのですか？」

志水は曽野に追いつき、言った。

「いや、歩く」

機動隊宿営地隅の通用口から、新宿区若松町の住宅街に出た。

「ロンドンの地下鉄爆破テロ、酷かったね。ＭＩ６の友人がこっぴどく向こうの首相に怒られたらしくてね」

曽野の口ぶりは普段と同じだが、内容には凄みと重みが加わっている。

「治安維持の大切さを痛感します」

曽野は周囲を警戒する様子もなく、ズボンのポケットに両手を突っ込み、ゆっくりと歩く。

志水も二歩下がった地点から後を追う。

総務省統計局の建物脇の小径から、曽野は大久保通りに出た。古い中華料理屋や地場スーパーが軒を並べる歩道を、曽野は今まで通りゆっくりと歩を進める。

「秘匿追尾の対象は？」

周囲に誰もいないことを確認し、志水が尋ねた。

「もう少しだよ。その辺の事務機器メーカーのサラリーマンって感じで歩いてね」

志水も両手をポケットに入れ、後に続く。生花店を通り過ぎ、トンカツ屋前のバス停に辿り着いたとき、曽野が足を止める。背広から携帯電話を取り出すと、バスの時刻表と見比べ始めた。一切不自然さはなかった。

「この先に病院があるけど、知ってる？」

「国立国際医療センターです。政治家や芸能人がこっそり入院すると所轄時代に聞いたことがあります」

「その通り」

曽野は時刻表から目を離すと、また先ほどのペースで歩き始める。トンカツ屋を過ぎ、文具屋と煙草店があるところで曽野は大久保通りを横切る。

眼前に巨大な病院のシルエットが現れる。曽野はこのまま病院に入るのか。志水は上司の背後から次の行動を探った。大病院に通じる交差点の信号は赤だった。青信号に変わったとき、曽野が横断歩道を渡り、右折した。

「病院に行くのではないのですか？」

「まぁ、ついてきて」

曽野は都立戸山公園に続く緩やかな坂道を下り始めた。

大病院と秘匿追尾。病院に潜入した海外スパイ、あるいはその協力者。または極左の家族を張るのかと想像した。だが、今のところ全くその気配はない。丸みを帯びた上司の背中を見つめながら、志水は坂を下り続けた。

11

「結果から申し上げます。簡易血液検査で危険な兆候が見つかりました」

病院のロビーから小児科診察室に呼び出された兎沢は、瑠美子とともに若手医師の顔を見た。咲和子は診察室奥のベッドでかすかに寝息を立てている。

「なにか危険な病気でしょうか？」

「白血球の数が通常よりも遥かに多いのです。血液成分中の血小板の比率が低いことも気にかかります」

青年医師は明解な口調で言った。白血球という単語を聞き、兎沢は唾を飲み込む。映画や小説で目にする危険な病名が頭に浮かぶ。

「白血病ですか？」

瑠美子がすかさず尋ねた。頭の中にどす黒いヘドロが充満していくような錯覚に襲われる。映画に登場する白血病患者は、頬がこけ、生気を失った姿でスクリーンに現れる。俳優が特殊メイクで演じているとはいえ、目を背けたくなるような残酷な描写が続く。まして、自分の娘が病の当事者になることなど、今まで考えたことはなかった。現実を受け止める自信すらない。

「断定はできませんが、青白い顔、そして突然の鼻血という要素に加え、白血球の数が通常よりも八割も多いということを勘案すると、可能性が高いと言わざるを得ません」

鼻血を流し、動揺する咲和子の顔が蘇る。全身の血液が足元から抜けていくようで、両腕が粟立つ。

「確定的な診断を下す前に、骨髄穿刺《せんし》をする必要があります」

青年医師が具体的な血液検査に関する資料を兎沢に手渡した。だが、説明書きの文字が滲み、具体的な施術法は一向に頭に入らない。そのとき、突然瑠美子が腰を上げた。

「咲和子は助かるんですか？」

瑠美子が青年医師の手を摑んで訊く。医師がゆっくりと瑠美子の手を握り返したとき、診察室のドアをノックする音が響く。

医師がドアに向け、声をかけた。兎沢が振り返ると、ボサボサの白髪の医師が現れた。分厚いレンズの眼鏡をかけているが、その奥の目は切れ長で鋭い。年齢は小児科の医師よりもずっと上だ。五〇代だろうか。

「先生、ありがとうございます」

青年医師が頭を下げる。白髪の医師はパイプ椅子を引っ張り出し、兎沢と瑠美子の前に腰掛ける。

「緊急で血液検査があるって聞いたんで、お嬢さんのデータを見せていただきました」

白髪の医師は白衣の胸ポケットからＩＤカードを引っ張り出した。

「血液内科医長の佐久間《さくま》元治《もとじ》です。お二人ともそんなに慌てないで」

佐久間医師は黄色い歯をむき出し、笑顔を見せる。鋭い目付き、加えて医長という肩書きを聞かされただけに、権威を笠に着た医師だと思っていた。だが、眼前の佐久間は肩の力を抜き、人なつこそうな笑顔を浮かべている。

「精密検査前に軽々しいことを言うのはいかがかと思いますが、おそらく咲和子ちゃんは急性リンパ性白血病を患っている公算が高い」

　隣にいる瑠美子の肩が強張る。

「一昔前ならば、かなり危険だったと言わざるを得ません」

　佐久間は言葉を区切り、ゆっくりとした口調で告げる。動揺の激しい瑠美子、そして兎沢の順でゆっくりと視線を合わせた。兎沢が小さく頷いたのを確認した佐久間が言葉を継ぐ。

「精密検査で病気が確定したとしても、安心してください。私が治します」

「薬ですか？」

　兎沢が口を開くと、小児科の青年医師が言った。

「最初は抗悪性腫瘍薬を使う投薬治療を試みますが、あとは佐久間先生の出番ということになると思います」

「出番とは？」

「現在、小児がんの代表的な症例である急性リンパ性白血病は、移植手術で完治するケースが増えているんですよ。佐久間先生は、日本の移植手術のパイオニア的存在なんです」

「なんとか、お願いします……」

今まで気を張っていた瑠美子が口元を掌で覆い、嗚咽を漏らす。

「移植手術はアメリカでしか成功例がありませんでした。佐久間先生はアメリカの大学病院を三つ回り、術式を日本に導入した方です」

青年医師の言葉に、兎沢は幾分救われた気がした。咲和子が白血病だとしたら、どんなに金銭的な負担がかかろうとも、あるいは渡米してでも絶対に治療させる。眼前の白髪の医師はそれを新宿の病院でやってくれるという。

「今まで移植手術は一〇〇例成功しました。だが、そのうちの二〇例は術後三カ月で残念な結果となりました。私は神様じゃない。しかし、娘さんのために全力を尽くしますよ」

「お願いします」

自分でも意識しないうちに、兎沢は佐久間医師の手を強く握り締めていた。

豊島区要町の小さなスナックで売上金を奪う強盗殺人事件が発生してから一週間が経過した。

兎沢は目白署刑事課の若手巡査部長とコンビを組み、被害者となった老女の鑑取りを担当し、馴染み客や家族を中心に怨恨の線を捜査した。

老女と折り合いの悪かった長男の嫁に聞き込みを行った。明確なアリバイがあり、手ぶらで目白署の捜査本部《ちょうば》に帰る途中だった。千登世橋交差点で停車中に無線機が鳴った。

〈至急、至急！　要町の殺し、第四係がマル被三名を確保。要町の不良高校生三名確保〉

捜査本部のマイク席で、海藤が弾んだ声を張り上げる。

「管理官の読み通りでしたね」

ハンドルを握る巡査部長が言った。

事件発生当初から要町や西池袋一帯の不良集団の存在が浮かんだ。昔気質《むかしかたぎ》の被害者が町内のゲームセンターに通う一団を注意し、しばしばいざこざが起きていたとの情報が地取り班からもたらされたのが三日前だった。

捜査本部を実質的に取り仕切った海藤管理官は、地取り班を一五名増員した。西池袋から要町にかけての一帯に捜査員を重点投入し、不良グループの人着を調べ上げた。第四係は今朝早くから西池袋のゲームセンター周辺を張り込んだ。

「四係が調べを一通り終えれば、打ち上げですね」

巡査部長が笑顔を浮かべると、兎沢は助手席のドアを開けた。

「悪いが、管理官には病院に行くと伝えてくれ」

兎沢はさっさと反対車線に渡り、流しのタクシーを捕まえ、行き先を指示した。

「とにかく急いでくれ」

ぶっきらぼうに指示すると、兎沢は後部座席で腕を組む。

兎沢が所属する第四強行犯第七係は、強盗殺人発生時の宿直だった。非番の夕方まで病院にいて、そのまま本部で事件に遭遇した。発生後一週間、咲和子と顔を合わせていなかった。

都内の幹線道路の一つ、明治通りは混み合っていた。運転席の背を蹴り上げたい気持ちを堪え、兎沢は咲和子のことを考えた。

ずっと瑠美子が付き添っている。心配はない。病院のスタッフも咲和子にはとりわけ優しく接している。

だが、咲和子自身が不自由な生活を強いられていると思うと胸が張り裂けそうだった。咲和子は保育園で男勝りな性格でならした。楽しみにしていた運動会の徒競走に参加できず、兎沢が練習相手となったフォークダンスも踊れなかった。

せめて半日でも官舎に連れ帰りたいと懇願したが、投薬治療と精密検査の連続でそれもままならなかった。

渋滞から解放されたタクシーが大久保通りから国立国際医療センターの車寄せに滑り込むと、兎沢は病室まで駆けた。病院の配慮で特別に用意された個室の引き戸を開けると、カーテンの向こう側から図鑑を見てはしゃぐ咲和子の声が聞こえた。

「どうだ、調子は？」

カーテンを開けた直後、兎沢は息を呑む。

「おとしゃん、久しぶり」

いつもの弾んだ声だった。だが、咲和子は一変していた。

「これ似合う？」

咲和子は自分の頭部を指してはしゃいだ。

「あぁ」

なんとか声を絞り出す。真っ黒な髪が消え、咲和子の頭部はパンダのプリントが入ったニット帽に包まれている。投薬の副作用で脱毛の恐れがあると聞かされた。覚悟はしていたが、眼前の咲和子の変わり様に息を呑む。

「仕事は大丈夫なの？」

瑠美子が目を伏せ、言った。

「あぁ、二〇分前に被疑者が確保された」

兎沢の言葉に、すかさず咲和子が反応した。

「おとしゃん、犯人を逮捕したの？」

「ほかの刑事さんが捕まえた。だから、今日はずっとここにいる」

大きな瞳を動かし、咲和子が笑顔を浮かべる。だが、頰が異様にこけた分だけ、目の大きさが際立つ。不意に涙が溢れ出る。兎沢は慌てて咳き込むふりをして咲和子に背を向けた。

「おとしゃん、大丈夫？　風邪ひいたの？」

「道場の床で寝ていたから、ちょっと疲れただけだ」

「それじゃ、咲和子の隣でお昼寝する？」

咲和子の気遣いが嬉しかった。優しく声をかけてくれる娘があとどの程度生き抜くことができるのか、果たして治療がうまくいくのか、胸の中に不安が渦巻く。

「ちょっとうがいしてくる」

ベッドに背を向けたまま、兎沢は病室を抜け出す。

廊下に出た途端、堪えていた涙が一気に溢れ出た。

忙しく行き交う病院の看護師たちの視線を避けながら、兎沢はその場に踞った。今すぐにでも咲和子と入れ替わりたかった。

一週間以上、硬い床で寝起きを繰り返しても、全く体調に支障を来さない頑丈な自らの肉体が憎い。兎沢が踞っていると、不意に肩を叩かれた。目線を上げる。硬い表情の佐久間医師が見つめている。

「お父さん、ちょっといいかな」

「なんでしょうか」

拳で目元を拭い、立ち上がる。いつも笑顔を絶やさずに接してくれる佐久間の表情が硬い。

「奥さんにはまだ伝えておりませんが、ちょっと気になることがありましてね」

そう言うと、佐久間は顎でついてくるよう指示し、歩き出す。

「今朝の検査で、白血球の増加ピッチが予想以上だと判明しました」

佐久間が小声で告げる。

「元々、咲和子ちゃんは元気なお子さんだ。心肺機能が強い分だけ、病気の進行が想定以上に速い」

「咲和子はどうなるんでしょうか？」

「あす午前に造血細胞移植手術に踏み切ろうと思います。一日でも早い方が良い」

かじかみ切った手足に急速に温もりが伝わってくる感覚だった。

「都内の大学病院に声をかけ、咲和子ちゃんと適合するドナーも運良く確保しました」

「ありがとうございます」

「あとで奥さんと一緒に私の部屋に来てください。手術同意書にサインしてもらいます」

佐久間医師は兎沢の肩を力強く叩くと、診療棟に向かった。ボサボサの白髪に向け、兎沢は頭を下げ続けた。

12

曽野に先導される形で病院脇の宿舎に向かった日から一カ月が経過した。

志水は若松町の公総分室で、集められた膨大なデータを整理した。秘撮写真は一万枚を超え、秘録ビデオが五〇時間分デスクと戸棚に積み上げられた。

プリントの中から決定的な場面が写る一〇〇枚を選び出したあと、様々なアングルから捉えたビデオの編集に没頭する。

腕時計に目をやると、午前二時半を過ぎている。

曽野に指示を受けた直後、なぜ中年男の秘匿追尾が必要なのか理解できなかった。だが、男の周囲を三〇分張っただけで、曽野の意図が全て分かった。一日一、二時間の睡眠しか取ることができず、体力的には限界に近づきつつあったが、精神は冴え渡った。

大量の証拠資料を前に、志水はこの一カ月を振り返った。

あの日、曽野が目で目的の男を指した。中年男は団地スタイルの宿舎に昼食を取りに戻ったあと、問題行動を起こした。

ランチを一五分で切り上げた男は、自宅でプリントしたビラを携え、同じ敷地にある宿舎全戸の集合ポストに投げ入れた。

　宿舎の敷地を足早に抜けたあと、男は隣接する都営住宅に足を向けた。先ほどと同じように、根気強く一枚いちまい集合ポストにビラを投げ入れる。二〇メートル以上距離を取り、志水は男の様子を観察した。

　男が五〇戸分を配り終えたとき、背広の中の携帯電話が震え、メール着信を知らせた。小さな画面に目をやると、短いメッセージが見えた。

〈交代を送る。脱尾せよ〉

　志水が団地の集合ポストから大久保通り方向に目を凝らすと、宅配便業者のバンが見える。助手席から手振りで合図する同僚の姿が見える。

　以前、自分の妻だった女を追尾したベテランだ。携帯を背広のポケットに放り込むと住宅内の小さな公園で鳩に餌を与えていた中年の女が一瞬だけ志水に目を合わせる。女は鳩に視線を戻すと、小さな声で言った。

「あと五名います。一旦、分室に戻って」

「了解」

　志水は指示通りゆっくりと公園を抜け、公総分室に戻った。今まで訓練を受けていた薄暗い部屋に小型モニターが五台持ち込まれ、その中心に曽野が陣取っている。

「ビラは確認した？」

「一枚、回収しました」

背広の胸ポケットからビラを取り、曽野に手渡した。

「立派な犯罪だと思わない？」

「そう思います。地検は？」

「先方の公安部長は渋っているけど、絶対に食わせるよ。君はあのチームの統率を頼む」

「了解しました」

「地検があまり良い顔をしていないから、徹底的に証拠を積み上げてほしい」

「では、指揮車に戻ります」

「そうして。君の周囲にはベテランばかり配置してあるから。捜査と同時に、公判をどう維持するか戦略練ってよ」

志水は眼前の膨大なデータに目をやった。

曽野によって公総の第一線指揮官として任命された。志水と同様、過酷な訓練を経たベテランや若手の捜査員を使い、指揮車の中で生活を続けた。

〈公判をどう維持するか〉

曽野の言葉を嚙み締めながら、同僚と行動をともにした。不思議な一体感があった。中年男は強盗や殺人を犯すような凶悪犯ではない。だが、「国を護る」という意義に照らせば、明確な凶悪犯に他ならない。

志水が選りすぐった写真を茶封筒にしまったとき、狭い部屋のドアが開いた。

「作業はどう？」

曽野が顔を出す。いつものように瞼は厚ぼったいが、瞳が鈍く光る。

「公判維持に十分なネタは集まりました。確実にやれます」

「ありがとう。僕も地検の公安部長を落としてきた。着手は明日の朝だ。いいね」

「了解です」

「お客さんの自宅を朝一で襲って、誰かに身柄《ガラ》を本部まで送らせてほしい。君は家宅捜索《ガサ》を仕切るんだ」

志水は頷き返すと同時に、写真を入れたものとは別の茶封筒を曽野に差し出した。

「なに、これ？」

曽野は首を傾げながら、封筒から紙を取り出した。

「そう、もうここまで済んでたんだ。やるじゃない」

「偏屈な独身中年男ですからね、留守宅を調べるのは容易でした」

志水は、ベテランの巡査部長に命じて秘かに男の部屋を調べた。間取りと問題のビラを刷ったプリンターが置いてあるデスク周辺を調べた。自分が家宅捜索を担当しなくても、すぐに必要なブツを入手できるよう手筈だけは整えていた。

「それじゃ、あと四時間後、よろしくね。ウチの課が手がける久々の大ネタだから。僕はちょっとした仕掛けをして君らをバックアップする」

曽野は意味深な笑いを残し、部屋から出て行った。

改めて秘撮写真に目をやる。凶悪犯の抜け道はもはやない。志水は写真の中の男を睨み続けた。

13

手術前検診を受ける咲和子と別れ、兎沢はいつものように人気のないロビーに辿り着いた。入院受付、処方箋手配……様々なカウンターにはまだ誰もおらず、ロビーは静まり返っている。

玄関脇の通路に向かうと、兎沢は携帯電話を取り出した。ここ数日、泊まり番勤務を外してくれた上司に報告したかった。電話帳から呼び出すと、海藤はすぐに電話口に出た。

〈おう、咲和子ちゃんの様子はどうだ？〉

「もうすぐ麻酔のために病室を出ます」

〈人づてに聞いたが、佐久間先生は相当な名医だそうだな〉

「我が家にとっては神様です」

〈術後も心配だろうから、しばらくローテーションから外しておく〉

「いえ、そこまで配慮していただいては申し訳ありません」

〈バカ野郎、おまえは刑事《デカ》の前に父親だ。ちゃんと家族としての職務を全うしろ〉

「ありがとうございます。術後にまた連絡します」

〈その必要はないよ。無事に終わればそれでいい〉

照れくさそうに言ったあと海藤は一方的に電話を切った。小さな携帯電話に向け、兎沢は頭を下げる。

三五〇名を擁する一課の中で、海藤が兎沢を戸塚署から一本釣りしたことは知れ渡っている。所轄署の経験が長くはない兎沢を本部に登用したことをとやかく言う輩がいることも承知している。それだけに帳場が立ったときは海藤の恩に報いるために全力で捜査に没頭した。

実際の捜査では志水の教えを忠実に守った。逸る心を抑え、一歩引いた観点から現場を見る姿勢も養ってきた。

志水が指名手配犯・上杉の取り調べでミスを犯し、戸塚署から姿を消してから四年半が経過した。

本部の警務部付となった人事異動通知を見て以降は、志水の行方は戸塚署の面々はもちろん、本部一課の管理官という幹部職に就いた海藤でさえ摑んでいない。

運転免許試験場の視力検査係に異動したとか交通安全協会に無理矢理出向させられたとかいう噂を耳にしたが、どれもあやふやだった。

咲和子の術後経過が順調ならば、すぐにでも捜査の第一線に復帰する。海藤の恩に報いつつ、志水の教えを忠実に実践することが自分に課せられた任務だ。

ロビーに戻ると、大型の液晶テレビに近づく。昨晩は第五係が都内で発生した外国人殺害事件の担当になっている。海藤はなにも言わなかったが、せめて気分だけでも職場に接していたい。

腕時計に目をやると、午前七時ちょうど。公共放送のニュースが始まる。

兎沢がリモコンのスイッチを入れた途端、スピーカーから興奮気味の男性アナウンサーの声が聞こえた。

画面に目を凝らす。

〈今朝最初は社会部の独自ニュースからです〉

男性アナウンサーの背後にある大型モニターに、背広に腕章を巻いた男たち二〇名程度が映る。さらに目を凝らすと、腕章には「公安総務」の文字が見える。

〈警視庁公安部は本日早朝、国立国際医療センター勤務の医師、佐久間元治容疑者を国家公務員法違反の疑いで逮捕しました。警視庁への取材によりますと、佐久間容疑者は日本共産党の集会ビラや機関紙多数を配ったとして、公僕の政治的行為に制限規定を設けた国家公務員法に違反した容疑が持たれています。警視庁公安部は佐久間容疑者の身柄を警視庁本部に移すとともに、医師の住居である独身寮を強制家宅捜索し、証拠品を押収しているもようです〉

リモコンを握る手が大きく震える。画面には、病棟を歩く佐久間医師の姿が映し出された。両脇には背広姿の捜査員がいる。公安部の情報を得て隠し撮りしている映像だ。

〈国家公務員法については、佐久間容疑者のような国立病院勤務の医師も公務員として適用が可能と警視庁は判断したもようで……〉

無意識のうちに、兎沢はテレビ画面のボリュームを上げる。

一時間半後に始まる咲和子の手術はどうなるのか。昨晩の説明では、佐久間医師の執刀に一五人の医師たちが見学に来るという。

最新の術式は佐久間しか使えない。これをほかの医師に広め、多くの患者を救うために使いたいと佐久間は申し出た。兎沢と瑠美子は即座に了承した。

「共産党がどうこうは知らんけど、あの先生は立派な人だよ」

ロビーにモップをかけていた清掃員が呟いた。ビラ配りだけで逮捕するというのは、明らかに共産党に対する牽制だ。医療センターの医師が公務員であるという法解釈は別にして、明らかに公安部が成果を誇示するための捜査でしかない。保秘を徹底しているはずの公安部が公共放送に情報をリークしている点からもそれがうかがえる。

兎沢は海藤に連絡を入れようと携帯電話を取り出す。そのとき、再び清掃員が素っ頓狂な声をあげた。

「ありゃ、警察は先生の部屋まで行ってるよ」

画面に目をやる。腕章を巻いたダークスーツの一団が、段ボール箱を抱えて宿舎の階段を下りてくる生中継だ。

階段の踊り場で、兎沢が知る顔が映り込んだ。腕章にはほかの捜査員と同様に「公安総務」と記してある。やせ型、目付きの異様に鋭い男だ。

「志水さん……」

兎沢がかつての先輩刑事の名を呟いたとき、携帯電話がけたたましく鳴り出した。

第五章　脱尾

1

茶屋の女性店員が兎沢と手帳を交互に見る。眉間には深い皺が刻まれている。

「その警察手帳は本物ですか？」

「ふざけるな、本物に決まってるだろう」

語気を強めるが、店員は動じない。

「先に来た兎沢さんという刑事さんに、絶対に誰も取り次ぐなと指示されましたから」

「そいつは偽者だ。俺が本物の兎沢警部補だ」

自ら発した言葉で、兎沢は我に返る。

公安が荷物を狙うという見立ては正しかった。しかも先乗りした連中は自分の名を偽っている。ふざけた話だが目の前で起きていることは紛れもない事実であり、現実なのだ。

偽名をかたる人物の心当たりは一人しかいない。公安は帳場が立った直後から刑事部の動きを探っていた。常に捜査を監視し、今は先回りすることに成功した。だからこそ、あからさまに兎沢という名を使うのだ。公総の手にかかれば、警察手帳の偽造など容易い。いや、本物の素材を使う分だけ、たちが悪い。

「先に入った奴は全くの別人だ」

兎沢は古びた襖《ふすま》に向けありったけの声で叫ぶ。清野も怒鳴り始める。

「俺は山形県警の清野だ。この人は間違いなく警視庁捜査一課の兎沢警部補なんだ」

兎沢は名刺を店員に差し出す。一刻の猶予もない。兎沢は声を張り上げる。

「警視庁本部に確認してもらえれば、本物だって分かる」

怪訝な表情の店員は携帯電話を取り出し、ダイヤルした。兎沢は店の奥に目をやる。土産物や清涼飲料水の入った段ボール箱の奥に、古びた襖がある。その手前にはブロックが三つ置かれ、サンダル一足と二人分の革靴が見える。

二人分の靴は公安の人間のものだ。兎沢がこの事件を追っていることを知りつつ、大規模な捜査本部のメンバーの中から兎沢に成りすます人間は志水以外にはいない。

店員はまだ電話を耳に当てている。兎沢は焦れた。清野に目配せしたあと、足を踏み出すとすかさず女性店員が手を広げ、二人を制す。

「まだ確認取れないの？」

「代表から捜査一課というところに回してもらっています」

女性店員がきつい視線とともに言い切る。

大部屋には常時一〇〇名以上の刑事が詰めるほか、事務担当の女性職員もいる。早く受話器を上げろ。兎沢は胸の中で強くなんども念じた。隣でしきりに清野が舌打ちする。

「……そうです。二人も同じ名前を名乗って不審なので、確認したくて」

敵意の籠った声で、店員が電話に告げる。

電話に応対しているのは誰か。苛立ちが募る。こうしている間にも、古びた襖の奥で既にデータのやりとりが行われたのではないか。

「……体格が良くて、身長は一八〇センチ以上……眉毛が太くて……はい」

携帯電話を耳に当てていた店員の表情が曇る。電話の相手は分からないが、兎沢のことを知る人間が対応している。

「……最初の人は一七〇センチくらいで、線の細い方です。瞬きをしない鋭い感じの……そうですか」

電話を切った店員が突然頭を下げる。

「あなたが本物でした」

店員の声を聞いた瞬間、兎沢は清野とともに店の奥に突進する。襖の奥からはなにも音が聞こえない。急がなければデータが公安の手に落ちる。兎沢は痺れる足を懸命に動かした。

2

小さなテーブルに簡易パックを置いた漆山が、怪訝な表情を浮かべる。

「中身を確認させてください。釣り仲間の柏倉さんが亡くなったとの連絡も先ほど入りました。事態は急を要します」

漆山に告げ、志水は隣に座る巡査部長に目配せする。部下は即座に背後の襖の近くに向かう。

「柏倉さんが亡くなったって、どういうことです？」

漆山が驚きの表情を浮かべる。老人の顔には怯えの色も現れる。志水は口元で人差し指を立て、努めて冷静な口調で告げた。既に兎沢らが山道の各チェックポイントを通過しているとの報告は入っていた。部屋の外でなんどか大きな声も聞こえた。一刻も早くデータを手に入れねばならない。

「柏倉さんは警視庁でも有名な敏腕刑事でした。彼の元部下がある組織の不正に気付き、データを柏倉さんに託し、亡くなったのです。組織とは広域暴力団のことです」

「ということは、この荷物がもとで二人も命を落としたってことですか」

漆山の口元がかすかに震える。手元を見る視線が揺れ始める。

「……それでは、店の方が騒がしいのは？」

「柏倉さんに手をかけた組の人間かもしれません」

抑揚を排した口調で告げると、漆山は唾を飲み込み、恐る恐る包みを差し出す。

「あとは警視庁にお任せください。柏倉さんの無念は必ず晴らします。山形県警に依頼し、漆山さんの身辺も警護します」

小さなテーブルの上で、志水が包みの角に触れたときだった。襖を叩く音が部屋中に響き渡る。

「開けろ！　俺が本物の兎沢だ！」

漆山は慌てて荷物を手元に引き寄せる。瞳に疑いの色が浮かぶ。

「開けろ！　蹴り破るぞ」

聞き覚えのある声だった。志水は視線を漆山の目に固定させ、強い口調で告げる。

「漆山さん、組織に荷物が渡ることはなんとしても阻止せねばなりません。早く包みをこちらへ」

志水は背広のポケットに手を入れる。老人は迷い始めた。時間切れだ。眠ってもらうしかない。気付かれないように注射器を握る。

「やむを得ない場合は発砲を許可する」

志水が巡査部長に指示すると、漆山が襖に視線を固定させた。

「漆山さん、早く。我々があなたを護ります」

志水はスタンプ型の注射器を逆手に持ち、振り上げた。

「その人、偽者の刑事です！」

突然、襖の向こう側から女の金切り声が響く。漆山が包みをしっかりと胸に抱き、身構える。志水は強引に老人の左腕を摑んだ。

3

軽い。

耐えられない軽さだ。

「全力を尽くしましたが、大変残念な結果になりました」

兎沢の背後で老医師が告げる。看護師がベッド脇に歩み寄り、弱々しいリズムを刻んでいた心電図の電源を落とす。

小さな病室は、息づかいさえ聞こえぬ静寂に支配される。しかし、兎沢の耳にはまだ心電図が刻む命の残響があった。網膜にも心電図の残像が焼き付いている。最期の息吹を伝えた心電図の画像が瞼の裏に現れる。ほんの数分前の出来事は、疲れからくる悪い夢だったのだ。

「ご愁傷さまです」

医師の声で兎沢は我に返る。そして黙って腕の中を見つめる。

軽いという実感以外に、現実を受け入れることができない。揺り起こせば、目を覚ましそうな穏やかな顔が眼前にある。

「カイシャが殺したのよ」

瑠美子の金切り声が尖った錐《きり》のように兎沢の鼓膜を突き刺す。

〈カイシャが殺した〉

そうだ、その通りだ。

カイシャの意思に抗わず、黙って事態を受け入れた。見殺しにしたと言ってもいい。

そう口を開きかけたが、やめた。

眠っている咲和子を起こしてしまうような錯覚にとらわれる。兎沢は下唇を嚙み締める。

沈黙に堪えかねた医師が小声で言った。

「彼の私生活は全く把握しておりませんでした。本当に申し訳ありません」

病院の管理体制に落ち度などない。職員一人ひとりの生活の詳細を把握すること自体不可能だ。それに、民間病院であれば主治医の行動は全く問題にならなかった。

主治医の肩にかかる公務員という身分だけが、幼い生命と引き換えにされただけだ。

兎沢はそう思うことに決めた。無理にでも結論づけねば、気がふれてしまう。

「聞いてるの？　カイシャが殺したのよ」

瑠美子の言葉が重く背中にのしかかる。ゆっくりと亡骸をベッドに横たえる。

咲和子はすやすやと寝入っているようにしか見えない。

「カイシャ、辞めてよ」

背中に、一際鋭い言葉の破片が刺さる。

カイシャの面子のために咲和子が死んだ。死なずに済んだはずの生命が絶たれた。組織の息苦しさと融通の利かなさを熟知するだけに、瑠美子の嘆きと憤りは膨張し続ける。

瑠美子の顔を見やる。全体が紅潮し、唇が震えている。

俺が悪かった。ひと言告げようと口を開きかけた。だが、兎沢は頭を振り、言葉を飲み込む。

全身から怒気を発する妻にどんな言葉をかけても、複雑な胸の内を理解してもらえるはずがない。

「もっと早い段階でアメリカでの治療をお勧めしていれば……本当に申し訳ありません」

老医師の声が擦れ始める。

アメリカでの先端医療に踏み切っていたら、耐え切れない軽さに打ちのめされずに済んだ。しかし、主治医は必ず成功すると確約してくれた。兎沢は医師の決意に賭けた。

カイシャは、わずかな望みを粉々に突然打ち砕いた。あの瞬間以降、日ごとにやせ細っていく咲和子を指をくわえて見ているしかなかった。

「ちょっと、待ってくださいよ」

娘の残像を打ち消すように、兎沢の背後で看護師が声を荒らげた。目をやると、半開きになったドアから同僚が顔を見せる。

看護師の怒声から、同僚は全てを感じ取ったのだろう。慌ててドアを閉めようとしたとき、兎沢は自然にドアに歩み寄った。瑠美子だけでなく、医師や看護師の視線を全身に感じる。

「どうした？」

「すまん。悪かった。話はあとだ。俺は帳場に戻る。最後くらいは一緒にいてやれよ」

「だから、どうしたんだ？」

同僚との間合いを詰める。相手の顔に困惑が色濃く浮かぶ。

「あとでいいって」

もう一歩前に踏み出す。体が自然に動く。同僚の顔が目の前に近づく。

「言えよ」

勝手に体が反応する。同僚の顔を見た瞬間に、猟犬の本能が腹の底から湧き上がってくるのが分かる。

「……物証《ブツ》が出た」

「そうか、よくやった」

「無理すんなよ。あとは俺たちがやっておく」

短く言い残すと、同僚は逃げるように病室を後にした。

「まだカイシャが気になるの？」

金切り声だった瑠美子の声音が、低く沈んでいる。感情をむき出しにして怒鳴り続けてくれた方がまだ気が楽だった。

頭を強く振る。

「先生、時間を巻き戻すことはできません」

やせ細った亡骸を見つめ、兎沢は言い放った。かさかさに乾いた唇から、自分でも驚くほど大きな声が出ていた。

眠っているのではない。咲和子は逝ったのだ。自分でも驚くほど冷徹な言葉が口をついて出た。兎沢が告げた途端、瑠美子が低く唸り、病室の床に崩れ落ちた。

「この子はツキがなかった」

老医師が病室を出て行く。ドアの閉まる音が聞こえたとき、脳裏にあの日の自分の後ろ姿が浮かぶ。

偶然ニュース番組を見た。画像をにわかに信じることはできなかった。

画面にダークスーツを着た悪魔が映り込んだ。娘の命を奪った悪魔は瞬きさえせず、部下に指示を飛ばしていた。

いま咲和子が眠るベッドの隣には、あの悪魔が佇んでいる。兎沢の視界の縁に、黒い影がくっきりと張り付いている。

兎沢は看護師に頭を下げ、ベッドに歩み寄る。尖った咲和子の頬骨に触れたあと、無言のまま病室を後にした。

一四階でエレベーターを降りた兎沢は、壁の案内表示に目をやった。娘の死から一週間たった。葬儀と納骨を済ませたあと、腹の底から湧き上がった感情に身を委ね、兎沢は無意識のうちに本部に足を向けた。

一度も足を踏み入れたことのないフロアは、静まり返っている。

公安総務課の各係の名前が無機質な数字と矢印で表示されている。目的の表示を見つけると、兎沢は大股で歩き始める。

廊下の両側に施錠された戸棚が並ぶ。前方から髪を七三に分けたダークスーツの若手が歩いてくる。胸に「ＭＰＤ」のバッジを付けているだけで階級は分からない。兎沢は胸元に掲げた小さなフォトフレームを若手に突き出す。若い捜査員は口を半開きにして兎沢を凝視する。

「おまえは公総の人間か？」

「そうですが……」

「人殺しめ」

ぶっきらぼうに告げると、兎沢は廊下の奥に進んだ。背中に突き刺さるような視線を感じる。構わず歩き続ける。

複雑に入り組んだ廊下と戸棚の陰から、今度は制服の男が現れる。中肉中背で眼鏡をかけた特徴のない顔だ。階級章は警視となっている。幹部警官は兎沢の顔と胸元の写真立てを順番に見やると、たちまち顔をしかめた。

「ここは君の来る場所じゃない」

「あんたが佐久間先生をパクるように指示したのか？」

「俺は担当外だ。それに部外者に情報は出せない」

警視は目を逸らし、足早に通り過ぎる。

「おまえら、全員人殺しだ」

ありったけの声で叫ぶと、戸棚の陰に隠れていた扉が次々に開く。兎沢は目的の部屋に向け、足を速めた。

フロア中に叫び続ける。絶対に許さない。スーツ姿の女性捜査員が顔を向ける。

「おい、ねえちゃん、あんた子供はいるか？　おまえら公安は、面子のために俺の子供を殺したんだ」

兎沢の怒声に気圧《けお》され、女性捜査員の顔が曇る。

「俺の娘を殺したのに、おまえら逃げる気か」

ドア脇のスチール棚を力一杯蹴り上げ、兎沢はさらに廊下を進む。

国会議事堂が見える一角に差し掛かった。背後から数人の足音が聞こえるが構わず大股で歩く。

〈公安総務課長〉

虚飾を排したプレートが掲げられている。反射的に兎沢は力一杯拳を扉にぶつける。

「捜査一課の兎沢だ。開けろよ」

拳が痺れる。だが、もう一度、渾身の力を込めてドアを叩いた。

「おい、やめろ」

背後から歩み寄った公安部の二人が両腕を摑む。

「公総課長に会わせろよ。ふざけんな」

「課長は出張中だ」

二人の力は存外に強く、もがくしかなかった。もう一度肩を動かしたとき、弾みで写真立てが床に落ち、咲和子の笑顔を覆っていたガラスが砕け散る。

「てめぇ」

兎沢の叫びに公安捜査員の力が一瞬緩んだとき、二人の腕を振りほどく。

「課長に会うまで絶対にここから動かねぇぞ」

兎沢は砕けたガラス片を拾い上げると、力一杯握り締めた。鋭い痛みが脳天に突き上がる。

もう一段力を込めると、呆気に取られた公安の二人が後退する。

「課長と志水に会わせろ。早く連れて来いよ」

「二人とも出張中だ」

「それなら、戻るまでここにいる」

掌の中に生暖かい血が広がる。鈍い痛みが掌から肘、肩に伝わる。血管か腱を切ったかもしれない。構うことはない。絶対にこの場を離れない。

兎沢は血まみれの掌を広げ、公総課長室の扉に打ち付けた。手に残った破片が肉に突き刺さる。自らの血しぶきも顔に降り掛かった。

「どうしたよ、娘を殺した二人を早く連れて来いよ」

振り返ると、周囲には特殊警棒やジュラルミン製の盾、アルミ製の刺叉《さすまた》を携えた男たち一〇人程度がにじり寄る。

「絶対に動かねぇからな」

ありったけの声を張り上げたとき、特殊警棒を持った背の高い男が足を踏み出した。男の足元にあった咲和子の写真が破れる。

「てめぇ、ぶっ殺す」

兎沢が警棒の男に突進すると、一斉にほかの男たちが群がってきた。側頭部をジュラルミンの盾で殴られ、腰に刺叉がめり込んだ。顔を上げたとき、警棒が頬を強打した。

4

「表で騒いでいるのは刑事《ジ》部の人らしいけど、どういう関係なの？」

デスク上の監視モニターを睨み、曽野が言った。志水はもう一度、目を凝らす。体格の良い男が組み伏せられてもなお怒声を張り上げている。

「戸塚時代の後輩です。今は一課の第四強行犯係にいます」

「なぜ行儀の悪いことをやってるわけ？」

曽野は露骨に不快な声をあげる。

「私が公安勤務になったことを彼は知らないはずです」

「あっ、そうか」

素っ頓狂な声をあげると、曽野はパソコンに動画再生ソフトを起動する。

「このとき、君が一瞬だけ映り込んだからだよ」

志水は曽野の指先を見た。

一週間前、病院の職員住宅に家宅捜索《ガサイレ》したときのニュース映像だ。階段の踊り場付近で自分の横顔が二秒ほど映る。

「もしや……」

携帯電話を取り出した志水は、公総分室の番号を呼び出した。

「佐久間医師の担当患者リストを至急送ってくれ」

電話で指示を飛ばしてから一分ほどで、壁際のファクスが二枚の紙を受信する。受信トレイからひったくるように紙を取り上げ、リストに目をやる。

〈血液内科　佐久間〉

リストに五〇名ほどの患者名が載る。名前の右隣にはアルファベットと数字の羅列がある。病気の進行状況のようだ。一番右には備考欄がある。

〈オペ　日時　執刀〉

手術欄を指で辿る。二日に一回のペースで佐久間は執刀している。さらに指でオペの日付を遡る。佐久間の身柄を確保したときの日付が目に入る。

〈兎沢咲和子　三歳二カ月　二〇〇五年九月二日〉

兎沢という珍しい苗字の上で指が止まる。執刀予定時刻は午前八時半と書き込まれている。家宅捜索の一時間半後だった。

「なにか分かったの？」

書類を覗き込んだあと、曽野が監視カメラ映像に目をやり、言葉を継ぐ。

「扉の向こうで騒いでいるのが、この娘さんの父親ってこと？」

「はい」

「佐久間が執刀予定だったのか。それで、その後は？」

志水は携帯電話で国立国際医療センターの代表番号をダイヤルする。見舞いに行きたい旨を告げ、兎沢咲和子の病室を尋ねた。オペレーターの無機質な声が響く。

〈残念ですが、一週間前にお亡くなりになられました〉

志水はすぐに電話を切った。

「どうしたの？」

曽野の問いかけに、志水は頭を振った。

「ウチの捜査で彼の子供が亡くなったわけ？」

曽野の目が鈍く光る。

「結果的にそうなってしまいました」

なおも上司が見つめている。値踏みするような目線だ。

〈志水さん、俺、今度父親になります〉

志水の脳裏に大衆食堂の光景が浮かぶ。

顔を赤らめ、はにかんだ表情の兎沢も映る。

戸塚署時代、兎沢は自分を実の兄のように慕ってくれた。郷里に住む実の兄とソリが合わないと聞かされた。瑠美子とのなれ初めを訊くと顔を真っ赤にした兎沢がいた。先ほどまで監視カメラの映像の中で絶叫していた男は、全くの別人だ。

懸命に刑事としての職務を全うしようと、兎沢は必死に実務情報を吸収した。同時に瑠美子と家庭を愛した。咲和子という娘にも人一倍の愛情を注いだに違いない。

〈なぜ瞬きしなくなったの？　どうして冷たい人になったの？　悔しくないの？〉

今度は、絶叫するもう一人の女の顔が蘇る。

自分の人生を根底から覆した女の顔になんの未練もないが、頭の中で兎沢と女の顔がオーバーラップする。なぜ二人で責め立てるのか。

志水は強く頭を振る。

「ねぇ、大丈夫かな？」

上司の両目が冷めた光を放つ。

「兎沢の娘の死は、職務上仕方のなかったことです」

爬虫類のような視線が志水を舐め回す。真意を探るときの目付きだ。

「本当にそう思う？」

「天秤にかけるまでもありません。職務が優先します」

志水が言い放ったとき、男女の怒声は頭蓋から消え去った。

「信じていいんだね」

志水が大きく頷くと、曽野がようやく視線を外す。

「どうやら外の問題警官は排除されたようだから、地検向けの追加資料の準備を続けよう」

「承知しました。秘録した映像の編集結果について、最終チェックをお願いします」

志水は背広から小さなメモリーカードを取り出し、上司のパソコンのジャックに挿し込んだ。

5

兎沢が襖に体当たりすると、背後から清野が部屋に飛び込む。襖が大きな音を立てて畳の部屋の中に倒れ込んだとき、清野が叫んだ。

「動くな」

内側で襖を避けた背広の男が清野に飛びかかる。襖とともに倒れ込んだ恰好となった兎沢は立ち上がり、清野の背に乗った男の顎を力一杯蹴り上げた。

蹴られた男はそのまま部屋の隅に倒れ込んだ。兎沢は部屋の中央のテーブルに目を向けた。別の背広姿の男が老人の左腕を摑んでいる。

「漆山さん、渡しちゃだめだ」

漆山がもがいた拍子に包みが畳に落ちる。清野が反射的に飛び込み、包みを覆い隠すように突っ伏した。

「手を放せよ、志水」

小包を目で追っていた男の肩がわずかに反応する。

「その注射器はなんだよ。おまえら、人殺しでもなんでもありだな」

男は即座に注射器を背広に入れ、立ち上がった。

「荷物は俺が預かる。公総なんかに絶対渡さない」

兎沢は男の前に立ちふさがった。知った顔が見上げてくる。拳に電流が走るような感覚が広がる。無意識のうちに肩が動く。

「殴りたいなら、思い切り殴れ。そのかわり、懲罰だ」

眼前の男は眦を上げ、兎沢を睨んでいる。

「上等だ。やってやるよ」

拳を振り上げたとき、肘を固められた。振り返ると、清野が歯を食いしばって両腕で制している。

「放せよ」

「だめです、兎沢さん」

「いまどき、やさぐれ刑事か？」

眼前の男が挑発する。もう一度、右腕が反応した。だが、鈍い痛みとともに肩が軋んだ。

「違法捜査してんじゃねぇよ。漆山さんまで殺すつもりだったのかよ」

「刑事部がもてあます事件《ヤマ》だ。ウチに渡せ」

「ずっと尾《つ》けてたんだろ？　横取りするような連中にとやかく言われる筋合いはない」

兎沢は男との間合いを詰める。眼前の男は瞬き一つせず、睨み返してくる。

兎沢が知るかつての志水ではなかった。兄のように慕ってきた男の面影はない。七年前に娘の命を奪った男でもある。拳の小刻みな震えが止まらない。男は口元を歪め、感情の籠らない声で言った。

「早く公安部に渡すんだ。これは警視庁《カイシャ》の上からの指示だ」

「なら、令状見せてみろよ。裁判所の許可はあるのか？」

兎沢は清野の腕を振りほどき、背広の内ポケットからトマリ急便のピンク色の伝票を取り出し、漆山に提示した。

「お騒がせしました。私が兎沢本人です」

兎沢は警察手帳を改めて提示した。

「同じ人が二人ってどういうことですか？」

部屋の隅にいた漆山が、露骨に眉根を寄せる。

「この男も一応警視庁の人間ですが、ご案内のように私の名を偽るようないかがわしい部署の所属でしてね」

兎沢が吐き捨てるように言ったとき、志水は倒れた襖を跨ぎ、革靴を履き始めた。

「お仲間を連れていけ。けったくそ悪いんだよ」

兎沢の言葉に反応した志水が動きを止め、言った。

「轍《わだち》が違うんだ」

「なんだと？」

「公安と刑事の轍が交わることはない」

一方的に告げた志水は、足早に店を後にした。

志水が吐いた轍という言葉に、兎沢は首を傾げた。

刑事部と公安部は捜査手法が違うばかりでなく、同じ警察官という括りでは表し切れない違いがある。

刑事部は事件の謎を解きほぐし、犯人を検挙することだけが仕事だ。公安は国を護るという曖昧な仕事を隠れ蓑《みの》に、自分たちの権益拡大だけを企図する。

志水は刑事部のやり方を知っている。なぜあんな言葉をわざわざ言い残したのか。遠ざかる男の背中を兎沢は睨む。答えは一向に導き出せない。

清野が兎沢の手に包みをのせ、我に返った。

「兎沢さん、これ」

「開けさせていただきます」

漆山が頷くより早く、兎沢は封を切った。

トマリ急便の包み紙の下には、透明な緩衝材に包まれた宝石入れがあった。乱暴に緩衝材を引きはがし、蓋を開ける。

「これだ」

親指の爪ほどの大きさの極小メモリーカードが、指輪を立てる窪みに植え付けられている。カードを慎重に箱から出し、凝視する。

「32GB《ギガバイト》」と印字されている。香川と柏倉が命を賭してまで守り切った小さな遺留品だった。

6

「君らしくないね。早急に立て直しのプランを考えて。メモリーカードの中身によっては、刑事部との全面戦争になるからね」

山寺の祠を見上げながら志水が報告すると、不機嫌な上司は一方的に電話を切った。

舌打ちを堪えた。祠の方向から監視役を命じていた若手の巡査部長が歩み寄る。既に無線を通じて事の次第は山寺周辺に配置している要員に伝えてある。若手が恐る恐る口を開く。

「キャップ、これからどうしますか」

「あらゆる手立てを考える。君らもアイディアを」

志水が告げると、若手が顔を上げた。

「麓の参道脇に山形《やまがた》県警の連中の車両があります。細工しますか」

「そうしてくれ。車中でデータ解析するかもしれない。漏れなく拾い出せるように」

志水の指示に若手巡査部長は急な石段を駆け下りていく。

曽野は一際機嫌が悪かった。

許されざるミスだった。だが、予想以上に兎沢の動きが速かった。柏倉の想定外の行動にもプランを狂わされた。

志水は唇を嚙む。

徹底的に兎沢を秘匿追尾するだけでなく、どのようにデータを奪取するか。姿を見られてしまった以上、兎沢は公安への警戒を強め、隙を見せなくなる。

山形県警車両の秘録と兎沢の通信傍受等々、当たり前の事柄しか頭に浮かんでこない。

志水が頭を振ると、祠の方向から下りてくる壮年の団体客が見える。志水は団体客の後ろに目をやる。一瞬だったが、明らかに一般観光客とは違う目付きの男が見えた。志水は目を凝らす。団体客から一〇メートルほど後方の地点だ。袖口に仕込んだ無線マイクに小声で指示する。

「五大堂近くの通路にいる中年男性、年齢五〇歳前後、単独。監視せよ」

仁王門近くに待機していた要員が応答する。

〈了解〉

「身長一八〇センチ前後、体重一〇〇キロ程度だ。秘匿追尾態勢に」

〈どんなお客さんですか?〉

「柏倉氏殺害の被疑者かもしれん」

ゆっくりと石段を下りながら部下に告げる。

確証は一つもない。ただ、観光客とは明確に違う目付きをした男だ。周囲の景色を見るふりをしているが、男は行き交う観光客の一人ひとりを慎重に見比べている。なんども漆山の茶屋方向にも目を向けた。

〈人着、もう少し情報を〉

「髪は黒、目が大きい。ライトグレーのポロシャツ、コットンのパンツ、ナイキのスニーカー」

志水は目に焼き付けた情報を部下に伝えた。

〈了解。兎沢警部補追尾の人員はどうしますか？〉

「気付《ヅ》かれた以上は二、三人で構わない。新たなお客さんに全勢力を」

ゆっくりとした足取りで階段を下ると、志水の右側を新たな監視対象者が追い越して行く。節くれ立った太い指の持ち主だ。大柄にも拘らず、身のこなしが軽い。急な勾配の石段を軽やかに下りる。

志水ら一行と同様に、トマリ急便の荷物を追ってきたのではないか。頭の中に香川殺害に関する捜査資料が浮かぶ。

鑑識課員が描いた殺害方法に関する予想スケッチだった。大柄なマル被が小柄な香川の首に紐を回し、背にのせた。典型的な地蔵担ぎだ。柏倉にしても節くれ立った太い指を喉元に食い込ませたのではないか。

遠ざかる大きな背中を志水は睨み続けた。

7

所轄署の霊安室で柏倉の遺体に線香をあげたあと、兎沢は清野にＪＲ山形駅に送ってもらった。午後四時半すぎ、兎沢は山形新幹線の上りホームに辿り着いた。

「お疲れさまでした」

缶ビールと駅弁の入ったビニール袋を差し出し、清野が言った。兎沢は手刀を切って受け取る。

「振り回して悪かったな。今度、警視庁での捜査研修の申請出しな。俺が面倒見る」

「ありがとうございます」

「県警本部でも気をつけろ。公安《ハム》に目を付けられたのは確実だからな」

兎沢は弁当販売スタンドの方向を顎で指す。背広や作業ジャンパーなど衣服はまちまちだが、目付きの鋭い男たちが三名いる。

志水の差配で公安捜査員が露骨に監視している。清野も公安の存在に気付き、顔をしかめる。互いに顔を見合わせると、上り新幹線がホームに滑り込んできた。改めて清野に礼を言ったあと、兎沢は自由席車両に乗車する。ホームにいた三名のうち、二名が別々に乗車する。

事前に予想した通り、監視していることをあえてアピールする追尾手法だ。

別々の席に座った二人を見回したあと、兎沢は座席を探す。夕方で東京に戻るサラリーマンの乗客が多く、五つ程度しか席が空いていない。

始発の新庄から公安の監視要員が乗り込んでいる公算も高い。兎沢は車両を通り過ぎ、グリーン車に向かう。

ドアを開けると、案の定空席が目立つ。車両の一番奥にある壁を背にする座席を見つけると、腰を下ろす。前の座席には誰も座っていない。公安の監視要員が来てもすぐに判別できる。

兎沢はSITの坂上から借り受けた小型のノートパソコンを引っ張り出し、膝の上に置く。電源を入れ、宝石箱の蓋を開けたときだった。

「そこ、私の席です」

先ほどホームにいた作業服の男が突然姿を現した。

「あっ、申し訳ない」

兎沢が返答した瞬間だった。男はあっという間に兎沢の眼前で手を伸ばし、宝石箱を奪った。

「なにすんだよ」

腰を浮かしたときには、男は既に出口方向に駆け出していた。五列ほど先の座席にいた品の良い老女が驚き、走り抜ける男の顔を凝視している。

「大丈夫？　車掌さん呼びましょうか？」

「大丈夫です」

兎沢が老女に告げた直後だった。新幹線が急停車した。

〈只今、緊急信号の指示により一時停止いたしました〉

車掌の擦れた声がスピーカーから聞こえた。

窓辺に目をやると、線路脇のフェンス越しにグレーのバンが見える。バンの周辺にいた黄色いヘルメットを被った作業員が車両に駆け寄る。作業員のそばに、先ほどの作業着の男が辿り着く。全て計算してブツを狙い、強引に回収する。目にも留まらぬ早業だった。兎沢が席に腰を下ろしたとき、再度車内アナウンスが響く。

〈緊急停止信号が解除されました。まもなく発車します。ご迷惑をおかけしました〉

兎沢は座席のノートパソコンを取り上げた。新幹線がゆっくりと動き始める。窓に目を向けると、先ほどの作業着の男がバンに乗り込む。

「はい、ご苦労さん」

兎沢は腕時計のバンド裏に張りつけた小さなプラスチックケースをはぎ取り、言った。周囲をもう一度見回し、ケースの中から爪の大きさほどのカードを取り出す。

みすみす獲物を逃す公安ではない。柏倉の亡骸と対面するため所轄署に立ち寄った際、清野に命じて秘かにメモリーカードのデータをコピーした。一枚は山形県警捜査一課の精鋭に託した。清野の同僚巡査部長が秘かに車で警視庁本部に運ぶ手配を済ませた。

もう一枚は、所轄署刑事課の女性巡査に依頼し、トマリ運輸の集配所に運ばせた。送り先は警視庁本部の捜査一課だ。

残りの一枚は、手元のノートパソコンのメモリーリーダーにたった今、兎沢が挿し込んだ。パソコンのハードディスクがかすかな駆動音を響かせ始める。

小さな画面いっぱいに表示されたアニメキャラクターの女性戦士を睨むと、画面が切り替わる。テキスト表示ソフトが立ち上がり、馴染みのある書式が眼前に現れた。

〈上申書　警視庁刑事部捜査第一課　元警部補　香川剛〉

兎沢は唾を飲み込む。

志半ばで退職した香川が、あえて前の役職名を記している。なにを報告しようと試みていたのか。兎沢は小さなタッチパッドを操り、画面下にある矢印をクリックした。

8

「まだ入手できないのか？」

指揮車が東北自動車道の村田ジャンクションに差し掛かったとき、志水は助手席の巡査部長に訊く。

「もう一度確認します」

小型のノートパソコンを開いた巡査部長がメール画面をチェックする。

「一件、報告が入りました」

「内容は？」

「山形新幹線のグリーン車両でお客さんと接触し、例のブツを回収したようです」

「だから、その中身だ」

巡査部長が無線機のマイクを手に取り、苛立った声をあげると山形駅付近に残った車両からの返答が一分ほど途絶えた。

「キャップ、もう少しお待ちください」

巡査部長が答えたとき、メールの着信を知らせる機械音が鳴る。巡査部長が素早く添付ファイルを開く。

〈申し訳ありません〉

志水が小さな画面に目をやると、無線機から頼りない声が響いた。画面の中に添付ファイルの中身が登場した。

水着を着たアニメのキャラクターの映像が二、三秒ごとに切り替わる。巡査部長が様々なコマンドを打ち込むが、画面に現れるのは水着と人工的な笑顔ばかりだ。

兎沢が一枚上手だった。いずれデータが強奪されると予測し、まんまと偽物を担当者に摑ませた。

「プランBは？」

志水の問いに巡査部長が頷くと無線の機械音が響く。

〈こちら九番。現在、グリーン車との連結部分〉

「プランBは無事か？」

〈無事です。まもなく五番から報告があります〉

無線が切れ、ハウリング音が指揮車の中に響く。

〈こちら九番。秘撮成功。すぐに転送します〉

再度無線が途切れた。助手席の巡査部長がノートパソコンのキーボードを猛烈な勢いで叩く。

「キャップ、受信中です」

後部座席から身を乗り出し、志水は画面を睨む。画面左下にあるメールの受信モニターが点滅し始める。受信状況を表示するバーが動き出す。一〇%、二〇%……空白だったバーのメモリーがゆっくりと青色に染まる。

「山間で電波状況が芳しくありません。あと少しです」

三五%、四七%……指揮車は起伏の激しい東北自動車道を下っている。周囲は谷間で、カーブもきつい。一〇〇キロ超で走る指揮車の速度を緩めるわけにもいかない。志水は焦れながらもバーの青色を凝視する。

指揮車が山間の路線を抜け、白石インターに近づいたとき、バーの動きが速まる。

「お待たせしました」

青色のバーが完全に空白を埋めると、巡査部長が勢い良くエンターキーを叩く。

〈上申書　警視庁刑事部捜査第一課　元警部補　香川剛〉

小さな画面いっぱいに明朝のフォントが映った。元ＳＩＴの警官はなにかを摑んだ。巡査部長がタッチパッドを操り、上申書の宛先をクローズアップする。

〈警視総監殿〉

巡査部長の頰がみるみるうちに強張っていく。志水は無線機のマイクに手をかけた。

「続きは？」

〈五番が鋭意、入手中です〉

「五番はどんな要員だ？」

〈山形で待機させていたベテランです。曽野課長が昼過ぎに送り込んでくださいました〉

「分かった。作業を続行させせろ」

〈了解〉

志水が無線を切ると、巡査部長が頷く。

「私も顔を知らんのですが、学生運動が盛んだった時期に活躍した女性です」

巡査部長が再びキーボードを叩いた。もう一件のメールが着信する。ファイルを開くと、今度は音声が再生され始めた。

〈どうしてもペットボトルの蓋が開かなくて。手伝ってもらえるかしら〉

〈あぁ、いいっすよ〉

上品な口調の女のあとに、擦れた声が続く。志水は巡査部長と顔を見合わせる。

「兎沢警部補ですね」

新幹線車両での位置関係は判然としないが、老練なベテランは着実に仕事をこなしている。袖口かバッグに装着した小型カメラで兎沢の手元のパソコンを秘撮したのだ。

追尾していることをわざと対象者に知らせ、苛立たせる。対象者が怒り、焦れるほど効果は上がる。最初に宝石箱を奪取させた作戦にしても、完全に兎沢を油断させる公安ならではの手法だった。

極度に警戒感を高めさせ、追尾と強制的な回収が失敗に終わったと思わせることができれば、対象者は弛緩する。実際、兎沢の声にトゲはない。

〈あら、随分小さいパソコンね。おいくらくらい？　私も勉強しようと思っているの〉

「会社の備品でしてね、あまり詳しくないんです」

先に偽物を摑ませた安心感からか、兎沢の声は穏やかだ。

志水は無線機のマイクを握る。

「九番、聞こえるか？」

〈はい〉

「引き続き五番のフォローを頼む。彼女が生命線だ」

挽回は十分に可能だ。志水はファイルから聞こえるベテランと兎沢の会話に耳を傾けた。

9

曽野は目の前のスクリーンを凝視した。悪い予感が当たった。亡くなった香川は、重大な告発を企図していた。

キーボード脇の無線機の電源を入れ、マイクを握る。

「次のページはどうなってるの？」

〈少しお待ちください。五番が鋭意接触中です〉

「そう、さすがだ」

曽野は安堵の溜息を漏らした。

代々の公総課長が切り札として使うベテランは着実に成果をもたらしている。学生運動全盛期の頃、私大のセクトに潜入して成果を挙げた要員だ。その後は銀座や六本木の夜の街に溶け込み、政財界中枢の情報を次々と公安部にもたらした。日本の銀行界を仕切ってきた大物バンカーに気に入られ、店を持たされるまでになった。後進に店を譲ったあとは、案件ごとに公総の仕事を引き受けるようになった。老いても頭の冴えは変わらず、今の曽野にとっては文字通りの切り札だ。

無線機のマイクを持ち直したとき、志水が話し始める。

〈もう一つ、報告があります〉

「良い話だろうね」

〈そう思います。今から秘撮データも送ります〉

三〇秒後にメールを受信した。急いでクリックすると、山寺の美しい風景と団体客が映り込んだ写真が現れた。

「どこが良い報告なわけ？」

〈一枚目は不鮮明ですが、二枚目以降は的確に対象者を捉えております〉

志水の言葉を聞き、曽野は写真ファイルのページを繰る。

「あっ」

〈どうされました〉

「ちょっと待ってね」

団体客の五メートルほど後方に、体格の良い男が映り込んでいる。

「この人が山寺にいたわけだね？」

〈そうです〉

「今、どうしてるの？」

〈兎沢への監視は五番と九番を中心に五人に減らしました。残りの一五名はこの人物を完全秘匿で追尾中です〉

「そう、ありがとう。うん、いいよ」

マウスを握る手に、じっとり汗が浮かぶ。

「この人物のこと、連中が気付いている感じは？」

〈ノーマークです〉

「なぜこの男を追尾しようと思ったの？」

〈観光客の中で浮き上がっていました。すれ違う人をチェックしていた上に、荷物の配達先となった茶屋を監視していました〉

「それから？」

〈香川氏と柏倉氏はともに絞殺です。この男は体格も良く、指も節くれ立っておりました〉

「ビンゴだ」

〈はっ？〉

「君もそう思ったんじゃないの？　そう、彼が二人を殺した真犯人《ホンボシ》だよ」

〈ご存知の人物ですか？〉

「もちろん。怪しげな半導体ブローカーだよ。彼は村岡晴彦と名乗っている」

〈名乗る？　どういう意味ですか？〉

「背乗りだよ。とにかく、この人物から目を離さないで」

〈了解〉

無線を切ると、曽野は直ちに警電の受話器を取り上げ、東京に残っている公総メンバーのうち、一〇人を山形に出発させるよう指示を飛ばした。

村岡にすり替わった男は確実に香川と柏倉を殺害した。なぜ殺す必要があったのか。そしてなぜ副総監の内田と懇意なのか。再度、受話器を取り上げる。内田の執務室につなぐか。

諳んじている番号を押しかけ、思いとどまる。

村岡は内田の命を狙っているのか。そうだとしたら動機はなにか。いや、副総監室に入る村岡には、犯罪者特有の殺気はみなぎっていなかった。

ではなぜ内田と親しいのか。内田は村岡の犯行だと気付き、あえて泳がせている公算もある。

いずれにせよ内田自身に触るのは早い。

もう少し情報をつなぎ合わせ、内田の真意と村岡の動機を探る必要がある。曽野は公総分室の番号を押す。

「追加メンバーに念を押しておいて。絶対に失尾しないようにってね。ここ一〇年で最大の事件《ヤマ》になるよ」

受話器を置き、曽野は腕組みした。自ら発した最大の事件という言葉に、無意識のうちに肩が強張っていく。

10

「まだ公安《ハム》の連中がいるかもしれん。注意を怠らないでくれ」

牛込署の帳場から警視庁本部に戻り、海藤が六階でエレベーターを降りたとき、山形新幹線の車中から兎沢が連絡を入れてきた。

柏倉殺害というショッキングな一報のほか、兎沢が様々な妨害に遭ったことを知らされた。兎沢が睨んだ通り、香川が遺したデータは重大な意味を持つものだった。事前に香川から重大な事柄を聞かされていた柏倉は、自らの危険を察知すると同時に、いずれ公安が乗り出してくることも予想していたのではないか。ＳＩＴ経験者の柏倉は、とっさに荷物を山寺という場所に移したのだ。

運転手役の巡査部長を従え、海藤が足早に課長室に入ると、先客がいた。

「ご無沙汰」

「わざわざ悪かったな」

「とんでもない。兎沢さんが公安の気配がするって言ってたから、僕も乗るよ」

坂上は目上の人間であろうがおかまいなしにタメ口だ。縦社会の警察では御法度だが、特殊なスキルは誰もが認めるところであり、海藤も一目置いてきた。人柄も悪くないので、ほかの課長連も坂上だけは特別枠として扱っている。

「なぜ公安が嫌いなんだ？」

海藤が訊くと、駄々をこねる小学生のように坂上が口を尖らす。

「兎沢さんでなくとも、組織の面子のためだけにあんな酷い仕打ちされたら怒るよ。それに、僕らが自腹でシステム作るときもあるのに、公安は湯水のように開発費使ってるし、嫌いなんだよ」

海藤はどっかりと腰を下ろす。ポロシャツ姿のSIT坂上は、大型のノートパソコンを開き、画面を海藤に向ける。

「兎沢が送ってきたブツの中身だな？」

海藤が声を潜めると、坂上が頷く。中身を確認するまでは他言するなと指示してある。重要なネタであれば海藤自身が精査し、牛込の帳場に持ち込む。

「兎沢が睨んだ通り、公安が嗅ぎ回っている。メール傍受の危険はないか？」

「大丈夫。厳重に外部からのアクセスをガードしたシステムを作ったから」

兎沢の報告通り、現職の警視総監に宛てた上申書が香川の遺品だ。

「でも、肝心の中身は歴史の教科書みたいな感じで、よく分からないんだ」

「読ませてくれ」

海藤は太い指でマウスを操り、画面をスクロールした。

「たしかに古いな」

画面上には、二つの事件の戒名が記されている。

〈一、雲霧《くもきり》事件（平三）〉

〈一、警視総監経験者連続襲撃殺傷事件（平一四）〉

「雲霧事件って、たしかグリ森をパクった事件だよね」

「そうだ。香川さんも柏倉さんもＳＩＴの最前線にいた」

二つの大事件の名前の下に、香川自身が刻み込んだ一文がある。

〈雲霧・総監経験者襲撃両件に関し、独自調査の結果、重大事実を確認。再捜査を強く要請するもの……〉

海藤が画面から目を離すと、坂上が顔をしかめる。

「香川さんが生前こつこつ集めたネタがびっしり」

「どの程度ある？」

「捜査資料の書式で五〇ページくらいかな」

海藤は腕組みした。

一九九一年の雲霧事件は時効が成立した。総監経験者連続殺傷事件も、容疑者が自首したことで解決済みだ。

警察組織として既にカタがついてしまった事件について、五〇ページにもわたる膨大な資料を作る香川の原動力はなんだったのか。

海藤は画面下のページカウンターを凝視した。坂上が言う通り、ページ数の表示が「2／52」になっている。

「雲霧事件のときなんて、僕はまだ中学生だもの。なにか深い事情とかあったわけ？」

「ちょうど俺が二度目の本部勤務だったときだ。たしかに憶測は色々と渦巻いた」

海藤が話し始めると、坂上がソファから身を乗り出す。

「雲霧事件は完全なるグリ森の模倣犯だった」

海藤は舌打ちしながら告げる。

一九八四年、関西でグリコや森永など大手の食品会社を狙った連続企業脅迫事件が発生した。「かい人21面相」を名乗る犯人グループが大阪府警や近隣県警の捜査陣を引っ掻き回した挙げ句、未解決となった。

企業側が犯人グループと裏取引を実行したなどと様々な憶測が渦巻いたが、警察史上最も大きな汚点の一つとなったのは間違いない。

雲霧事件は、警視庁管内で発生した未解決案件だった。

時代小説に登場する盗賊一味の頭領「雲霧仁左衛門」をモデルに、企業から多額の現金を脅し取ろうと画策した犯人グループが登場した。

事件は、食品会社ではなく大手金融機関がターゲットとなった。

当時、大手証券会社が顧客の大企業向けに証券投資の損失を補塡していた事実が発覚。このほかにも、過剰融資に走った多くの都市銀行や地方銀行が債権の回収に手を付け始めていた。

雲霧グループは、証券会社や銀行、保険会社計一〇社に対し、社員の誘拐をほのめかした上に社有施設の爆破を予告した。

犯人グループの要求はトータルで一五億円、史上最高額の身代金だった。ターゲットとなった企業だけでなく、主要マスコミにも同様の文書がファクスで送りつけられた。

マスコミを通じて警察を挑発するやり方がグリ森に酷似していた。

また、庶民の反感を買っていた金融機関を狙うことで、「義賊」と持ち上げるメディアまで現れ、劇場型犯罪の濃度がグリ森事件よりも格段に高まった。

バブル経済が崩壊し、日本経済が急な坂道を猛スピードで転げ落ちていく最中に起こった犯罪だっただけに、世論が犯人グループに肩入れするフシさえあった。

「当時の捜査陣営は？」

「SITをフル動員した。殺しや強盗《タタキ》の担当を抱えていないほかの一課のメンバーも投入された。もちろん、俺もだ」

「香川さんは具体的にどんな担当を？」

「詳しいことは知らないが、ファクスの履歴を丹念に炙り出し、全国に散らばった送信地点

「を把握したらしい」

「なるほどね」

　眼前の坂上がなんども頷く。

「彼はファクスや電話の監視を現場で統括していたはずだ。その間にある都銀の保養所が実際に爆破された」

　幸い怪我人や死者は出なかったが、犯人グループが現実に動き出したことで、マスコミの取材攻勢が先鋭化し、世論も沸騰した。

「身代金は銀行に振り込めって指示だった？」

「そうだ。当然ＣＤ配備をやった」

　身代金目的の誘拐事件で、銀行の現金自動預け払い機が悪用される事象が発生して以降、警視庁は銀行業界と協議し、ＣＤやＡＴＭの端末を一括管理するホストコンピューターを事件時にモニターできる仕組みを整えた。犯人が全国どこの銀行の支店からアクセスしても、瞬時にホストのシステムにアラームが鳴る仕組みだ。

「配備は成功したの？」

「江東区大島の都銀支店ＡＴＭのほか、御園《みその》銀行たまプラーザ駅前支店のＡＴＭに捜査員が急行したが、タッチの差で逃げられた。これはマスコミに発表していない」

「それで、実際に引き出された金額は？」

「大島で二〇〇万円、たまプラは一二〇万円だった」

「一五億円の要求でたった三二〇万円？」

坂上の眉根が寄る。

当時の特別捜査本部でも意見が割れたポイントだ。

グリ森事件の際、犯人一味が特定の企業を許すと声明を発表した。大阪の捜査本部では、企業側が秘密裏にカネを支払い、手打ちにしたとの疑念が芽生えたと聞いた。

警視庁内部でも銀行や証券会社や保険会社が総務部の裏部隊を使い、犯人グループと接触しているのではないかと主張する捜査員が少なくなかった。

海藤はノートパソコンの画面に目をやる。

香川が記した長文の上申書にも、事件の経過が箇条書きされている。海藤は文書ファイルのページをめくった。

〈一、犯人グループの狙い〉

画面には、海藤が坂上に説明を加えた通り、大島とたまプラの一件が記してある。

〈私見：CD配備はあくまでも犯人グループの陽動作戦だった公算が大〉

やはり、現場の最前線にいた香川も裏取引を疑った。海藤はページをめくる。

次のページにも事件の経過と香川の見立てが載る。香川の人柄をうかがわせる几帳面な文書だった。ここに、香川自身、そしてデータを託された柏倉の無念が凝縮されている。海藤は細かなフォントを追い続けた。

11

取り寄せたパワーデータ社に関する書類を曽野が読んでいると、メール着信を知らせる機械音が響いた。

差出人は志水だ。用件欄には〈秘録データ〉の文字が光る。曽野は素早くクリックした。

〈よろしかったら、お茶飲みませんか〉

画面下のスピーカーから五番の声が響く。同時に小さなノートパソコンも映る。五番がペットボトル入りのウーロン茶を差し出す。袖口に超小型のカメラを仕込んでいるのだろう。ノートパソコンの画面が鮮明に映し出される。

〈ありがとうございます〉

〈そのりんごのマークは、アメリカの会社の製品よね？〉

〈そうだと思います。ただ、同僚から借りただけで、俺は詳しくないんですよ〉

もう一度、兎沢の手元の画面が映る。曽野は懸命に目を凝らす。既に志水の班が画像を録画しているはずだが、事態は急を要する。曽野はリアルタイム画像を食い入るように見た。

〈一、雲霧事件（平三）〉

〈一、警視総監経験者連続襲撃殺傷事件（平一四）……両件に関し、……再捜査を強く要請するもの〉

一瞬で網膜に焼き付けた情報を手元のメモ帳に書き取る。

〈すごいわね、最新の技術って。こんなに本体が薄いんですもの〉

〈まぁ、そうですね。あの、ちょっと仕事をしたいもんで〉

五番と兎沢のやりとりが続く間も超小型カメラは画面を映し出す。おそらく五番はカメラの映り具合を考えながら近づいている。画面の下方向が映った。だが、細かい文字が延々と続くのみで、なぜ再捜査の必要があるのかという肝心の理由までは読みとれない。

〈ごめんなさいね。お邪魔しちゃって〉

そろそろ潮時だと考えたのだろう。五番が席を離れる。

〈五番、一旦離脱。九番、次はどうなってる？〉

無線を通して志水の声が響く。

〈あと二分ほどで一六番が車内販売のワゴンに仕込んだカメラから映像を送ります〉

指揮車と山形新幹線との交信を聞きながら、曽野は懸命に考えを巡らせる。時効が成立した事件と犯人が服役している事件がどうつながるのか。香川はどのような共通項を導き出したのか。

ペンを持つ手が唐突に止まる。頭に浮かんだ「共通項」という単語が指先のささくれのように引っかかる。

総監経験者連続殺傷事件は、公安部と刑事部による合同捜査本部が立ち上がり、内部で峻《しゅん》烈《れつ》な対立が巻き起こった。極左犯行説を主張する公安に対し、刑事部は怨恨説に固執し、双方は一歩も引かなかった。

だが、事件は唐突に自首した犯人によって急転直下、幕引きとなった。

あの一件は、未だに替え玉だと思い続けている。実際、学生運動崩れの中年男を公安機動捜査隊管理官として炙り出したのは自分だった。一方、怨恨説を主張する柏倉は、眉間に血管を浮き上がらせ、公安部の見立てを間違いだと主張した。

「そうか……」

曽野はペンを机に放り出した。

曽野と同じように、刑事部の香川も事件の幕引きに納得していなかった。刑事部は怨恨説に固執し容疑者候補を一〇人程度リストアップしていた。

香川はその後、週刊誌記者が原因で警視庁を追われた。だが、再就職して以降も事件を洗い直した。結果、二〇年以上も前の雲霧事件と総監経験者連続殺傷事件の共通項を見出したのだ。

共通項という言葉が、なんども頭蓋の奥で反響する。

曽野はパソコンの大画面に目をやった。志水が山寺で撮影した村岡の写真が目に飛び込んできた。

香川は、二つの事件に村岡が絡んでいることを察知していたのか。まとめた上申書の中に、村岡の存在を臭わす記述があった公算が大きい。その確証を得ようと接触したために、上申書の提出直前に殺されたのかもしれない。

村岡に関しては、極左やカルト教団とのつながりは見出せない。背乗りしたとはいえ、経歴に傷はなく、全国に広がる公安捜査の網に引っかかっていない。

極左犯行説のあった総監経験者連続殺傷事件への関与はあったかもしれないが、二〇年以上前の雲霧事件との関連までは判然としない。

村岡はなにをやったのか。香川がどのような証拠を摑んだのか。全く読めない。曽野は無線のマイクを摑む。

「村岡追尾班、聞いてる？」

〈はい〉

「いま、どこにいる？」

〈山形新幹線の中です。現在は福島を通過したところです〉

「そう。分かった。絶対に先尾しないでね」

曽野は一方的に無線を切った。刑事部は香川の上申書を入手したが、村岡の存在までは摑んでいない。絶対に先に真相に辿り着く。

曽野は大画面に映った体格の良い男を睨み続けた。

第六章　筋読み

1

山形から戻った兎沢が海藤のもとに顔を出すと、課長室は紫煙に包まれていた。

「ご苦労だった」

煙草をくわえた海藤が手招きする。眉根を寄せ、咳き込むＳＩＴの坂上が反対側にいた。

「おまえ、なんでここにいる？」

「非常事態だからね。課長と逐一分析した方が早いから」

坂上の言葉に兎沢は納得する。ブツはこちら側の手に落ちたとはいえ、公安はなおも追い続けている。坂上の言う非常事態という言葉に違和感はない。

「煙草、止めたはずですよ」

兎沢は目の前の煙を手で扇いだ。

「こんなデカい事件《ヤマ》に当たったら、コレがないと集中できん」

口調はおどけているが、海藤の目は笑っていない。戸塚署の刑事課長時代と同じ表情だ。

兎沢は坂上の隣に腰を下ろし、小型パソコンのキーボードを叩く。

「俺なりにこの膨大な資料を読み込んでみました」

兎沢が言った直後、坂上が紙を差し出す。

〈雲霧事件：株価操作説　総監経験者連続殺傷事件：株価操作説〉

「すごい中身だ」

ぶっきらぼうな口調で海藤が告げる。

新幹線車内で目を通したところでは、退職した香川は二つの事件に不審感を抱き、日常業務の終わったあとや休日を費やして洗い直していた。

香川は株価操作という共通項を絞り出した。だが今一つ、兎沢自身にはぴんとこなかった。

「雲霧事件のときは、裏取引以外にも諸説あったんですか？」

「一番有力な筋は怨恨だった」

天井を見上げた海藤が話し始める。

海藤によれば、バブル期の資産運用で失敗したある大手光学メーカーの財務課長が、責任を一身に背負わされ退職したという。

バブル期は証券会社が一般企業の資産を預かり、裏で予定利回りを確約して損失が生じれば補塡するのが当たり前だった。

経済誌や一般紙のスクープによってこれが明るみになり、証券界は一斉に襟を正し、結果
この財務課長は馘首《かくしゅ》されたと海藤が言った。

なぜ自分だけが詰め腹を切らされるのか。怨恨の根は深い。動機は十分だ。

「元財務課長と一緒に会社を追われた財務課員ら計五名を半年間、徹底的にマークした。奴らは頻繁に会っていたからな」

海藤が天井を見上げたまま言った。

「でもシロだった？」

兎沢が訊くと、海藤が言葉を継ぐ。

「証券会社や大銀行に脅迫ファクスを送った日時、元財務課長がスピード違反で検挙されていたことが裏付け班の調べで判明した。ほかのメンバーについても、アリバイが証明された。公安《ハム》の連中なら、無理矢理犯人《ホシ》に仕立て上げるだろうが、俺たちは違う。冤罪《えんざい》は作らない」

「また一から怨恨を洗い直したってことですか？」

「そうだ。銀行にしろ証券会社にせよ、商売としてカネを扱う連中だ。融資を断られた、株式投資で損を被ったなんて恨みつらみの類いは売るほどある。それに、連中は顧客の守秘義

務を盾に協力的ではなかった」

天井を見上げる海藤の眉根が寄る。

兎沢にも似たような経験がある。カネの貸し借りを巡って殺人が発生した。裏付け捜査のために被害者の取引銀行に出向いたが、口座情報一つ得るためだけに半日を要した。複数の大手金融機関を強請る犯罪なだけに、胆の据わった担当役員が協力でも申し出てくれない限り、捜査の難航は必至だ。

痛くもない腹を探られるとの思いが彼らには強い。ましてバブル経済が崩壊した直後であり、金融界全体への風当たりが日増しに高まっていた。担当捜査員は胃に穴の開くようなストレスの連続だったに違いない。当時の刑事たちに同情するしかない。

「特捜本部の一〇班、総勢一五〇名がフルに怨恨関係を洗い直し、半年が経過したときに、雲霧一味が一方的に終結宣言を出した」

「それ、新聞の一面大見出しで覚えています」

通常ならば知事や県議会の情報を一面に据える秋田の地元紙も、雲霧一味から大手通信社に送りつけられたファクスのコピーを写真付きでトップ記事にした。高校二年の頃だったが、今でも兎沢の記憶の中に鮮明に残っている。

「株価操作についてはどんな感じだったの?」

今まで黙っていた坂上が口を開く。

「ほんの数人、かつて二課にいた捜査員が調べていた」

海藤が新しいセブンスターを取り出し、百円ライターで火を点ける。

「でも彼らは全然相手にされなかったんですね？」

海藤の苦々しい表情を見た兎沢が尋ねると、海藤が頷いた。

「殺気立った一課の連中が経済事案を重視すると思うか？」

「そうですよね」

兎沢は手元の小型パソコンに目をやる。

〈一、総監経験者連続殺傷事件との類似点〉

生前の香川が記した項目が目に入った。

雲霧事件の際、ファクスで脅迫文を送られた銀行と証券会社の名前が三つ、そして日付とともに株価の推移が数列として掲げられている。

「これ、見てよ」

坂上が大型ノートパソコンの画面を兎沢に向ける。

「なるほど、急落ってやつだな」

眼前のモニターに急激な右肩下がりのカーブを描く三本の線が見える。経済ニュースでしばしばお目にかかる株価チャートだ。

「協立銀行、御園銀行、野上証券の三銘柄は、雲霧事件発生後にそれぞれ約二〇％も株価が下がったんだ」

坂上がチャートの目盛りを変更した。すると九一年当時の日付とともに会社名の入った罫線がくっきりと映る。

「株価操作って、具体的にどうやるんだ？」

兎沢が首を傾げると、坂上が口を開く。

「株価下落が必至だと目を付けた銘柄があれば、証券会社や金融業者から株券を事前に借り受けて売る。純粋な相場見通しに基づく売りならば問題ないけど、違法に仕入れた情報でやったらもちろん証券取引法、今の金融商品取引法違反で御用だね」

「事前に売るのか？　よく分からんな」

「しょうがないな」

坂上は、株価が急落する前の地点を指した。次いで値下がりがピークに達した部分を小突く。

「値幅だね。下がり切った時点で買い戻しを入れれば、利益確定。つまり、儲けが出るわけ」

目の前に画面いっぱいに広がった罫線がある。だが、予め売るというポイントが分かりづらい。

「この画面を反対にすれば分かりやすいかな」

坂上がマウスパッドを操作した。すると、今まで急落していた株価の軌跡が、全く逆の動きを示した。急激な右肩上がりのカーブだ。

「インサイダーっていうと事前に株価の値上がり確実な情報を仕入れ、他人より先に株を仕込んでおくじゃない」

兎沢がなおも首を傾げていると、海藤が苛立った声をあげる。

「例えば、ある製薬会社がガンの特効薬を開発したとする。おまえがその情報を人より早く仕入れて製薬会社の株を買う。会社が正式発表したら、株価は急騰だ。買った時点で一〇〇円の株価が五〇〇円になれば大儲けだ」

「なるほど、その逆で五〇〇円の株価が一〇〇円になるって確証があれば、予め売れば儲かるってことか」

「その通り」

呆れたように坂上が言った。

兎沢は顔をしかめた。経済事案には滅法弱い。当時の雲霧事件の特捜本部には、自分のような頭の固いメンバーばかりが揃っていた。行確まで実施した容疑者候補がいたならば、自己主張の強い一課のメンバーは経済犯の存在など蹴散らしてしまう。冷静な見立てで定評のある海藤にしても、同様だったに違いない。

「それで、総監経験者事件の場合はこうなるわけ」

坂上が猛烈なピッチでキーボードを叩いた。大きな画面いっぱいに、先ほどと同じように急激に下がる株価チャートが映る。

「総監経験者事件のときは俺も鮮明に覚えてる。経済犯の臭いなんかしなかったぞ」

海藤に顔を向けると、小さく頷いていた。新幹線の車中で、この部分に関する香川の書類を目にしたばかりのとき、東京駅に着いた。

「香川さんは雲霧のときと同じように株価が急落している銘柄を発見したんだな」

再度、坂上が画面表示を拡大させた。今度は金融機関ではない、一般の事業会社の株価チャートが現れた。

「これがどうつながるんだ？　なにが共通項だ？」

兎沢が頭の中に浮かんだ言葉をそのまま口にすると、坂上は親指の爪を嚙む。そして力いっぱいエンターキーを押した。

「あっ」

画面に二人の男の顔写真がクローズアップされた途端、兎沢は絶句した。

2

大型スクリーンに総監経験者連続殺傷事件の会議録を表示させたまま、曽野は首を傾げる。自身が主導した極左犯行説と刑事部が絶対に譲らなかった怨恨説に関し、ファイルの隅々まで読み込んだ。だが村岡につながる共通項は見出せない。

無線機のマイクを摑む。村岡を秘匿追尾している一〇名以上の捜査員からは、異変を知らせる連絡は入らない。

無事に行確を続けているという証左だ。現場の総責任者である指揮官が苛立ちを現場に向けてしまえば、失尾につながる恐れもある。

曽野は警電に目をやる。先ほどからなんども内田副総監の番号を押しかけた。焦れているのはあくまでも自分自身だ。

村岡という男が、なぜここまで心を波立たせるのか。全国に網の目を張り巡らした公安の監視網に一回も引っかからない点が恐れの根源にある。

それとも、香川が遺した上申書に対する懸念か。香川が見出したのは、時効が成立した事件と、既にマル被が塀の向こう側に落ちている案件だ。

キーボードを引き寄せ、公安部独自で運用する事件相関図のソフトを立ち上げた。二つの事件の共通項として上がってくるのは、香川を含む刑事や担当検事、それに裁判所の事務的な手続き要項ばかりだ。

溜息交じりに曽野が画面のファイルを閉じたとき、デスクの警電が鳴った。自分でも驚くほど素早く受話器を取り上げる。

「曽野だ」

〈大阪の中本《なかもと》です。ご無沙汰しております〉

電話口に擦れた甲高い声が響く。

府警本部で長年極左の監視を担当してきた中本という警部補だった。既に定年間近のベテランだ。

「なにかあった？」

〈背乗りの件で男をお探しでしたね。実は怪しいタマが引っかかりましてね。今、そちらにメールを送りました〉

曽野は受話器を肩口に置き、急ぎメールソフトを立ち上げる。添付ファイルを開けると白黒写真が現れる。

「随分と年季の入った写真だね」

ブレザー姿の男やネクタイを緩めたワイシャツの男たちのほか、耳にエンピツを挟み、腕を突き上げている男が写っている。古い写真からは、むせ返るような熱気が伝わってくる。

「これ、京都の競馬場かなにか？」

〈もっとえげつない場所ですよ〉

電話口で中本が笑いを嚙み殺す。

写真に目を凝らすと、天井が見える。競馬場のスタンドではない。男たちの足元には、紙切れが散乱している。競馬場でないとすれば、競輪場か。だが、写り込んでいる男たちは、誰一人として車券や専門紙を持っていない。

〈降参ですか？〉

「ちょっと待って。現場を離れると、頭の中が錆び付くからね、あと少しだけ」

写真の左端にカウンターが見える。目の色を変えた男たちが、衝立の内部に視線を向けている。耳にエンピツを挟んだ男は、天井に向けて人差し指を立て、隣の男は投げキッスをしている。その奥では、真剣な眼差しをカウンターに向け、頰を撫でている男がいる。

曽野はマウスを握り、写真をクローズアップした。すると、ネクタイを緩めた男の背後に、背の高い男がいた。曽野は画面を睨み続ける。線は細いが、大きな目が特徴的だ。

「いた、村岡だよね？」

〈そうです。場所は分かりましたか？〉

「これは昔の証券取引所かな？」

〈ご名答です。ただし、兜町ではありません〉

曽野は膝を打った。

「北浜の大阪証券取引所だね？」

〈写っている村岡らしき男ですが、その昔は地場証券の場立ちをやっていました〉

「場立ち？」

〈今でこそ、株式取引はインターネット経由ですが、昔は営業店に入った注文を取引所にいる場立ち要員に電話で伝えていました。カウンターの中にいるのは仲買人で、外にいるのは証券会社の場立ちです〉

「なるほど、昔、社会科見学で東証に行ったことを思い出したよ」

都内の私立中学二年のとき、授業の一環で兜町に出向いた。東証職員の案内で大きな体育館のようなフロアを見下ろす回廊に足を向けた。

数百人の男たちがフロア中を行き交い、ありったけの声で叫び、全身を使ってサインを送っていた。

〈投げキッスは、大手商社の竹中《たけちゅう》、チューのサイン、ほっぺた撫でているのは、化粧品の壽堂《ことぶき》、ファンデーションのマネですな。指を立てているのは注文の数です〉

中本が得意気に答える。

「どうやってこの写真を見つけたの？」

〈手配写真が回ってきたんで、頭の中にある「鑑ピューター」から引っ張り出したわけです。どこかで見たことある顔だなって。これは取引所の年報にあったものです。時期は今から三〇年前〉

中本は公安捜査の大ベテランだ。超満員の甲子園球場アルプススタンドから追尾対象者を発見する眼力を持つ。そして一度覚えた顔は絶対に忘れない特殊な記憶力をも併せ持つ。

「ありがとう。それで、村岡の本当の名前は分かったの？」

電話口でもったいつけた咳払いが聞こえたあと、中本が口を開く。

〈北浜中央証券という会社にいた麻野元《あさのはじめ》です。プロフィールは、もう一本、メールを送ります〉

電話が切れると、すぐにメールが届く。村岡を背乗りした麻野元は、大阪市西成区の出身で本物の村岡と同様に身寄りのない男だった。

中本の調べた麻野のデータを、先ほどの相関図ソフトに入力する。画面の中で、検索の進捗度を示すパラメータが現れた。

次々と変わる数字の塊を曽野は睨み続けた。

3

〈安田素弘　代表取締役社長〉

一重の切れ長な目、頬骨の張った男の顔が画面の右側に表示された。兎沢は左側の画面に目を転じた。

〈福田功治　代表取締役会長〉

禿頭の丸顔、人懐こそうな笑顔を浮かべた男がいる。

「まさか、この二人が株価と関係していたのか?」

兎沢が顔を上げると、坂上が大きく頷いた。

「第七八代警視総監の安田さんは退官後、奥さんの実家の跡取り社長に転じました。精密部品メーカー、れっきとした東証一部上場企業の『フライヤー・ツール』です」

坂上が言った。すると、海藤が口を開く。

「第七四代警視総監の福田さんは、退官後二年間は警察職員連合の顧問をやったあと、警備大手の『トーホー警備保障』の専務になった。もちろん、次の社長就任が約束された天下り人事だった」

「トーホー警備も上場企業でしたっけ?」

兎沢の言葉に反応した坂上がキーボードを叩く。二人の顔写真の替わりに、先ほどの銀行や証券会社株式と同じように、急激な右肩下がりのカーブを描くチャートが現れた。

画面下の表示を見ると、連続襲撃事件のあった当日から数週間分のデータだった。

「よく分からんが、二人ともお飾り的な存在だったんじゃないのか?」

精密部品メーカーと警備会社の社長。二つのポストの間につながりがあるとは思えない。ただ、共通しているのは、どちらの会社も「元警視総監」という肩書きが欲しかったという点だ。

総会屋対策、暴力団への抑止力……そのほか諸々のトラブルが発生した際、あるいはこれを防止するために、警察庁出身のキャリアは使える。

年間数千万円の人件費がかかるが、大きなトラブルを防ぐ保険料と考えれば悪くない取引だ。ただ、優秀なキャリアだったとはいえ、二人が民間企業の即戦力になり得るとは思えない。

「言い方が悪いかもしれないけど、彼ら二人が犠牲になったとしても株価に影響があるとは思えないな」

「それが違うんだ」

海藤が顔をしかめると、坂上が安田の顔の上にマウスを誘導し、エンターキーを叩いた。

〈最終学歴　東京大学工学部機械工学科〉

「東大でも法学部卒じゃないキャリアがいたんですね」

「二度、安田さんの自宅に招かれたことがある。家中にラジコンやら時計があってな。とにかく機械いじりが好きだった。奥さんのおやじさんにもその辺を気に入られたらしい。入社後は技術部門を統括する専務を経て、義父の死後は社長になった。お飾りなんかじゃない」

海藤が頷くと、坂上がキーボードを叩いた。日本実業新聞の記事が表示される。目を凝らすと、『新技術、世界へ』とのタイトルで企画記事が載っている。世界最高レベルの超硬度アルミ材で全長五ミリ以下の精密ネジの製造に成功したとの主旨だった。

安田元警視総監が会社のネーム入り作業ジャンパーを羽織り、誇らしげに製品説明する写真もある。

「安田さんの会社加入で、フライヤー・ツールの株価は二年間で八割も上げた」

海藤の声に合わせて坂上がエンターキーを叩く。先ほどとは逆に、緩やかな右肩上がりの曲線が現れる。

「警察出身の異色社長ってことであちこちのメディアに露出したから、襲撃事件のときは株価へのインパクトが大きかった」

兎沢は腕を組んだ。

二人の説明は合理的で、香川が遺した上申書を具体的に肉付けするものだ。しかし、株価を下げる目的で、本当に人を刺す人間がいるのか。

「安田さんの次は福田さんだ。彼の場合は安全を売り物にする警備会社だ。自分の会社のトップも守れなかったってことで会社の信用はガタ落ちで、株価も二週間で二割下げた」

海藤の言葉のあとに、テンポ良く坂上が画面を切り替える。フライヤー・ツールとは比べ物にならないほど、株価チャートの下降角度が鋭い。

「上申書の最後は読んだか？」

いつの間にか海藤が兎沢の顔を凝視している。

「投機筋がどうとかって書いてあったような気がします」

「そうだ。切った張ったで株を売買する連中だ」

「出来すぎた話という気がします」

筋書きはあまりにも都合が良すぎる。だが、目の前の海藤と坂上は揃って頭を振る。

「グリ森事件のときも、ある仕手筋が暗躍していたとの説があった」

「仕手筋？」

「株価を意図的に吊り上げたり、噂を流して市場を攪乱する連中のことだ。奴らが動けば、数十億から百億円単位のカネが動く」

海藤はノートパソコンを引き寄せると、自らキーボードを叩く。画面に香川の遺した上申書の一部が映った。

〈グリ森事件の際、実際に企業脅迫の被害に遭った企業の株価は軒並み急落。その動きと連動し、東京・兜町や大阪・北浜で複数の仕手筋が動いていたことが取引所や当時の監督官庁である大蔵省証券局、関東財務局、近畿財務局の調査で判明している〉

古い書式の資料が兎沢の目の前に現れる。東証売買審査部の文字とともに、複数の銘柄の値動きと注文を執行した証券会社のリストも載っている。

「香川さんはコツコツとネタを潰していった。その結果、グリ森のとき、明らかに事件の進展に先駆け、株を売っていた連中を炙り出した」

「名前は判明しているんですか？」

「ムービーショップというビデオ販売店のオーナーが仕手本尊だった」

海藤がキーを叩いた。髪をオールバックに撫で付けた男が画面に現れる。

「ムービー一味が稼いだ額は、一説に二〇億とも、五〇億とも言われている」

「確実に大儲け、ですか」

口の中に細かな砂利が紛れ込んだような嫌な感覚だ。兎沢は言葉を継ぐ。

「劇場型犯罪というキーワードでマスコミを煽り、一方で事件を仕組んで株を売っていると したら、ということですね？」

頭の中に浮かんだ図式を自らに言い聞かせるように告げると、海藤と坂上が頷く。

「香川さんはムービーの残党がいると睨んだ」

海藤が再び大きな画面を指す。香川が記した報告がある。

〈ムービーショップ一味は推定約一〇名で構成。このうち、証券市場の実務に通じた人物が企業脅迫の仕組みとは別に信用取引の空売りを仕掛け、企業との裏取引で得た金とは別に利益を上げていた公算が極めて高い〉

兎沢は唾を飲み込む。香川の刑事根性に頭の下がる思いだった。同時に、香川の次の報告が読めたような気がした。

「雲霧事件、総監経験者連続殺傷事件もこの残党が？　香川さんはそう睨んだわけですね？」

「そうだ。五人までに絞り込んでいた」

海藤が目で合図すると、坂上がキーボードを叩く。目の前の画面が切り替わり、顔写真が並んだ。

兎沢は、右から順番に写真を見た。一番右側は兜町で怪しげな投資アドバイザーを名乗る男だった。薄い色のサングラスに口髭の男だ。

二番目は禿頭《とくとう》の地味な男で、分厚いレンズの眼鏡をかけた地方の小役人といった風情だ。職業は北関東の工務店社長となっている。

真ん中は、一番人相が悪い。額に切り傷があり、挑発するような目付きでカメラを睨んでいる。肩書きは実業家だった。都内城北地区で複数の風俗店を経営している。

四番目は、高級そうなスーツを着た目の大きな男で、電子部品会社の社長とある。肩がいかつく、分厚い胸板が印象的だ。

最後は、極端に顔の細い男だった。肩幅も狭く、貧相な印象が強い。肩書きは東海地方の市議会議員とある。

「人相はあてになりませんからね」

兎沢は唸るように言う。体を二〇カ所以上も刺しまくった凶悪殺人事件の犯人は、童顔で、虫も殺せないといった風情の中年男だった。ほかにも、事件の凶悪性からは全く想像もつかない人物を何人も挙げてきた。

兎沢が画面を睨んでいると、海藤がセブンスターを灰皿に押しつけ、立ち上がった。

「香川さんを殺した奴はこの中にいる。牛込の帳場に行くぞ」

海藤は足早に出口に向かう。上司が言う通り、犯人《ホシ》は絞り込まれた。あとは捜査の定石通りに証拠を固めれば、香川、そして柏倉を死に至らしめた犯人が割れる。兎沢は両手で頰を張ったあと、上司の後を追った。

4

志水が午後九時に新宿・若松町の公総分室に戻ると、曽野が待ち受けていた。

「さすが志水キャップだ。おかげでこれが分かったよ」

曽野が事務机の上に古い写真を載せる。セピア色の古いプリントを転写したものだった。細身の男が写る。

「……何者ですか？」

「半導体ブローカーでね。ついでに、これも分かった」

曽野は古い戸籍謄本を写真の横に置いた。

「これが本名ですね」

書類を一瞥して村岡の正体を記憶すると、志水はスマートフォンを取り出し、行確中の部下を呼び出す。

「お客さんの様子は？」

〈東京駅を出たあと、会社の車で自宅に向かっています〉

「絶対に失尾するな。変わったことがあれば連絡を」

電話を切り、曽野に目を向ける。いつものように瞳が鈍い光を発している。昨夜から睡眠を取っていないはずだが、疲れの色はない。村岡の素性のほかに、新たな材料を掘り起こしたのか。曽野が意図を汲み取り、口を開く。

「志水キャップの睨んだ通り」

曽野は背広の内ポケットから古い捜査資料の写しを四、五枚取り出した。書式がＢ５形式のものも含まれている。相当に古い事件も交じる。

「もう、連中が持っている上申書を追いかけなくてもいいよ」

「拝見します」

曽野が差し出した資料を読み始める。

「グリ森からの人脈ですか」

手元には、事件当時の大阪府警の捜査資料がある。怨恨説が主流だった特捜本部の中に、三名だけの小班が経済事案を追っていた。グリコや森永など食品会社の株価を追った報告書もある。

「グリ森や雲霧事件、そしてこの総監経験者連続殺傷事件を調べていくとね、この村岡こと麻野元が引っかかってきたわけなんだ」

曽野が古い写真を指で弾く。公総が独自運用するデータベースが探り出した相関図があった。

「亡くなった香川氏が、総監経験者連続殺傷事件の際に当時の一課長にメモを提出してね。その中に麻野っていう男がいた。大阪府警が株価に詳しい人物をピックアップしていた」

生真面目な香川は村岡に近づきつつあった。いや、なんらかの確証を得たことで、本人に接触を図った可能性がある。背乗りの経歴が暴かれ、過去の重大事件の犯人だと名指しされてしまえば、村岡の社会的なダメージは計り知れない。香川殺害の動機としては十分だった。

「しかし、なぜこの香川氏の一件を副総監が気にされたのですか？」

「そこが頭の痛いところなんだ」

曽野がおどけた口調で言う。目は笑っていない。

「今まで言ってなかったけど、実は内田さんは村岡と仲が良いんだよね」

「それで牛込の帳場にわざわざ顔を出された？」

「本人は、警視庁ＯＢが殺されたから、それに結果的に自分が香川氏の首を切ったからとしか言ってないけどね」

曽野が思わせぶりな言い方をした。

〈次はどうする？　見立てを言ってごらん〉

口を閉じてはいるが、曽野の目が雄弁にそう言っている。志水は上司の目を見つめたまま考えた。

内田の突然の捜査本部訪問の背後に、事件の構図が潜んでいたら大問題になる。内田が村岡の素性を知っているか否かが重大なポイントだ。

内田はキャリア臭が一際強い上司だが、元々公安部の主要部門の長を経た人物だ。キャリアに擦り寄ってくる人間の素性調査くらいは行う。

村岡のデータは公安部の調査網にはかからなかったが、麻野元という男の場合ではどうか。現に、こうして曽野が調べ上げた。易々と次期警視総監候補が付き合っていい人物ではない。

万が一、内田が村岡の素性を知り、かつ香川事件の全容を知っていたとしたら、警視庁だけでなく警察庁、ひいては全国の警察組織が一瞬にして国民からの信任を失う。

二人のつながりを精査し、然《しか》るべき措置を講じなければならない。早急にだ。実際、香川が記した上申書の全ては刑事部の兎沢ら一課の精鋭が握っている。OBの弔い合戦という意味合いからも、猟犬のような刑事たちが突っ走る。

仮に内田と村岡が共謀関係にあることが証明され、これが表沙汰になるようなことがあれば、国家公安委員長だけでなく、内閣全体を揺るがすスキャンダルに発展する。内閣が揺らぐような事態となれば国の秩序が乱れる。文字通り国家の危機だ。

「内田さんを秘匿追尾しましょう。同時に徹底的な基調も必要です。裏金やなんらかの違法行為の気配があれば、課長や部長から警察庁警備局《サッチョウビキョク》に報告を上げてもらわねばなりません」

志水が一気に告げると、曽野が頷いた。

「やっぱり、そうするしかないよね」

曽野が上目遣いで見ている。

「志水キャップは内田さんに顔を見られたことないよね？」

「ありません」

「村岡の行確は部下に任せて、これからすぐに内田さんをお客さんにしてよ」

「報告は？」

「もちろん、僕にだけだ。公安部の中でも他言無用だよ」

曽野は志水の手から書類を回収すると、足早に部屋から出て行った。

志水はスマートフォンを取り出し、本部一四階に詰める部下二人を呼び出した。

内田の行確班メンバーの選抜と銀行口座のチェック等緊急基調、牛込の帳場監視と矢継ぎ早に指示を飛ばした。

自分が教え込んだスキルを核に、兎沢は格段に捜査能力を上げていた。急がなければ真相を目前に再度ぶつかり合うことになる。志水は公総分室を飛び出し、機動隊訓練所の倉庫に待機させている指揮車に向けて駆け出した。

5

「いいか、帳場の会話は盗聴器で公安《ハム》に筒抜けだ。打ち合わせた通りにしてくれ」

ＪＲ飯田橋駅近くの居酒屋で海藤が声を潜める。兎沢の横で、青白い顔の鹿島管理官が神妙な面持ちで頷く。

「五人の対象者を割り出す班の編成は俺がやりますよ」

兎沢が告げると、鹿島が露骨に不快な表情を浮かべる。兎沢は若い上司を睨み返す。

「いいっすか、絶対に俺がやりますよ。このネタを掘り起こしたのは俺なんだ」

鹿島が口を開きかけると、海藤が手で制す。

「兎沢の顔を立ててやってくれ」

鹿島が渋々頷く。キャリア管理官の表情を確認すると、兎沢は周囲を見回す。

簡単な打ち合わせと称し、海藤が直接鹿島を呼び出した。兎沢も海藤と別行動を取り、飯田橋まで出てきた。

一課長室を出る前に決めた通り、兎沢がその場の思いつきで店を見つけ、海藤、鹿島が別々に入店した。二人を待つ間も周囲に注意を払ったが、JR山形駅のホームで露骨に視線を向けてきたような人間はいない。

警戒するにこしたことはない。公安部の中でも筆頭課である公総の行確は電車の車両一両分の乗客を捜査員に入れ替えると聞いたことがある。

二、三分おきに周囲と店の出入りをチェックするが、不自然な客、従業員はいない。

「管理官、まずはこの目のデカい野郎を当たります」

テーブルに置いた紙の上で、兎沢は村岡の顔写真を指す。

「会社社長だ。まともな人物じゃないか」

「〝あの人に限って〟を疑ってかかるのが捜査の鉄則ですよ」

兎沢が顎を突き出すと、鹿島のこめかみに血管が浮き出す。

「兎沢警部補《しゅにん》の荒っぽい捜査でクレームでも来たら責任問題になる」

「鹿島、捜査指揮官として腹を括れ」

海藤が諭すと鹿島は唇を噛む。海藤がゆっくりと兎沢に顔を向ける。

「兎沢、なぜこの男だ？」

「ガタイですよ。写真だけですが、首が太く、胸板が異様に厚い。間違いなくスポーツで鍛えた体です」

「なるほどな」

海藤が相槌を打つと、鹿島が眉根を寄せる。

「管理官、香川さんの殺害方法覚えてる？」

「絞殺だ」

「元本職を殺した輩です。腕に覚えがありそうな、ガタイのいい奴を当たるのが先決ですよ。社会的な肩書きなんか関係ない」

「山形の柏倉さんも同一犯なのか？」

恐る恐る鹿島が口を開く。

「所轄で首の痕跡を見てきました。あくまでも予想ですが、同一犯です」

「山形県警との連携は俺がやる。おまえは村岡に専念しろ」

海藤はそう告げると、伝票を持って立ち上がる。

「俺はほかの帳場回りに出る。おまえたち、打ち合わせた通り、ガセネタで偽の喧嘩しろ。このまま公安の連中に好き勝手やらせておくのは癪だからな」

海藤の後ろ姿を見送ったあと、兎沢は鹿島の肩を叩く。

「管理官、リアリティ出すために、本気で喧嘩しましょうか」

「いい加減にしろよ」

鹿島が露骨に顔をしかめる。

「一課の仕事はな、ネタ引いてきてなんぼなんだよ。端緒摑んだ奴が勝ちなんだ。よく覚えとけ」

鹿島の鼻先に顔を近づけ、兎沢は唸るように言った。

6

〈牛込の帳場では、出張から戻った兎沢警部補《しゅにん》と鹿島管理官が激しくやりあっています〉

中央区月島の高層マンション脇に停めた指揮車の中に、山形から兎沢を追尾した九番の声が響く。

「中身はどうだ？」

〈故香川氏の上申書が原因です。総監経験者事件について、怨恨説に基づく重要な容疑者が浮かび上がったとの趣旨で兎沢警部補が吠えています。鹿島管理官は既に終わった事件だから、取り合う必要はないと突っぱねています〉

「秘録だけしておいてくれ。あえて中身を精査する必要はない」

〈しかし……〉

「奴らは秘録に気付いている。ガセネタを摑ます腹積もりだ」

〈了解〉

「ただし、村岡という名前が出たときは注意してくれ。前後の文脈に気を配れ」

腕時計に目をやると、午後一〇時半だった。

副総監専用車の走行履歴をトレースした。内田は退庁したあと、午後八時に銀座の高級寿司屋に出向き、警察庁OBの警備保障会社役員と会食した。

ミシュランの星を持つ店には、大手銀行員を演じる行確要員を配置している。捜査員がスーツの袖口に隠した高感度マイクを通し、内田の声は逐一モニターしている。

内田はOBとともに、引退した先輩キャリアの動向と天下り後の給与と待遇の話を続けた。二時間監視した限りでは違法性のある言動は全くなかった。

〈そろそろ次の店に行こうか、内田君〉

三年前に警察庁を退職したOBの声が指揮車のスピーカーから聞こえる。

「支払いの様子をモニターしろ」

〈了解〉

志水は銀行員に化けた捜査員に指示する。

〈おい、お勘定〉

OBの野太い声が響いたあと、内田の声が聞こえる。

〈いつもご馳走になってばかりだから、今回は私が〉

〈お客さんがカードで支払います〉

若い捜査員の声が聞こえる。

「カードの種類、できれば番号も手に入れろ」

〈了解。番号は後ほど入手しますが、現認した限り、カードの色はブラックで米国の富裕層向けのシティズンバンクのものです〉

指揮車の中で志水は小型ノートパソコンのキーボードを叩く。画面に天秤のマークを模したシティズンバンクのロゴが現れた。

年会費五〇万円、使用限度額なしの特別なカードだ。メルセデス・ベンツはもちろん、フェラーリも買える。特殊なカードを保有する事自体になんら問題はない。だが公務員の内田には明らかに分不相応だった。

〈お手洗いはどちら？〉

若い捜査員の声が無線を通して聞こえる。

〈レジの奥、突き当たりを右です〉

店員が応じる声が響いてから三〇秒ほどするとメールが届き、支払い伝票の写真が表示された。スマートフォンを取り出すと、基調担当の部下を呼び出し一六ケタの会員番号を伝える。

「公務員が管理できるカードではない。誰かが金主《ダンベェ》になってる。洗え」

〈了解〉

電話を切り、秘録音声に意識を集中させる。ガタガタと椅子が動く音が聞こえたあと、OBがクラブに誘う声が響く。

「お客さんが店を出る。今度はクラブだ」

〈一四番と二二番が広告代理店の人間に化けています。追尾します〉

「会話の秘録と秘撮も頼む」

〈了解〉

志水は伝票の写真に視線を向ける。絶対に内田個人のカードではない。

内田はバランス感覚に長け、キャリア同士の駆け引き、政治家との付き合いも巧みだ。しかし、寿司屋での支払いに関してはかなり際どい橋を渡っている。

これがほかの省庁の国家公務員ならば、汚職《サンズイ》を担当する刑事部捜査二課の第五知能犯捜査係《ゴチ》が立件してもおかしくない。

裏金を自分の銀行口座に入金させる、あるいは現金を秘かに貰うことは汚職の常道だが、クレジットカードを使う手口は巧妙だ。

カードを使用する名義人を内田にしても、払いはあくまでも企業や富裕な個人となる。警察官僚の最も上層にいて、万が一にも捜二の摘発を受けない自信があるのか。ノートパソコンの画面を睨み続けていると、スマートフォンが震える。基調担当の部下だ。

〈判明しました。カードは法人契約、支払いは有限会社メイプル、お客さんを含め、五人分発行されています〉

「ペーパーカンパニーか？」

〈そうです。なんと社長は村岡晴彦です〉

「よくやった。そのほかに判明したことは？」

〈村岡が個人の財産管理目的で設立した会社です。法人登記は日本ですが、取引口座は香港

のシティズンバンクの信託口座です〉

「データを送ってくれ」

志水は顔をしかめた。

新宿署時代にマル暴担当の応援で類似ケースを扱った。日本でペーパー会社を設立し、香港や上海、あるいはスイスの銀行内に信託口座を開設する。ここで会社名義のブラックカードを発行し、日本国内で遊興費に充てるパターンだ。

当時志水が調べたのは、この仕組みを悪用した経済ヤクザの動向だった。株式のインサイダー取引等で得た不正な資金を現金に替え、新興国の外交官を運び屋にして香港に持ち込ませた。これを現地の仲間が信託口座に入金し、カードの決済資金に充てていたのだ。使ったカネの決済は海外口座内で実行される。カネの流れの捕捉が極めて難しい案件だった。

経済ヤクザと同じような仕組みを使う村岡は一筋縄ではいかない。志水が新たなデータを曽野に送ると、無線機のスピーカーが鳴った。

〈キャップ、お客さんが八丁目のクラブに入店〉

「連れはOBだけか?」

〈いえ、もう一人います。別班が秘匿追尾している人物です〉

「村岡だな？」

〈はい〉

「慎重にやれ」

内田と村岡が接触中だと記した追加メールを急ぎ曽野に送る。二人の間でどんなやりとりが行われるのか。秘録データが転送されるスピーカーに意識を集中させた。

7

「俺が着くまで絶対に触るな」

〈了解〉

牛込署から二四時間営業のハンバーガー店に行く途中で、兎沢の携帯電話が鳴った。香川の遺した五名のリストをもとに、各三名ずつ専属捜査員を割り振った。都内在住の村岡晴彦については、一番早く行確担当巡査部長が居所をキャッチした。

兎沢は牛込署に取って返し、捜査本部の扉を開けた。行確班に合流する旨を告げると、鹿島管理官の表情が曇る。

「くれぐれも荒っぽいことはしないでくれ」

「今日のところは様子見だけにしておきます」

小声で答えたあと、部屋の隅でカップ麵を啜っている牛込署の江畑を呼ぶ。

「帳場で長シャリするなって言ったろうが」

わざと大きな声で告げると、兎沢は若い巡査部長を廊下に引っ張り出した。怯えながらも、江畑は首を傾げる。

「大部屋は公安がモニターしてる。気をつけろ」

「今、怒ったのはわざとですか？」

安堵の息を吐き出し、江畑が言う。

「これから香川さん殺しの最重要容疑者の顔《ツラ》を見に行く。おまえも来るか」

「もちろんです」

「何事も経験だ。場数を踏めば、いろんなことが分かってくる」

江畑が慌てて上着を取りに戻る。後輩の背中を見ながら、同じような助言をもらったことがあると思い起こした。

戸塚署時代に遭遇したアパートの変死体案件だ。

一年生刑事の兎沢は慌て、立ちすくんだ。今、自分が告げた言葉は、志水が冷静に授けてくれた言葉と一緒だった。

無意識のうちに舌打ちする。志水はどこまで上申書の中身を摑んだのか。志水は公安部の筆頭課である公総にいる。絶対に諦めるはずはない。刑事部が入手した資料をたぐりよせ、真相に迫っている。いや、山寺のときのように、先を越されているかもしれない。暗い廊下の先で、志水がせせら笑っている錯覚に襲われる。

「お待たせしました」

息せき切った江畑が目の前に現れる。兎沢は無言で駐車場に足を向けた。背後から小走りで江畑が続く。大久保通りに面した駐車場で捜一車両のスカイラインに乗り込むと、運転席に着いた江畑が口を開く。

「どこに向かいますか?」

「銀座だ。サイレン鳴らせ」

江畑がサイレントアンプのボタンを押す。けたたましいサイレンを鳴らしたスカイラインが大久保通りを抜け、九段下に達したとき、兎沢の背広で携帯電話が震える。通話ボタンを押すと、興奮気味の声が響いた。

〈山形《やまがた》県警の清野です〉

「どうした?」

〈鑑識から内々に報告が入りました〉

清野が発した〝内々〟という言葉に兎沢は鋭く反応した。

「周りに誰もいないな？」

〈大丈夫です〉

電話口の清野が声を潜める。

「なにが出た？」

〈毛髪です。柏倉さんの遺体のそばに、本人とは違う毛髪が落ちていました。鑑識が調べたところ、抜け落ちてからほとんど時間が経過していないことが確認されました〉

「あとでウチの担当者宛にデータを送れ」

電話を切り、ハンドルを握る江畑に顔を向ける。

「青白い管理官殿は荒っぽいことやるなって言ってたが、早速命令に背くぞ」

「どうするんですか？」

「見てな。現場の刑事がどうやって被疑者を炙り出すか、実地で勉強しろ」

スカイラインは竹橋を過ぎ、大手町のビジネス街を駆け抜ける。皇居前の交差点を猛スピードで左折すると、眼前に繁華街の灯が見え始めた。

「一気にやる」

兎沢は様々なネオンに目を凝らす。

艶やかな光の渦に犯人が潜む。娘の咲和子が亡くなったあと、駆け付けた同僚とともに捜査本部に戻った。後に妻の瑠美子から激しくなじられた。本能的な行動だった。今、銀座の灯を前にすると、猟犬の本能が腹の底から湧き上がってくる。

8

指揮車の中で、志水は小さなスピーカーに意識を集中させる。

宅配大手のロゴを付けたバンを銀座の目抜き通りに停めても、いぶかる向きはいない。一時間前、ハイヤーの運転手が車内を覗き込んだが、不審な人間はいない。所轄署の交通係にも今晩の駐車違反の取り締まりは絶対に行うなと本部経由で命令した。

〈あの伊豆のコースはさ、崖越えのホールの攻め方で全体のスコアが決まるんだよ〉

警察庁OBと内田副総監は銀座八丁目の地下一階にある高級クラブに入店した。二人の入店から三〇分が経過したとき、村岡が合流した。

〈先輩の体格で最新のドライバーを振り回したら、楽々三〇〇ヤードは出ますからね〉

内田が五期先輩のOBに対しあからさまにおべっかを使う。合流した村岡は相槌を打つ程度で、ほとんど話をしない。

内田は、財布替わりに村岡を呼び出したのかもしれない。公務員にしてブラックカードを持ち、その支払いは全て村岡の個人会社が済ませている。

村岡の弱味を内田が握っているのか。グリ森以降、雲霧や総監経験者連続殺傷と世間を騒がせた事件の背後で、村岡の正体である麻野元という人物が関わっていることを内田が熟知し、強請っているのか。

しかし、これほど大っぴらに酒席をともにし、かつ支払いのカードまで握っているのは不自然だ。内田は狡猾な人物だと聞かされているが、それだけ身辺には気を配る。捜査二課に立件される恐れはないが、露骨なツケ回しが発覚すれば監察の調査対象となり、キャリア同士の出世競争では確実にマイナスになってしまう。

〈内田君はあのポストのあと、身の振り方はどうする？〉

酔いが回ったOBがズケズケと尋ねる。

〈あのポストとはなんですか？　心当たりがありませんね〉

〈これだよ、警察庁一の寝業師、内田の真骨頂だ〉

秘匿追尾を開始して以降、指揮車の志水のほか、運転席と助手席の部下は水さえ取らずに神経を研ぎ澄ましている。

雲の上とはいえ、キャリアの高官たちは銀座で他人のカネを使って飲み明かしている。くだらない会話を聞くたび、部下たちの頰が強張っていく。

運転席に座る巡査部長は四五歳で子供が二人いる。助手席の五〇歳の巡査部長は大学生の娘を持つ。二人は過酷な公総の任務と家庭を両立させてきた。感情を押し殺してはいるが、部署が違えば、今ごろ家族でバラエティー番組を見てくつろいでいてもおかしくない。

通常の秘匿追尾であれば、冷静な二人が頰をひきつらせることはない。今晩は違った。部下たちは怒りを押し殺している。

志水自身は警察という組織に入り、他者から評価されることを願い、仕事をこなし続けてきた。だが些細なミスにより、奈落の底に落ちた。家庭も捨てた。

そんな自分を公安部が引き上げてくれた。今は任務を完遂することだけが生活の全てとなり、呼吸と同じく当たり前の行為になっている。しかし、部下二人は自らの意思を押し殺し、かつ家庭を犠牲にしても任務に当たっている。

昨日からの秘匿追尾の連続で、三〇名以上の捜査員を動員した。彼らもこの二人のような思いを胸に秘めている。銀座の高級クラブで飲み明かしている幹部とＯＢの会話を聞けば、同じような反応を見せるに違いない。

誰のために秘匿追尾を遂行するのか。頭の中に靄がかかり始めたが、頭を振ってやりすごした。そのときだった。

〈新規二名、入店〉

寿司屋を出た内田を追尾してきた一四番が無線機で連絡を入れてきた。

「どんな客だ？」

〈酔客を装っていますが……少しお待ちください〉

唐突に無線が途絶える。志水は助手席の巡査部長と顔を見合わせた。

「気付《ヅ》かれましたか？」

「分からん。交代要員の手配を」

志水の指示に巡査部長が頷いた。

〈すみません、今、トイレに入りました。新規の二名のうち、一人は見覚えがあります〉

「誰だ？」

〈一課の強行犯係、第四の巡査部長だったと思います〉

無線に助手席の巡査部長が鋭く反応する。

「一四番は人事一課の監察チームにいました。記憶に間違いはありません」

志水は無線のマイクを握った。

「刑事《ジ》部のメンバーに面が割れている公算はあるのか？」

〈ありません。ただ、奴らの狙いが分かりません。追加メンバーを至急送ってください〉

「分かった」

志水が頷くと同時に、助手席の巡査部長が別の無線機に手をかける。香川の上申書に村岡の存在が記されていたのか。兎沢は内田と村岡の関係まで辿り着いたのか。

指揮車の後部座席から、志水は繁華街の灯を睨み続けた。

9

〈兎沢さん、緊急事態です〉

スカイラインが銀座八丁目の交差点に着いた直後、ダッシュボード下の無線機からくぐもった声が響いた。牛込の捜査本部に詰めている第四強行犯係の後輩巡査部長だった。兎沢はマイクを摑む。

「対象に本職《けいかん》だってバレたわけじゃないだろうな」

〈そんなヘマはしませんよ。対象が一緒に飲んでいるメンバーが問題です〉

「指名手配犯でもいたのか？」

〈違いますよ。内田さんがいます〉

後輩巡査部長の声に衣擦れの音が交じった。

「どこの内田さんだ？　要点を言えよ」

〈カイシャの内田さんなんすよ〉

「カイシャって、副総監のことか？」

〈そうです〉

運転席の江畑が口を半開きにして兎沢を見る。

「なぜ副総監と村岡が？」

〈こっちが聞きたいですよ。どうします？　このまま行確続けますか？〉

「ちょっと待ってろ」

兎沢は海藤の携帯番号を探し出し、通話ボタンを押す。呼び出し音が鳴り続ける。だが、応答はない。舌打ちしたあと、課長車専用電話の番号を探す。二度呼び出し音が鳴ったあと、つながった。

〈課長車です〉

「第四の兎沢だ。課長は？」

〈築地の帳場を回ったあと、どうしても外せない私用の会合に出るとのことで降車されました〉

「どこで降ろした？」

〈新橋駅の近くです。一時間程度で戻るそうです〉

「分かった。戻ったらすぐに俺に連絡するよう伝えてくれ」

一方的に電話を切ったあと、兎沢は腕を組んだ。

鹿島管理官の顔が浮かぶが、報告するだけ無駄だ。御身大事の若手キャリアは動揺するだけだ。海藤はどうしたのか。私用とはなにか。兎沢は頭を振った。課長に就任してから、海藤のプライベートはないに等しい。同期会にでも顔を出しているのかもしれない。あるいは出所した前歴者の相談に乗っている可能性もある。

〈兎沢さん、どうします?〉

無線機から再度くぐもった声が聞こえる。兎沢はマイクに手を伸ばす。

「俺も合流する。副総監が下っ端の顔なんか覚えちゃいない。目立たないようにその場に留まれ」

マイクをフックに戻した途端、江畑が口を開く。

「独断で大丈夫ですか?　相手は副総監と飲んでるんですよ。様子を見た方が良くありませんか?」

「上役が怖いなら刑事なんか辞めちまえ」

吐き捨てるように告げると、兎沢は助手席を飛び出した。

10

〈内田副総監とOB、銀座七丁目の高級寿司店にて会食〉
〈金額は二人で計八万八五〇〇円、支払いは内田副総監がブラックカードで〉

曽野は志水から送付されたメールを読んだ瞬間、舌打ちした。

二本目のメールに添付された写真ファイルは、寿司屋の会計伝票を秘撮した映像だった。報告通り、シティズンバンクのロゴと一六ケタの数字が並んでいる。その下には、殴り書きに近い書体で内田のフルネームが記されていた。

ファイルを閉じ、次のメールを開けた。やはり志水からの報告だ。

〈ブラックカードは村岡の個人会社が支払い。内田副総監の飲食費、遊興費は全て村岡の口座にて決済〉

やりすぎだ。報告を読んだ途端、曽野は思わず舌打ちする。

内田は脇の甘い警察官僚ではない。常に互いの足を引っ張り合うキャリアの中で揉まれ、現在のポジションを勝ち取った。仮に、ブラックカードの存在が警察庁刑事局の久保田局長辺りに漏れてしまった場合のリスクは承知しているはずだ。

なぜ、民間の個人会社にツケ回ししているのか。お調子者を装ってはいるが、上司は慎重だ。村岡に強請られているのか。弱味を握られているとしたらどのような理由があるか。曽野は警察庁と警視庁の幹部がファイリングされている人事一課のシステムにアクセスした。

過去に不倫や積立金の横領などで懲罰対象になった職員のほか、公安部と人事一課の監察チームが炙り出した問題警官の項目がある。よく知る顔がいくつも並ぶが、内田の名も顔写真もない。

内田の経歴に一切の傷はない。小さなかすり傷でも警視庁副総監に登りつめることはできない。首を傾げたとき、無線のブザーが鳴る。

〈志水です。至急ご相談があります〉

「お客さんがなにかやらかしたの？」

〈予想外の動きです〉

「嫌な言い方だね。なに？」

〈刑事《ジ》のメンバーが村岡を行確しています〉

「上申書にヒントがあったんだね。早晩そうなることは分かっていたんじゃないの？」

〈いえ、内田副総監と村岡が会っているクラブに人員を送り込んだことが問題なんです〉

「なんだって？」

〈我々が副総監と村岡の真のつながりを把握していない以上、危険です〉

「すぐ現場に合流する。連中が触りそうになったら妨害して」

無線を切ると、曽野は携帯電話を取り出し、躊躇なしに内田の番号を鳴らす。呼び出し音が五回鳴ったあと、内田が電話口に出た。

〈なんだ？　テロでもあったのか？〉

「それに近い事態が進行中です。副総監もターゲットかもしれません」

〈本当か？〉

「時間がありません。どなたと飲んでいらっしゃるか存じませんが、周囲にパニックを引き起こすわけには行きません。私が直接お迎えに参りますので場所を教えてください」

〈銀座八丁目の「かおり」というクラブにいる。電通通り沿い地下一階の店だ。俺、店の裏口からこっそり逃げるよ〉

「だめです。どこに刺客がいるか分かりません。とにかくその場で待機してください」

〈分かった。どのくらいで来れる？〉

「すぐに行きます」

一方的に電話を切ると、曽野はジャケットを摑んで立ち上がった。

11

酔客が行き交う八丁目交差点に降り立ったとき、兎沢の携帯電話が鳴った。清野だった。

〈鑑識の鑑定結果が出ました。例の毛髪はO型でした〉

「ちょうどこれから、一番臭いマル被候補に会う」

〈本当ですか〉

「嘘言ってもカネ貰えるわけじゃないからな。ドンピシャだったら、すぐに連絡する」

兎沢は電話を切り、傍《かたわ》らの江畑に目をやる。

「気を抜くな」

「本職はどうしたらいいですか？」

江畑が緊張した面持ちで言った。

「先発隊が二人、クラブで対象を張ってる。まずは合流して様子を見る。そのあとは仕掛けだ」

「仕掛け？　なにをやるんですか？」

「お楽しみだ」

八丁目交差点から有楽町駅方向に五〇メートルほど歩くと、路上に小さな立て看板が設置されているのが見える。

【クラブ　かおり】

店の入口の周囲を見回した。黒塗りのハイヤーが五、六台停まっている。その後ろには大手宅配業者のバンが停まっている。

「こんな時間まで汗水たらして働いている人がいるんですね」

バンに目をやった江畑が口を開く。

「こんな時間ウチの副総監は酒飲んでるんだ」

副総監という肩書きを出した途端、江畑の顔が強張った。明らかに不安な表情だった。

「怖いんだったら、帳場に帰ってもいいんだぞ」

兎沢が凄むと、江畑がむきになって頭を振った。

「これから刑事でやっていきたいんです。ついていきます」

「なら、行くぞ」

江畑を従え、兎沢は看板脇の重いドアを押し開け、薄暗い階段を下る。踊り場には間接照明で店の看板が照らされている。脇には薄紫の胡蝶蘭《こちょうらん》の鉢植えがある。看板の左手に小さなランプで灯されたオークのドアが見えた。

兎沢がドアに手をかけると同時に、内側からドアが開いた。

「いらっしゃいませ」

ストライプのスーツを着た面長の黒服が兎沢を迎える。

「先に入った連中に合流する」

ぶっきらぼうに言ったあと、兎沢は店の中に足を踏み入れる。入口のすぐ近くに七名分のカウンター席とボトル棚が見える。左側に目を転じると、二〇畳ほどのフロアがあった。

「あそこに先遣隊がいる。邪魔するよ」

戸惑う黒服を無視し、兎沢は後輩巡査部長の席に歩み寄る。角のボックス席にいた後輩が口をパクパク動かしながら、襟元をなんども指した。兎沢はゆっくりと自分の襟元から赤いバッジを外し、席に座った。江畑もあとに続く。

「ちょっとさ、仕事の話がしたいんだ。五分だけ外してもらっていいかな」

肩をむき出した赤いドレスの女と髪をアップに結った青いドレスの女に告げる。二人は指示通り席を立った。

「バレていないな？」

小声で告げると、後輩が小さく頷く。江畑に水割りを作るよう指示すると、後輩の隣に腰を下ろした。

一番奥のボックス席にダークグレーのスーツを着た内田副総監が座っている。帳場に現れたときと同じように、出張った下腹をさすっている。奥には、禿頭の恰幅の良い男がいた。

「あれだな」

二人を上座に座らせる形で、大きな背中が見える。仕立ての良さそうなスーツを着ている。

「どんな様子だ？」

「先ほど副総監に電話がありまして、それ以降、内田さんは落ち着かない様子です」

水割りを一口だけ舐め、兎沢は内田に顔を向ける。後輩が言う通り、内田はソファに浅く腰かけている。足をなんどもゆする。電話でなにを告げられたのか。一方、隣の禿頭の男は得意気にゴルフ話を村岡に聞かせている。

「村岡の様子は？」

「終始穏やかに対応しています。随分と昔からの知り合いといった感じです。一〇年前のラウンドの思い出話していました」

「そうか」

もう一口、水割りを口に運ぶ。黒服を呼びつけると、ホステスたちを席に戻すよう指示した。あまり話し込むと不審に思われる。ほどなくして、先ほどの女たちが後輩と兎沢の間に座る。

「江畑さ、会社の失敗談でもしてお姉さんたちを笑わせろ」

「あっ、はい」

江畑が肩をすぼめ、聞き込み捜査の失敗を営業マンになぞらえて話し始める。

ホステスたちが嬌声をあげ、職業を尋ね始める。江畑が車の部品を扱う小さな専門商社だと答えた。この間、兎沢は村岡の背中を睨み続ける。

その大きな背に香川を担ぎ上げたのか。背広越しではあるが、村岡の体軀はたるみがなく、引き締まっている。腕も太く、グラスを持つ指は節くれ立っている。その指を柏倉の首に食い込ませたのか。

内田に顔を向ける。やや表情が強張っている。村岡に強請られているのか。だが、村岡の周囲には犯罪者が発する特有の殺気や威圧的な空気がない。

二人の関係が読めない。なぜ元警官を二人殺した容疑者と次期警視総監候補が同じボックス席にいるのか。

今回のターゲットはあくまでも村岡だ。兎沢はタイミングを図る。乱暴なやり方だが、チャンスは一回しかない。

「あっちのテーブルにいる人、知り合いかもしれない」

唐突にボックス席を立つと、後輩巡査部長と江畑が顔を上げる。

「挨拶してくるわ」

兎沢はわざと足を絡ませながら歩いた。

一歩、また一歩と村岡の背中が近づく。内田に目をやるが、しきりに手元のスマートフォンを覗き込み、気付いているフシはない。禿頭の男は隣のホステスの手を握りながら、ドライバーの飛距離を自慢している。

ふらつく足取りで近づき、肩に手をかけようとしたとき、不意に村岡が振り向いた。その瞬間、目が合った。兎沢は酩酊《めいてい》したサラリーマン役に徹した。

「失礼、小宮山商会の冨田《とみた》常務ですよね」

「いや、人違いですよ」

村岡が兎沢を見上げる。目の奥が鈍く光った気がした。兎沢は懸命に演技を続ける。もう後戻りはできない。二人の先輩刑事の無念を晴らすには、素人芝居を続けなければならない。演じ切る。そう念じて口を開く。

「以前、幕張の見本市で名刺交換させていただいたものですが」

そう言った瞬間、兎沢は椅子に爪先を引っかけ、躓《つまず》いた。直後、ホステスの悲鳴が店の中に響き渡る。村岡と禿頭の男の前にあった小さなテーブルが転げ、水割りのセットとともにグラスが床に散らばる。

「す、すみません。ちょっと酔ってまして」

兎沢はフロアに両手をつく。直後、村岡が兎沢の左腕を摑んだ。

「大丈夫かい？」

「あれ、やっぱり人違いです。申し訳ありません」

大げさにズボンを手で払うと、兎沢は同僚たちの席に戻る。

「俺は抜ける。監視を続けろ」

兎沢は背広を脱ぎながら店の出口に向かう。背後から江畑が駆け寄ってくるのが分かった。

「兎沢さん、どこに行くんですか？」

「本部だ。指紋《モン》が採れたからな」

兎沢は小声で告げた。江畑の表情が強張る。

「どうしてそんな荒っぽいことを……」

「捜査は生き物だ。屁理屈言う前にネタを獲った奴が勝ちなんだ」

江畑にそう告げた直後、黒服が駆け寄ってきた。

「お客様、大丈夫ですか？」

「悪いな。どうも悪酔いしたみたいだ。勘定は残っている奴らが払うから」

兎沢は早足で出口に向かう。ノブに手をかけたとき、いきなりドアが開いた。

「お邪魔するよ」

目の前に現れた男の顔を見た瞬間、兎沢は全身の血が一気に足元から抜けるような感覚に襲われた。

12

曽野の眼前の背の高い男の顔色が無くなった。だが、男はすぐに歯を食いしばり、拳を握る。懸命に態勢を立て直している。

「どいてくれないかな、急ぎなんだ」

兎沢が一歩前に進み出る。曽野の前に大きな岩が立ちふさがった。見上げると、兎沢の眦が切れ上がる。

「公安《ハム》のお偉いさんが、こんな所になにしに来たんだよ」

「君には関係ないことだから」

曽野は体をかわす。兎沢が執拗に体の向きを変え、通せんぼの形を続ける。

「人殺しの志水も近くにいるのか？　え、そうなんだろ」

「大きな声出さないでもらえるかな。なにか勘違いしているみたいだけど、僕は上司を迎えに来ただけだから」

「村岡と副総監様はどういう関係なんだ?」

兎沢の視線がきつい。やはり刑事部は全体像を摑みつつある。

「なんのこと? いい加減にしないと、監察に言いつけちゃうよ」

曽野は兎沢を見上げ、強い口調で言い切った。

露骨に舌打ちした兎沢が渋々体の向きを変える。そのとき、片手に背広の上着が丸められているのが目に入った。捜査一課の赤いバッジを隠すためなのか。所詮、刑事部の行確など取るに足らない。

「ごめんね、嫌な言い方して。僕だって上司に仕える身だからさ」

曽野は大きな体の脇を通り過ぎた。背中に兎沢の視線が突き刺さるのを感じる。だが、平静を装わねばならない。

間接照明のわずかな灯を頼りに、薄暗いフロアを歩く。背後でドアが勢い良く閉まる音が聞こえた。振り返りたい気持ちを懸命に堪える。

さらに進むと、店の左奥のボックス席に大きな背中が見える。対面には禿頭の元警察庁情報通信局長がいる。内田は目線を手元のスマートフォンに固定させ、二人の会話には交じっていない。

「内田さん、お迎えに上がりました」

「おぉ、早かったじゃないか」

曽野がボックス席の脇に立つと、禿頭のOBが酒臭い息を撒き散らす。

「曽野君じゃないか。なにかあったのか？」

「お楽しみの所を申し訳ありませんが、内田さんを会議に連れていかねばならなくなりました」

「どうしてもか？」

「近々に国際会議があります。警備に関して緊急の打ち合わせがありましてね」

曽野は普段通りの声音で応じる。現役時代から口が軽く、地方県警本部時代にはなんども舌禍《ぜっか》事件を起こしたOBに本当のことを告げるわけにはいかない。

「よし、行こうか。私はこれで失礼します」

立ち上がった内田が村岡に目を合わせず、言った。先ほどの脅しの電話が存外に効果を発揮した。

目線を村岡に向ける。村岡が顔を上げると同時に視線が合った。大きな体を懸命に丸めている。

一見すると、出入り業者が有力顧客に気を遣い、接待している風にしか見えない。だが、姿勢とは裏腹に、村岡の目は異様に光っている。

「お客様の前で無粋なことをしました。ご容赦ください」

曽野は丁寧な声色を作り、様子を見た。今まで鈍い光を発していた村岡の瞳が一瞬で切り替わる。目尻が下がり、温和な表情を見せる。

「どうかお気遣いなく」

村岡は膝に手をつき、深く頭を下げる。場慣れした企業経営者の振る舞いだ。

「さぁ、表に車を待たせています」

ボックス席から這い出た内田を誘導しようと振り返ったとき、フロアの反対側の隅にいた一団が急に目を逸らした。曽野は瞬時に頭の中のメモリーを繰った。志水の報告通り、刑事部のメンバーが露骨に張り込んでいた。

「急いでください」

曽野は背後の内田に向け、強い口調で告げた。

第七章　隠匿

1

白いキャビネットが積み重なる鑑識課の一室で、兎沢はＳＩＴの坂上の手元を凝視する。

「そんなにガン見しないでよ。気が散るからさ」

マスクを通して聞こえる坂上の声が擦れる。

「四の五の言わずにさっさと結果出せよ」

「相変わらず強引だからなぁ」

溜息をついた坂上が大型スクリーンを睨み、キーボード叩きを再開する。

帰宅していた坂上を緊急動員し、午後一一時過ぎに本部鑑識課へと駆け込んだ。

丸めた背広を受け取った坂上は、特殊な極薄フィルムを使い、腕の部分を中心に指紋を採取する。

フィルムには兎沢本人の指紋が付着していた。袖口の指紋が妻・瑠美子のものと判明した。あと一つ、背広の肘にある指紋が村岡のものだ。

指紋とともに付着した汗の成分からDNAを検出し、ほかの証拠品と照らし合わせる鑑定が可能になったと坂上が言っていた。

銀座のクラブに入る前、山形県警の清野が遺留毛髪の血液型がO型だと報せてくれたおかげで、とっさに村岡の指紋を奪うことを思いついた。

ボックス席で大げさに倒れ込んだことで、村岡は存外に強い力で兎沢の左腕を摑んだ。人差し指と中指、そして親指の指紋のほか、村岡の掌紋の一部も付着した。

フィルムに着いた指紋を個体別に分けたあと、坂上は村岡の指紋と掌紋を前歴者リストと照らし合わせる。リストとの一致はない。

落胆することなく、坂上は慣れた手付きで作業を続行する。指紋採取フィルムを特殊溶液が染み込んだ別のシートに付着させ、これを専用の遠心分離機にはめ込んだ。

一連の作業で二時間を要した。時刻は既に午前一時を過ぎた。

「兎沢さん、お願いだからその貧乏ゆすりやめてよ」

坂上が口を尖らせる。

「気にすんな。実際、貧乏だからどうしようもない」

減らず口で応戦した直後だった。胸ポケットに突っ込んでいた携帯電話が震える。村岡の行確を命じていた第四強行犯係の巡査部長だった。

〈村岡、今しがた等々力の自宅に到着〉

「俺が店を出たあと、連中はどうした？」

〈もう一軒、別のクラブを冷やかしたあと、それぞれ帰宅しました〉

「不審な動きは？」

〈なにもありませんでした〉

「そのまま張ってくれ」

電話を切り、兎沢は腕を組む。

行確を悟られているフシはない。だが、村岡は元警官を二人も殺した。普通ならば追手の存在を気にするはずだ。

村岡には犯罪者特有の警戒感が決定的に乏しい。内田副総監と一緒ということで、妙な安心感があったのか。それとも、内田が事情を知った上で庇ってくれる、絶対に検挙されない自信でもあるのか。兎沢が首を傾げたとき、不意に肩を叩かれた。

「随分荒っぽいことをやったらしいな」

海藤が苦笑いしている。兎沢は口を尖らした。

「肝心なときに課長がいないからですよ。しかし、結果的に指紋と掌紋が採れました」

兎沢は作業に没頭する坂上を顎で指す。

「あとどのくらいで結果が出ますか？」

海藤の背後から小柄な男が現れた。くせ毛をオールバックに撫で付けている。眉毛と唇が薄い神経質そうな顔立ちだ。兎沢が顔をしかめると、海藤が慌てて頭を下げる。

「警察庁の久保田刑事局長だ」

「あっ」

兎沢は思わず声をあげた。職員向けの月報で見た顔だった。

「あと二〇分程度で簡易検査の結果が出るよ」

坂上が答える。

銀座のクラブを抜け出したあと、山形県警の清野から再度連絡が入った。兎沢はセキュリティーガードが固い坂上のメールアドレスを教え、山形の鑑識課が分析した毛髪のDNAのデータを送らせた。

「指紋に付着した微量の汗と個人固有の細菌の種類でDNA鑑定が可能になりました」

久保田局長が早口で一同に告げる。坂上が小さく頷く。

「このシステムを都道府県警察に導入することで、広域犯罪の検挙率は格段に上がる」

薄い唇をほとんど動かすことなく、久保田局長が一気に言う。海藤を通じて、久保田が広域事件の捜査網再構築に尽力していると聞かされていた。ただ、口元を歪ませたキャリアの狙いはそれだけではなさそうだった。兎沢が顔を向けると、久保田と目が合う。

「内田さんと一緒にいた人物が臭いんだって？」

薄い眉の下で、大きな黒目が動く。

「軽々しいことは申し上げられませんが、その公算が大きいのは確かです」

兎沢が答えると、久保田が満足げに頷く。

「徹底的に調べてください。内田さんを参考人聴取する際は、私に一声かけてくれればいい。身内であろうと手心を加える必要はありません。いや、身内だからこそ、厳正にやらねばなりません」

雲の上の存在である上役は至極真っ当なことを言ったが、正論を吐いたあとも口元が歪んでいる。刑事畑を代表して警備公安警察を刺す。久保田の顔には露骨にそう書いてあった。

2

静まり返った若松町の公総分室の廊下を、曽野は内田を従えて無言で歩いた。

「おい、どこに連れていくんだ？」

背後から不安げな内田の声が響く。曽野は黙っていつも使う部屋のドアノブを回した。

「おかけください」

曽野は内田に事務机前のパイプ椅子を勧めた。

「なんだよ、取り調べみたいじゃないか。テロの危険がなくなるまでここにいるってことなのか？」

冷たい蛍光灯の下で、酒で頬を赤らめた内田が言った。

「テロというのは嘘です」

「嘘？」

内田が口を半開きにする。机に両手をつき、曽野は身を乗り出す。

「村岡氏と引き離すために、あえて嘘をつきました」

「なぜ村岡氏の名前を知っているんだ？」

デスクに載せた内田の拳に変化が現れる。手の甲に浮かんだ血管がピクピクと動き始める。

「この前、副総監室の前で会いましたからね」

「あぁ、そうか。あのときは入れ違いだったからな」

内田の拳に浮かんでいた血管が消えた。

「しかし、なぜ引き離す必要があった？　彼が狙われるような懸念があればSPを手配しなきゃならん。それとも、パワーデータが企業恐喝の被害にでも遭っているのか？」

内田がゆっくりと椅子の背に体を預ける。怯えの色が薄まっていく。

「私が自ら足を運んだことをなぜ理解してくださらないのですか？　それに企業恐喝ならば担当は刑事部です」

抑揚を排した口調で曽野は一気に告げる。内田が床に視線を落とす。だが、すぐに目線を上げ、敵意の籠った目で曽野を見る。

「なにが言いたい？」

「ブラックカードを持たされたのはいつからですか？」

内田の眉根が寄った。曽野は構わず言葉を継ぐ。

「カードの支払いは給与の三カ月分の範疇に入っていますか？　それ以上だと汚職《サンズイ》に該当します。捜二辺りに漏れたらまずいですよ。それにも増して久保田局長辺りに伝わったら、本当に立件されるかもしれません」

内田の拳を見ると、再び血管が現れた。今度は拳全体が小刻みに震え出す。

「まさか、俺を秘匿追尾していたのか？」

呻くように言ったあと、内田が唇を嚙む。

「しましたよ。それに、銀座のクラブでは刑事部のメンバーもいました。ご存知でしたか？」

「どういうことだ？」

内田が睨んでいる。曽野は強い念を送るように上司を睨み返す。

「ご自分の口から説明してはいかがですか？」

「カードが問題なのか？」

「ブラックカード云々は捜二の領分ですから、私自身も公総課長としても興味などありません。もっと大きなことが知りたいのです」

曽野は〝大きなこと〟の部分に力を込めた。内田が唾を飲み込む。

「おまえにとやかく指示される覚えはない」

「捜査一課の連中が張っていたという意味を深刻に捉えてもらえませんか？」

内田の拳の震えが一段と大きくなる。自分でも変調に気付いたのだろう。内田は拳を脇に隠すように腕を組んだ。

「意味が分からん」

「副総監を張っていたのではありません。村岡氏、いや麻野氏を張っていたのです」

曽野は〝麻野氏〟の部分に一段と力を込めた。

一瞬にして内田が顔色を失《な》くす。内田以上に、曽野自身が目眩《めまい》を覚えるような瞬間だった。数々のシナリオを組み立てていたが、目の前の内田が露にした表情は、最悪の場面が実現したことの証左だった。

「それでは麻野氏が本当の村岡氏を背乗りしていたことをご存知だったわけですね」

「なぜそんなことを調べた？　俺は指示していない」

喉がカラカラに渇いているのだろう。内田はなんども唾を飲み込む。酒が入っている先ほどまでの目付きとは違い、探るような目線が曽野の顔に向けられる。

「指示されずとも動くのが公総のしきたりです。この国の威信が失墜するかもしれない事態を前に、指をくわえて見ていると思いますか？」

「おまえはなにを知っている？」

「村岡氏が香川、柏倉という警視庁の元捜査員二人を殺した事実です」

内田が肩を落とす。やはり、上司は全ての構図を把握していた。

「早晩、刑事部が真相に辿り着きますよ。嫌な連中ですが、無能ではありません」

「まさか、殺すとは思わなかった」

俯いたまま、内田がぽつりと言った。

最悪の展開だった。警視庁のナンバー2が殺人犯と知りながら容疑者と酒を飲んでいた。

それにもまして、容疑者から提供されたクレジットカードで遊んでいた。

「全部話してもらいます」

椅子から立ち上がった曽野は、自分でも驚くほど強い口調で言い放った。

3

「……出たよ。O型、そのほかの遺伝子配列も同一。簡易鑑定だけど、こりゃクロだね」

坂上が淡々と告げ、同時に爪を嚙む。結果に満足しているサインだ。

兎沢が腕時計に目をやると午前三時を過ぎている。鑑識課の大型パソコンモニターには、イトミミズのような線がいくつも表示され、その横に英語や数字の列が並び、「九九・九九%」の文字が表示された。

「朝一番で村岡に任意同行《ニンドウ》かけますよ」

海藤に向け、兎沢が言った。

「いや、待ってください」

鑑識課のパイプ椅子で身じろぎもせず待っていた久保田が口を開いた。兎沢は遥か雲の上のキャリアを睨んだ。

「なぜですか？　まずは山形の案件から外堀を埋め、あとは戸山公園に落ちていた遺留品を徹底的に洗い直せば、DNA鑑定で必ずネタが挙がります。あとは村岡が移動した交通機関の監視カメラを解析して足取りを掴み、証拠を積み重ねます。もちろん、帳場は山形と共同になりますがね、飛ばれる前に触らないと」

一気にまくしたてると、久保田が右手を挙げ、兎沢を制す。

「今は行確を続けてください。露骨に張っていると悟られても結構です」

久保田が唇を舐め、言った。

「しかし、ですね」

「なぜ村岡が内田さんと一緒だったのか、その理由を確認してからにしましょう」

久保田がくせ毛の髪を掻き上げた。

「もしや副総監を疑っているのですか？」

海藤が慌てて口を挟むと久保田が薄ら笑いを浮かべた。

「さすがに彼が共犯だなんて思っていませんよ。ただ、公安《ハム》の皆さんに貸しを作ってもいいかなと思いましてね」

「証拠品を処分されるリスクがあります。早めに任同かけた方がいいと思います」

懸命に兎沢は抗弁した。海藤が割って入る。

「触る前に、監視カメラの映像集めやら証拠を固めておけ。これは俺からの命令だ」

海藤の言葉に久保田が満足げに頷く。

「俺たち刑事部が何足も靴を履きつぶしても、公安の連中はいい加減な仕事ばっかりですぐ上に行く。久保田さんに組織を大胆に変えていただく」

海藤が力を込めて言った。

不満ではあったが、公安の組織改革、いや勢力を弱めるためならば呑めない条件ではない。いや、この際、徹底的に公安の不備や不正を暴きたてることで、娘の無念を晴らすことができる。

公安が自らの手柄を誇示するために、娘は犠牲になったのだ。今回の二つの事件を徹底的に暴き出し、その背後にいる公安の暗闇を世間にさらせば、わずかではあるが、娘の復讐となり得る。

「分かりました」

兎沢は自身でも驚くほど強い口調で言った。

「亡くなった香川氏が遺した上申書の精査、そして村岡の身辺調査を一気にやってください。私は直接内田さんを揺さぶります」

久保田はそう言うと、また口元を歪める。

「村岡の証拠固めは極秘で進める。牛込の鹿島管理官やそのほか何人かでどこかの分室に籠れ。株価操作に関しては二課に助太刀《スケ》を頼む。いいか、厳重保秘だ」

海藤が矢継ぎ早に指示を飛ばした。兎沢は頷くしかない。目の前に殺人犯がいる。しかしまだ触るなという。上層部の陣取り合戦に興味はない。だが、久保田は公安の組織を変えると言った。この言葉に賭ける。

〈おとしゃん〉

頭蓋の中で、咲和子の声が反響する。公安に命を奪われた娘のために、一時的に動きを止めるだけだ。兎沢は無理矢理そう思い込むことに決めた。

4

午前五時半過ぎ、志水は指揮車とともに若松町の公総分室に戻った。周囲は薄らと明るくなっている。曽野が待機するという事務室に急いだ。

ドアを開けた瞬間、異様な光景が目に飛び込んでくる。

「遅くなりました」

それだけ言うと、志水は部屋の奥にある曽野の執務デスクに足を向ける。部屋の中央のパイプ椅子には、肩を落とした内田副総監が座っている。

その前には、スマートフォンを凝視する曽野が立っている。手錠と腰縄こそないが、まるで所轄署の取調室のような雰囲気だ。

「ご苦労さん」

曽野の口調は普段と変わらず柔らかいが、今までに見たことがないほど表情が強張っていた。

「私はどうすればいいのですか？」

肩を落とし、俯く内田を前に志水は曽野に尋ねた。

「これ、見て」

曽野がスマートフォンを志水に差し出す。

「内田さんのアルバムなんだけどね」

志水は画面を見た。鮮明なディスプレイに目をやった瞬間に目眩に似た感覚に襲われる。

「まずいよね、これ」

曽野が告げると、椅子に座った内田の右肩が動く。

「黙っていてくれ。頼む」

志水は画面に触り、アルバムのページをめくる。指を動かすたびに吐き気をもよおすような画像データが続く。

「村岡こと麻野にこのネタで強請られていたそうだ」

「俺はどうなる？」

内田が顔を上げる。両目が潤んでいる。絶妙なバランス感覚で組織の中を泳いできたと評判のキャリアは、醜い肉の塊に成り下がっている。

「シラを切り通してください。徹底的に蓋をします」

曽野が冷たく言い放つ。内田は安堵したように言葉を継ぐ。

「辞めなくても大丈夫か？」

「通常の任期サイクルの中で突然辞められたら、連中に勘ぐられます」

曽野はあくまでも組織の体面を維持するためだと言い切る。

志水も同じ思いだった。スキャンダルの根源が悪臭を放てば放つほど、掃除は念入りに行い、組織としての面子を保たねばならない。

「あの日、村岡に見られた」

鼻水を啜りながら、内田が言った。

志水はもう一度、スマートフォンの画面を睨む。上半身裸の内田と全裸の少女が舌を搦《から》め合っている。画面をタップすると、恍惚の表情を浮かべる内田と、足元に跪る少女が見えた。舌打ちしたあと、志水は写真ファイルを閉じる。

「警察庁《サッチョウ》の装備課長時代が村岡との接点ですね？」

曽野の言葉に内田が頷く。

「調子の悪くなった個人用のPCを村岡に預けたのが間違いだった……」

小声で内田が話し始める。

事の発端は一〇年前に遡るという。警察庁に食い込み始めた村岡と内田が接待ゴルフに行ったとき、携帯した小型のノートパソコンのハードディスクが昼食時に異音を発した。村岡はものの一〇分で問題を解決してくれたという。

「あのとき、データを吸い上げられた……」

か細い声で内田が告げる。

個人用のPCで油断が生じた。削除していたはずの写真データまでが知らぬ間に吸い上げられたと内田が消え入るような声で告白する。

「あくまでも個人的なデータだったんだ」

万引きを見咎められた中学生のように内田が言う。キャリア同士の駆け引きだけでなく、政治家とのやりとりにも長けていた内田だが、内面は脆《もろ》かった。削除済みのデータがハードディスクの片隅に残っていたことなど、もはや言い訳にはならない。

裏を返せば、脆い内田は無理に無理を重ねて官僚の世界を泳いでいた。その反動が卑劣な性癖へと導いたのだ。

村岡は内田の脆さをどこかの時点で把握し、機会をうかがっていたのだろう。親切な出入り業者が、吸い上げたデータの解析を通じて将来の警察トップをコントロールしようとする悪党に変質した。その成れの果てが、目の前で肩を落とす内田の姿だ。

これから官僚という生き物の表と裏の顔を暴き出さねばならない。正体を知ることで、警察組織全体を守り、そして日本という国の威信を保全する。

「本当に私がお話を聞いてもいいのでしょうか?」

「構わないよ。これからやってもらう隠匿作業は志水キャップに任せるから」

曽野はデスクに戻り、パイプ椅子に腰を下ろす。

「でもね、問題の根っ子はその忌々しい写真ではないんだ」

デスクを前に、曽野が腕を組む。

「どういうことです?」

曽野は口を真一文字にすると、デスク上のスマートフォンを取り上げた。苦々しい顔で、曽野はスマートフォンの一点を指し、志水に向ける。

「ロリコン趣味はなんとか揉み消す。でもね、こっちはちょっと厄介なんだ」

志水は目を凝らすが、上司の意図が読めない。

「このために内田さんは弱味を握られ、今や全国の警察組織全体がリスクにさらされている。警察への信任低下は国家の危機だ。我々の仕事の基本だから、分かっているよね」

曽野が普段よりもやや早口で言った。

内田の趣味の一件よりも大きな案件とはなにか。村岡はどんな仕掛けを警察組織全体に施したのか。

「分かりやすく説明してください」

「村岡の会社はなにを扱っているか覚えている？」

曽野の言葉が鼓膜を鋭く刺激する。志水は思わず声をあげた。香川がなにを調べ上げ、なぜ村岡に殺されてしまったのか。曽野の掌にある小さな物体が、雄弁に事件の真相を語っていた。

志水は記憶の中のページをめくる。

パワーデータ社の概要が載っている。主力の取扱商品はテレビ局の業務用データ媒体のほか、小型の大容量ハードディスク、メモリーカードだ。ページをめくると、産業のコメと呼ばれる半導体のブローカーのような役割さえ果たしていた。

警察庁から電機業界に天下ったＯＢ人脈を辿り、村岡は内田に接触を図ったのかもしれない。いずれにせよ、曽野の掌にある無機質なカードが、事件の全容解明に欠かせない部品であることが明らかになった。

5

本部六階の課長室で決裁書類に目を通していると、警電が鳴る。隣のビルから久保田が来庁し、警視庁幹部フロアの総合受付に着いたという連絡だった。

海藤が幹部フロアに駆け込むと、久保田がいつものように口元に薄ら笑いを浮かべて待っていた。

「寝不足ではありませんか？」

「課長になってからまともに睡眠時間を確保できた日はありません。どうかお気遣いなく」

久保田が満足げな笑みを浮かべる。年下のキャリアは大股でフロアを歩き出し、海藤は背中を追う。

「どう切り出すのですか？」

「正攻法でいきましょう」

「分かりました」

廊下を進み、分厚い樫のドアを久保田が勢い良くノックする。中からの声を確認する前に、久保田は扉を開ける。あくまでも主導権を取るという意気込みだ。

上司の肩越しに部屋を覗き込んだ瞬間、海藤は顔をしかめた。

「なぜあんたがいるんだ?」

海藤は内田副総監の隣に座る瞼の腫れぼったい男に言った。

「参謀だと思ってくださいな、海藤さん」

公総課長の曽野が感情の籠らない声で答える。

「今日はどういう御用件ですか、久保田さん」

内田が鷹揚な口調で訊く。

曽野の協力を得て安心しているのか、内田は落ち着いている。だが、目の下にどす黒いクマができている。昨夜、銀座のクラブを出たあと徹夜で対策を練っていたに違いない。

「お互い忙しい身の上です。短時間で済ませましょう。昨晩、銀座でご一緒だった村岡氏とはどういうご関係ですか?」

分厚い革のソファに腰を下ろすなり、久保田が言った。内田は眉一つ動かさず、口を開く。

「仕事上の付き合いでね」

「随分とお親しい様子ですね。しかし、お立場上、民間人から過剰な接待を受けるのはご遠慮ください。公務員に対する風当たりが強いご時世です。一般客から動画サイトに投稿でもされたら一大事ですよ」

久保田が冷めた口調で告げると、内田が一瞬だけ眉間に皺を寄せる。

キャリア同士の殴り合いだ。言葉の一つひとつに鋭利な刃物が装着されている。腕ずくの乱闘ならば分かりやすいが、嫌味な言葉の応酬は下腹に響く。海藤は内田の顔を見る。

「人聞きの悪いことを言わんでくれ。仕事を円滑に回すために飲んだ。それに、なぜ海藤課長が一緒なんだ？」

内田が視線を向ける。

ノンキャリアは自分だけだと海藤は気付いた。捜査一課長という畑違いの人間がなぜ同席する、頭が高い。内田の瞳に、露骨な侮蔑の色が浮かぶ。

海藤は咳払いしたのち久保田に目を向ける。全国警察の刑事部門トップが頷く。対面で曽野が自分を睨む。

キャリアかノンキャリアかは関係ない。あくまでも元捜査員二人の無念を晴らすためにここにいる。海藤は膝の上に置いた拳を握り締める。

「昨晩、副総監がご一緒だった村岡という人物は、殺人事件の重要参考人です」

海藤が告げると、内田が身を乗り出す。

「なんだって？」

内田は驚いた表情を海藤に向ける。

やはりこの二人は綿密に対策を施している。

内田のリアクションはあくまでも演技だ。もとより、内田は警察という大組織の中で、絶妙のバランス感覚で生き抜き、派閥の間を巧みに泳ぎ切ってきた男だ。演技の一つや二つはお手の物だろう。自ら参謀と名乗った曽野が陪席することで、演技にもキレが増す。

「容疑はなんだ？　どんな事件に絡んでいるというのだ。信じられん」

内田が依然として与えられた役割を演じる。海藤は久保田に目を向ける。口元を歪めた久保田は、再度頷く。予定通り、正攻法で衝けという指示だ。

「警視庁ＯＢが二名殺害されました。副総監がご存知の香川さん、そして彼の元上司だった柏倉さんです」

海藤の言葉に、内田がわざとらしくソファから身を乗り出す。

「両件の容疑者が村岡氏なのか？」

「その公算が極めて大きいと言わざるを得ません」

海藤は努めて短く、明確に返答する。

内田と曽野は真相を知っている。一連のやりとりを聞き、海藤は確信した。刑事部がどこまで調べを進めてきているのか、今は慎重に探りを入れているのだ。曽野の動かない黒目が証拠だ。手の内を全て明かすわけにはいかない。

「動機はなんだ？」

内田が首を傾げながら訊く。

「現在捜査中です。詳細は申し上げられません」

「俺は副総監だよ。なぜ言えない？」

職権を使った露骨な情報収集だ。こちらが握っているネタを出した瞬間、曽野が部下に証拠の揉み消しを指示する。海藤が言葉を選んでいると、隣席の久保田が口を開く。

「内田さん、昨晩は村岡氏と相談していたのではないですか？」

「俺が共犯だって言いたいのか？」

内田が久保田に顔を向ける。久保田が前屈みになる。獲物を目の前にした猟犬のような姿勢だ。キャリアの先輩に対し、久保田は事実上宣戦布告したに等しい。

「共犯だなんて言っていませんよ。自首した方がいいとか、公判が始まったあとの情状のことを説明したとか、そういう意味ですよ」

久保田は一歩も退かない。内田が曽野に目をやりながら、言葉を継ぐ。

「昨夜はゴルフの反省会だ。どうせクラブにも捜査員を潜り込ませたんだろう？　報告はなかったのか？」

「たしかにゴルフのお話が中心だったようですね。しかし、村岡氏は必ず挙げますよ」

久保田が強い口調で告げると、曽野が口を開く。

「あくまでも村岡氏を逮捕する、そちらの方針はそう決まっているわけですね？」

曽野が強い視線を向ける。海藤はこめかみの血管に全身の血液が集まる感覚に襲われ、口を開く。

「当たり前だ。二人も殺しているんだ。しかも昔の仲間がやられた。刑事《デカ》人生を賭けて、絶対逃がしはしない」

海藤は奥歯を嚙み締めながら、曽野を睨む。年下の公総課長が睨み返してくる。

「相変わらずドラマの台詞みたいなことを言われるんですなぁ」

曽野が侮蔑的な口調で告げると、海藤は反射的にソファから立ち上がった。

「人の命をなんだと思ってる。俺を茶化すのは構わんが、亡くなった仲間をバカにする発言は許さん。今の言葉、即刻撤回しろ」

「海藤課長、落ち着いてください」

久保田が見上げている。海藤は渋々腰を下ろす。

「刑事人生を賭ける、その言葉に二言はないですね」

なおも曽野が挑発する。

「叩き上げを舐めるな」

海藤が睨み続けると、曽野が肩をすくめる。

「人の命より重いものはないとか泥臭い言葉を言わないでくださいよ。人命より遥かに重い事柄なんていくらでもありますから」

海藤が反射的に立ち上がったとき、曽野はそろりと体をかわし、副総監室を後にした。

6

一四階の課長室前で志水が待機していると、曽野が戻ってきた。すれ違う同僚たちに軽口を叩いているが、目付きが普段より数段険しい。

「どうでした?」

「君の昔の上司もご同席されたよ」

昔の上司という言葉に、志水は反応せざるを得なかった。

「海藤さんですね」

「相変わらず頑固だ」

おどけてはいるが、曽野は溜息をつく。正面衝突したのは確実だった。

「海藤さんということは、事実上、刑事部が仁義を切りに来たということですね？」

「そういうことになるね」

曽野は背広を椅子の背にかけると、大げさに疲れたと言って腰を下ろした。

「今後、どう対応しますか？」

「そうねぇ、まずはオーソドックスに久保田局長や海藤さんたちの秘録と秘撮を徹底して」

「手配済みです」

志水は牛込署特捜本部内の秘録装置を取り替え、より小型で発信力の高い機材を設置したと告げた。

「でもさ、彼らもバカじゃない。帳場で肝心な話はしないでしょ？」

「既に手を打ってあります」

「どんなことをしているの？」

「捜査本部は特別に分室を作り、籠りの準備を始めています」

五分前に帳場を張っている三番と八番からそれぞれ報告が入った。

三番はＳＩＴの坂上を秘匿追尾し、八番は牛込本部の責任者である鹿島管理官を張らせた。

秘録を警戒した特捜本部の面々は、海藤の指示で両国橋の分室に秘密の会合場所を設けた。

志水は報告を受けた事柄を事務的に伝える。

「追尾を警戒してなんども電車を乗り換えたり、タクシーを乗り継いだりしていましたが、所詮素人です」

「引き続きウォッチしてね」

曽野が安堵の息を吐き出したとき、志水はデスクに一歩、近づく。

「両国橋の分室という点が気になります」

「どうして？」

「両国橋は、主に四階の連中が使う場所です」

「あっ、そうか」

「新宿署時代、なんどか刑事課の知能犯担当のベテランに同行しました」

警視庁管内には、所轄署のほかに機動隊の分駐所が各地にある。それだけでなく、民間の商業ビルを賃貸する形で、いくつもの分室が存在する。民間人を秘かに参考人聴取するような際は分室が秘密アジトに姿を変える。

「牛込の帳場は四階と連携するつもりではないでしょうか？」

「ちょっと厄介だね」

本部四階には知能犯担当の刑事部捜査二課がいる。

詐欺や横領、汚職捜査のエキスパート集団だ。二課は狙いを定めた被疑者を行確する。面識犯捜査という点で公安との共通項は多い。

被疑者に気付かれてしまえば、関係書類の破棄を始め、関係者間の口裏合わせも招いてしまうため、内偵捜査は極秘のうちに行われる。

志水が新宿署にいたとき、企業舎弟の詐欺捜査を手伝った。殺しの帳場で荒くれ捜査員の怒号が飛び交うのに対し、二課の事件はひたすら沈黙が支配する。

筋読みは担当管理官と主任警部だけが行う。末端捜査員は調べの全容を知らされていない。上意下達の徹底ぶりという点も似ている。二課が加われば、相当に手強い相手となる。

「内田さんと村岡の関係を株価絡みで炙り出されたら、有力な公判証拠となります」

「それは困るね」

そう言いながら、曽野が手元に手帳を広げる。昨晩、内田から得た自供内容を確認している。

「大阪府警の古い資料に株価と村岡に触れた一件があったよね？　府警の担当に頼んで当時の資料を隠してもらうよ」

「兎沢たちが当時の捜査員に触るリスクはどうします？」

「それも僕が手配しておく」

曽野がキーボードを引き寄せ、メールを打ち始める。タイピング音を聞きながら、志水は頭の中で兎沢らの動きを組み立てた。

籠り部屋の秘録はどうするか。商業ビルの管理人か電力やガス会社の定期点検という名目で人員を潜り込ませることが可能だ。過去に訪れた分室の間取りを思い出しながら考えた。しかし、日頃仲の良くない一課と二課が連携するとなれば、刑事部の覚悟は本物だ。早晩、株価操縦に絡んだ村岡の不正に辿り着く。

志水が天井に目を向けたとき、キーボードの音が止んだ。

「色々と心配かけて悪いね。最悪のタイミングが来たら、切り札使うからさ」

曽野が志水を見上げている。日頃軽口を叩く曽野だが、切り札などと芝居がかった言葉を使ったためしがない。冷静な曽野も次第に追い詰められてきている。

「課長とっておきの切り札ですか？」

「そうだね。先方の課長さんに〝刑事人生賭ける〟って言われてね、結構腹が立っているんだよね」

厚ぼったい瞼の奥で、上司の瞳が鈍く光る。

「僕のやり方、間違ってるかな？」

曽野の冷めた視線が志水の顔を貫く。

「踏み絵ですか？」

「昔の上司と面倒を見た優秀な部下が絡んでいるからね、一応、確認しておくね」

曽野は踏み絵という言葉を否定しなかった。長期間行動をともにしても、全幅の信頼を置くことなく、常に周囲の人間に対する警戒を怠らない。曽野の姿勢はこの期に及んでもぶれない。曽野の目を直視し、志水は言う。

「副総監の一件が漏れれば警察の威信は地に落ちます。国民の信頼が低下すれば、反社会的勢力やテロ組織の思う壺です」

偽りのない本心だった。もはやどこにも帰る場所はない。警察という組織が家であり、自分の体だ。この居場所を守らねば、自分は存在する意味を失ってしまう。

「任せてください」

自ら吐き出した言葉が、耳殻《じかく》の奥でなんども反響した。

7

隅田川を見下ろす商業ビル五階の会議室で、兎沢は江畑とともに会議机を並べる。坂上は

SITの自席から持ち出した大型のノートパソコンを三台、手際良く並べていく。

「この部屋の防御態勢は？」

久保田局長が部屋の中を歩きながら訊く。

「隅田川の向こう岸からの距離は十分取ってあるから問題なし。窓に電波を照射して盗聴する方法はだめだね。鑑識課にいる無線の掃除屋にチェックさせたけど、盗聴器の設置はゼロだった」

キーボードを叩きながら、坂上が早口で答える。

「公安《ハム》に真っ正面から仁義を切った以上、きっちりネタを固めてください」

久保田はそう言い残して部屋を後にした。

兎沢が雲の上の上役を見送ると、入れ違いに禿頭で背の低い老人が入室した。兎沢の傍らにいた海藤がすぐに反応する。

「捧《ささげ》さん、ご無沙汰しております」

海藤が深く頭を下げているのを見て、兎沢も慌てて頭を下げる。

「やめてくれよ、一課長に頭下げられたら、どうしたらいいか分からんよ」

捧という老人が、見てくれとは正反対の野太い声で応じた。

「元二課の警部補《しゅにん》で捧さんだ」

「一課第四強行犯係の兎沢です。ご協力、ありがとうございます」

「堅苦しい挨拶は抜きだ。それより、雲霧一派の人間が被疑者だって？」

大きな音を立てながら、捧がパイプ椅子に腰を下ろす。

香川が遺した上申書をもとに、坂上がプレゼンテーション用のソフトで簡略化した。兎沢はソフトに落とし込まれた要点を捧に説明し始める。

〈一、犯人グループの狙い↓CD配備はあくまでも犯人グループの陽動作戦だった公算が大〉

兎沢は、香川がこつこつと調べ上げた雲霧事件の全容を捧に伝えた。

「この見立ては当たりだぞ」

腕組みをした捧が唸る一方で、海藤が後ろ頭を掻き始めた。

「俺と当時の部下は、ムービーショップのオーナー社長が絡んだマルチ商法を追った。その過程で、雲霧事件の話が飛び込んできた。調べたら、たしかにこの上申書が示す通りの株価操作の存在が浮かび上がった」

「すみません、当時の特捜は怨恨で突っ走りました」

海藤がなんども頭を下げる。

「大阪府警がグリ森で振り回されたのと同じで、雲霧の一件も警視庁はやられっ放しだった」

捧が天井を見上げ、言った。咳払いしながら、兎沢は資料のページをめくる。

「もう一つは警視総監経験者連続殺傷事件です」

「あれともつながるのか？」

兎沢は大物OB二名と当該企業の株価推移を画面に表示させた。捧が目を細めながらチャートを追い、銘柄名を見た瞬間に反応した。

「そうか、俺が退職してから複数の特別協力者からタレコミを受けたのは、これだったんだ」

「タレコミ？」

すかさず海藤が反応する。兎沢も捧を見る。

「そうだ。露骨な株価操作が行われている。ただの仕手筋じゃない、そんな内容だった」

「では、香川さんの二件の見立ては？」

兎沢は捧の顔を凝視した。年老いたOBはなんども頷いたあと、口を開いた。

「相当な信憑性ありだな」

兎沢は海藤と顔を見合わせた。捧が自信ありげに胸を叩く。

「二課《ナンバー》の後輩連中には俺からも協力要請しておく。株価データの分析に強い面々に全面的にバックアップさせるよ。死んだ仲間の見立てを無駄にするわけにはいかんだろう」

「ありがとうございます」

兎沢は頭を下げた。日頃、上司に楯突くことが多いが、捧のひと言は心底ありがたかった。

そのとき、黙々とキーボードを叩いていた坂上が素っ頓狂な声をあげた。

「あった、これだよ」

「なにがあったんだよ」

兎沢が怒声をあげると、坂上が手招きする。

「早く来て」

兎沢が立ち上がると、海藤、そして捧も続いた。

「もったいつけんなよ、課長まで立たせやがって」

兎沢が坂上の背中に回り込むと、画面の中に写真が映っている。海藤、そして捧も坂上の背後に集まった。

「なんだよ、こんなもんで呼びつけやがって」

「これ、香川さんが最後まで厳重に隠していたファイル」

坂上は一旦、写真を縮小すると、基になったファイルを画面いっぱいに展開させた。

〈添付資料：取扱注意〉

画面の中に大きなフォントが見える。

「このファイルに香川さんが設定したパスワードが三重にかかっていたんだけど、ようやく突破できたんだ。それで、ここを見てよ」

坂上がキーボードを叩くと、縮小されていた先ほどの写真が拡大表示された。なんの変哲もない部品だった。兎沢は首を傾げる。

「携帯電話やスマートフォンに使われているメモリーカードじゃねぇかよ。大げさなんだよ、これのどこが大事なんだ？」

「兎沢さん、相変わらず鈍いなぁ。村岡の会社はなにを扱っている会社なの？」

「パワーデータ社だろ、パソコンかビデオのケーブルでも作ってんのか？」

「だからぁ、まさしくドンピシャじゃん」

太い指で、坂上が画面を指す。

「あっ、そういうことか！」

兎沢の頭の中で、数日来の捜査の光景がフラッシュバックする。香川がなぜ衝き動かされるように調べを進めたのか、画面の中に答えが表示されている。この事実を突き止めた香川が念には念を入れ、データを移管させた理由が判明した。

「でかした」

大きな掌で、兎沢は力一杯坂上の肩を叩いた。

「喜ぶなら、このファイルをチェックしてからにしてよね」

坂上が別のファイルボックスをクリックすると、村岡の顔写真が画面に現れる。その下には、香川が遺したメモが並ぶ。

〈杉の屋デパート保安課のメンバーとして三日前に村岡社長と面談。退職後も調べを続けた結果を伝えるも全面否定される……〉

「これは……」

兎沢は画面をスクロールするよう坂上を急かす。

〈ファイルのコピーを村岡社長に進呈するとともに、同じ内容のデータを警視総監宛に送付予定であることを明かす……〉

「香川さんは、村岡に真正面から仁義を切った。当然、自分に危険が及ぶことを覚悟していたはずだ」

兎沢が唸ると、坂上が頷く。

「村岡は秘かに香川さんを監視し、基となるデータを奪取しようと試みた……」

兎沢は頭に浮かんだ相関図を辿る。

村岡が狡猾な犯罪者だったとしても、周囲の目がある杉の屋デパートでデータを奪取することは不可能だった。保安課副主任の田所からは、香川宛の不審な電話がなんども入ったと聞いた。電話の主は村岡だったのだろう。

探偵を雇う、あるいは自分自身で香川の生活を公安のように監視したのではないか。早朝、戸山公園をジョギングするという情報を得て、香川を待ち伏せし、凶行に及んだのではないか。

兎沢が自らの見立てを会議室のメンバーに告げると、海藤が口を開く。

「村岡の供述を待つしかないが、仮に上申書が受理され再捜査が動き出すと、奴はまずい立場になったはずだ。だから香川さんを殺し、データの転送先である山形まで追跡した……」

海藤は自らに言い聞かせるように言った。兎沢が訊く。

「まずいことってなんですか？　社会的な信用が落ちるとか？」

「いや、違う。かつての雲霧一味から突き上げられる、いや、消される恐れがあったんじゃないのか」

兎沢はなんども頷いた。海藤が口にした見立てには説得力がある。

「総監経験者連続殺傷事件にしても、一味の誰かが身代わりで出頭したとしたら、理屈は合う。家族の面倒は死ぬまで見るとか、条件をつけてな」

事件終結を一方的に宣言した村岡を含む雲霧一味は、忽然と姿を消した。一味の結束の度合いや掟の類いは知る由もないが、メンバーの誰かが警察に嗅ぎ付けられるような事態になれば、一味全体の秘密を守るためにほかのメンバーが証拠を消す、すなわち殺されるという恐怖が村岡にあったのではないか。とすれば、香川、柏倉という警視庁OBを殺すだけの動機になる。

「一刻も早く村岡の身柄を取り、全容解明を」

会議室メンバーを見渡し、兎沢は言い切った。

8

海藤が電話を入れてから一時間半後だった。久保田が再び両国橋の特設分室に顔を出した。

「携帯は盗聴リスクが高まりますからね。気にしないでください。くだらない議員会館巡りを抜け出す良い口実になりましたから」

久保田が薄い唇を舐めた。頭の中で様々な事件の構図を描くときのくせだ。

「被疑者の村岡と内田副総監はコレでつながっていました」

海藤は胸のポケットから小さなメモリーカードを取り出す。

「村岡という男は、パワーデータとかいう会社の社長でしたね？」

そう言った直後、久保田はもう一度唇を舐める。海藤が説明を続けようとしたとき、久保田が右手で制した。

「そうか、なるほど」

「もう読めましたか？」

「内田さんはかつて警察庁の装備課長をやっていましたね？」

海藤は頷く。キャリアの鹿島管理官を使い、内田の経歴を徹底的に洗った。村岡が電子部品問屋を辞めたタイミングが臭った。雲霧事件が犯人グループによって一方的な終結を宣言された直後に当たる。

「雲霧事件では、実際に犯人グループに渡ったカネは数百万でしたが、ムービーショップ社やその周辺の人脈が手にした濡れ手で粟の利益は三〇億円近くに達していたそうです」

海藤は捧に目をやり、言った。

「その後村岡は儲けの一部を起業に注ぎ込み、実際に成功したわけです」

海藤の言葉に久保田が納得したように頷いた。背後から、兎沢の声が響く。

「亡くなった香川さんが勤務していた杉の屋デパートの保安課では、防犯カメラの記憶媒体としてこのカードが採用されていました。ハードディスクもそうです。香川さんは同僚がパワーデータから袖の下をもらっている事実に気付き、諫《いさ》めていました。その時点で、村岡の存在に辿り着き、調べを進めていたものと思われます」

言葉を引き取ったあと、久保田が唇をなんども舐め回す。

「装備課長時代の内田氏は、なんらかの弱味を村岡に握られた可能性がありますね」

久保田が指摘した通り、内田と村岡の接点はたしかにあった。

装備課長時代だ。全国津々浦々に広がる警察組織の備品調達の総責任者時代に当たる。内田を籠絡した村岡は、利幅の大きな半導体ブローカーとしても成長し、内外の電機メーカーの新製品開発や在庫の圧縮などに顔役として登場する。

「鹿島管理官によれば、当時フロッピーディスクや電子機器の接続コネクターを主力にしていたパワーデータが、突然警察庁の出入り業者として食い込んできました」

背後に控えていた坂上から書類を受け取ると、海藤は久保田に手渡す。刑事局長は両目を見開く。猛烈な速度で黒目が動く。

「なるほど、隙間的な商品だし、一個の値段も張らないから随意契約していたわけですね。しかし、これが全国の警察署に行き渡るとなれば、動く金額は半端ではない」

一五枚綴りの書類をあっという間に読み終えたあと、久保田が書類を戻す。

「いまどきフロッピーディスク使っている所轄なんてありませんからね、それでそのメモリーカードってことですね」

「これをご覧ください」

海藤は半年前の新聞記事のコピーを取り出し、久保田に手渡した。

「埼玉に続き、神奈川もですか。たしかにこの試みは内田さんの息のかかった部下が主導していましたね」

半年前、警察庁が音頭を取って始めた試みだった。白バイや高速道路の覆面パトカーにドライブレコーダーを設置し、逃走犯の追跡に活かす。ドライブレコーダーに内蔵されているのが超小型のメモリーカードだ。

爪の先ほどの大きさのカードだが、32GB、通常モードならば八時間程度の録画が可能だ。

「証拠用にメモリーカードのデータ上書きはしない。つまり、白バイ隊員が一日乗務したら、翌日は新しいカードが必要になる。これが全国に広がれば、パワーデータの旨味は大きい、そういうつながりということですね」

久保田が薄ら笑いを浮かべ、言い切った。

「その通りです。埼玉、神奈川の予算を分析したところ、メモリーカード分の経費はそれぞれ年間一億円を計上しています」

「白バイと高速隊でその額ですから、警らや交通機《こうき》動隊の分まで導入するとなれば、予算はもっと膨れ上がります。随意契約でどうこうするべきじゃない」

海藤の目の前で、久保田の瞳が鈍い光を発した。

久保田自身、捜査の現場を踏んだ回数は少ない。だが、久保田の眼光は、獲物を追い詰める刑事の目だった。警察という巨大組織の中で、久保田は日々刑事畑の領土拡大を目指している。警備公安という恰好の獲物を前に、久保田は猟犬と化している。

「あっ」

突然、坂上が声をあげた。画面を覗き込むと、メールが着信している。

「どうした？」

「ちょっと待って」

坂上がキーボードを叩き続ける。画面に表示されるデータが次々に切り替わる。

「……出たぁ」

坂上がキーボードから両手を離した瞬間、画面が三つに分割表示された。一番左には指紋、真ん中に毛髪、右側にコンクリートの染みが映る。

「右のデータはなんだ？」

海藤の問いかけに、坂上が頷いた。

「戸山公園の音楽堂跡に残っていた唾液痕」

海藤は画面の下方向に目をやった。

「九九・九九％ということは、あれだな」

「戸山公園の遺留物、山形の現場に落ちていた毛髪、それに兎沢さんの背広に残った指紋を解析した結果、ＤＮＡが全部一致、やった」

海藤は久保田に目をやる。なにも言葉を発しないが、刑事警察のトップはなんども頷いた。

「任意同行《ニンドウ》かけますよ」

背後で兎沢の声が響いた。

「邪魔が入る前に、身柄《ガラ》取ってこい。仲間を二人も殺したんだ。絶対に許さん」

海藤が言い終わらないうちに、兎沢が会議室を飛び出して行った。

9

〈兎沢君が血相変えて両国橋を出たらしいよ〉

若松町で部下と指揮車に乗り込んだ直後、志水の眼前の無線機から曽野の声が響いた。

〈行き先は？〉

「村岡氏のところしかないでしょうね」

自分でも冷静に告げているのが分かる。

どのようなネタを兎沢が摑んだのか、詳細は知らされていない。だが、自分が刑事としての基礎を徹底的に叩き込んだ兎沢が、闇雲に突っ走るはずはない。まして、兎沢の背後には百戦錬磨の海藤が控え、広域捜査で数々の功績を残した久保田も張り付いている。

志水は指揮車を出すよう指示すると、無線機のマイクを握り直す。回線のボタンを曽野、志水配下の全捜査員が聞けるチャンネルに切り替える。

「村岡氏の身柄を捜一の兎沢が取りに行く。各局連絡を」

〈三番、村岡担当です。現在、お客さんは神田小川町の執務室で顧客と商談中〉

〈一六番、パワーデータ社内部にコピー機メンテナンスの営業マンとして潜入中。まもなく客と昼食に向かう気配濃厚〉

小さなスピーカーを通して、五名分の報告が飛び込む。

〈兎沢君が来たら、体当たりで止めてもらわないといけないね〉

曽野の冷めた声が響く。

〈二三番、お客さん、両国橋から神田方向に急行中〉

なお続々と報告が届く。兎沢はどんな確証を得たのか。曽野と部下たちのやりとりを聞きながら、志水は懸命に考えた。

〈志水キャップ、なにか打開策はないの？〉

焦れた様子で曽野が急かす。

曽野は明らかに苛立っている。耳に意識を集中させたまま、志水は手元のノートパソコンを起動する。

左耳にイヤホンを挿し込み、兎沢の秘録データを高速で再生させた。視線は画面に固定する。動画再生ソフトを起動させ、秘撮映像を一〇倍速で流し続ける。

〈志水キャップ、聞いてるの?〉

「お待ちください」

秘録の音声データの二時間分のカウンターが画面に現れたとき、志水は目を見開いた。兎沢に対する秘匿追尾を開始して間もないタイミングの録音だった。

巻き戻しボタンに手をかけ、問題の部分を再度聞き直す。志水の左耳の奥で、兎沢の野太い声がなんども響く。つまみに手をかけ、音量を大きくしてもう一度再生する。

瞼が引きつっていくのが分かる。掌にべっとりと汗が滲み始めた。喉元から心臓が飛び出そうなほど、鼓動が大きく、速くなっていく。

停止ボタンを押した志水は、無線機のマイクに手をかけた。

「ありました」

〈彼の体当たりを止めても大丈夫かな?〉

「大丈夫です」

そう言った直後、志水は曽野に対してある組織の名を告げた。

〈分かった。至急、手配するね。ありがとう〉

一方的に曽野が無線を切る。この証拠があれば、兎沢を止めることができる。一番確実な方法だ。

秘録データを手早く編集し、メールに添付したところで、不意に手が止まる。

突然、頭の中に兎沢の顔が現れた。顔を赤らめ、ビールを飲んでいる。西早稲田のアパートで変死体事案を処理したあと、早稲田の大衆食堂で打ち上げをやったときの光景が鮮明なスライドショーのように頭の中で回り始めた。

今、このメールを送信してしまえば、兎沢は捜査の第一線から外される。いや、それだけではない。警官の職を奪われる公算さえある。

掌の汗が、大量に滴り落ちそうな錯覚に襲われた。動悸が一段と激しくなる。

ボタンを押せ。自らに強く言い聞かせる。兎沢を差し出せ。邪魔者を排除しなければ、自分の居場所がなくなる。兎沢を捨て駒にして警察全体の面子を守らねば、自分自身の存在意義が消失する。

両目を見開いたあと、志水はエンターキーを叩いた。

10

神田小川町の商業ビル前で、兎沢はスカイラインを急停車させた。ドアを開けると、背広姿の男、そして作業ジャンパー姿の男が駆け寄ってきた。

「いるな？」

兎沢が親指を立てて尋ねると、二人の若い巡査部長が頷く。

「執務室で客と会っているそうです」

背広姿の巡査部長は、人材募集専門の広告代理店の飛び込み営業を装い、村岡の所在を確認していた。

「詳しい事情は聞いていませんけど、上層部《うえ》とつながりのある人らしいですね。大丈夫ですか？」

ジャンパー姿の部下が表情を曇らせている。

「心配なら、帳場へ戻れ」

「いえ、そんなわけではありません」

「かつての仲間を二人も殺った被疑者だ。上層部だろうがなんだろうが関係ない。おまえ、自分の肉親が同じ目に遭っても、上層部を気にするのか」

「とんでもない」

「なら、やることは一つだ。証拠《ネタ》は固まってる。今頃、海藤さんが地検と調整に入っている頃だ」

兎沢は、両脇で自分を見上げる後輩二人の肩を強く叩いた。

「行くぞ」

兎沢が透明なガラス戸に向け、足を踏み出したときだった。

「兎沢警部補、待ちなさい」

反射的に振り向くと、三名のダークスーツの男たちが兎沢の背後に集まった。今まで会ったこともない男がなぜ名前と階級を知っているのか。

「ちょっと話を聞かせてもらう」

兎沢の真正面にいる背の低い男が言った。

「忙しい、あとにしてくれ」

「だめだ」

背の低い男は兎沢を見上げたまま、胸元から手帳を取り出した。

「人事一課監察チームの高田《たかだ》だ」

「監察？」

兎沢は顔写真付きの手帳を見下ろした。階級は警部だった。

「評判は最悪でしょうが、監察の手を煩わすようなことはしていません」

「こちらは重大な懸念を持っている」

高田警部は身じろぎせずに言った。視線は怒りと軽蔑を含んでいる。

「とにかく、これから任意同行《ニンドウ》かけます。そのあと監察官室に顔を出します」

「これは命令だ。すぐに我々と一緒に来てもらう」

兎沢は舌打ちすると、自分の部下二人に目をやった。目線で任意同行に向かえと伝えた。

二人が扉に向けて体の向きを変えると、高田の部下が行く手を阻んだ。

「もう一度、言います。すぐに我々と同行するように」

兎沢は頑強に頭を振った。

「嫌だね。被疑者の身柄確保が優先だろうが」

兎沢が怒鳴り返すと、スカイラインの前に黒塗りのクラウンが急停車した。ドアが開き、制服姿の男が降り立つ。銀座のクラブで落ちつかない様子だった内田が、下腹を突き出し、強い口調で告げる。口元には薄笑いが浮かぶ。

「兎沢警部補、高田警部の指示に従え」

「副総監……」

「君に対する重大な嫌疑が浮上した。高田警部、すぐに確認を」

内田が指示すると、高田が頷く。

「兎沢警部補、財布を見せなさい」

「財布？」

兎沢が首を傾げると、高田が口を開く。

「早くしなさい。副総監の手を煩わす気か？」

舌打ちしたあと、兎沢は尻のポケットから折りたたみ式の革財布を取り出した。高田がひったくるように中身のチェックを始めた。

なぜ財布なのか。全く心当たりがない。

上司に楯突くのは毎度のことだが、監察の警部《かかりちょう》が自ら乗り出してくるほどのトラブルは起こしていない。

事件関係者の弱味を握り、毎月袖の下をもらうような輩は所轄にたくさんいるが、カネについては身ぎれいにしてきた。安月給だ、転職すると悪態をつくのは、娘を救ってやれなかった自分に対する戒めだ。とっとと警察を辞めてしまいたいが、転職しても刑事ほどのやりがいを見出せるか自信がない。

娘の命を奪った公安警察を憎んではいるが、刑事警察を離れる度胸がない。歪んだ自分の心から吐き出された思いが、荒れた言葉に凝縮されているだけだ。

「残念だったな、兎沢君」

副総監が苦笑いする。なぜ内田まで現れたのか。

キャッシュカードやクレジットカードの類いにも問題はない。取引口座は警視庁職員信用組合《けいしん》のみだ。消費者金融会社《サラキン》のカードでもあればこじつけで懲戒処分を受ける可能性があるが、その懸念もない。

監察という単語が頭蓋の奥で反響する。監察は警官の不正を質す専門部署だ。犯人を追いかけ回すプロの刑事をも検査対象にするため、行確がうまいと聞かされている。

頭の中に行確という文字が点滅した途端、別の噂も浮かんだ。公安と監察は警備畑で人材の交流も盛んだ。高田は公安出身者ではないのか。

高田が札入れを凝視している。

「いったい何なんですか？」

兎沢が告げた直後だった。高田の手が止まる。

「アウトだね」

「まさか、手品みたいにサラ金のカードでも紛れ込ませたんですか？　ヤラセは勘弁してくださいよ」

「監察官はそんな不正を働かない。これだ」

高田が青い紙の綴りを手に取った。杉の屋デパートの食券だった。

「動かぬ証拠というやつです。早くウチの車両に」

高田が言った直後、ダークスーツの男二人に突然、両脇を固められた。兎沢は下唇を嚙み締めた。陰湿な搦め手だ。ずっと追尾された挙げ句、尻尾を摑まれた。

娘の命を奪った公安が、今度は自分をも搦め捕った。こめかみに通じる血管全てに、全身の血液が集まってくるのが分かる。兎沢はありったけの声で叫ぶ。

「そんなことでしょっぴくのか？」

「立派な犯罪です」

高田が目線を合わせず、事務的な口調で告げた。そのとき、やりとりを見続けていた内田の視線がビルに向く。

「村岡さん、私の車にどうぞ。ちょっと緊急のお話がありましてね」

内田の視線を辿ると、分厚い胸板の村岡がいた。愛想笑いを浮かべている。

「色々とご配慮をいただきまして、ありがとうございます」

村岡は兎沢を一瞥し、深く頭を下げている。

「おまえら、全員グルなのかよ」

兎沢が絶叫すると、両腕が猛烈な力でねじ上げられ、軋んだ。

11

首席監察官からの電話を切った海藤は、久保田と坂上に体を向けた。

「兎沢がやられました」

「なにがあったんですか？」

久保田が首を傾げて訊く。

「村岡の目の前で、兎沢が監察にパクられました」

「監察？」

坂上が眉根を寄せている。海藤は頭を振った。

「鑑取りに行った杉の屋デパートで、香川さんの部下から食券を強請り取ったそうだ」

坂上が思い切り顔をしかめ、下を向く。久保田の瞳に怒りの色が現れた。

「監察はなぜそんな事実を摑んだのですか？」

「おそらく、杉の屋デパートでの捜査が盗聴されていたのでしょう。公安ならなんでもやりますから」

「盗聴で摑んだ事実で処分は酷いよ」

　坂上がむきになって言った。

「一般人をパクるときは無理だ。違法行為だからな。だが、内部の処罰だ。いくらでもこじつけは可能だ。結果的に、杉の屋デパートの人間に脅し取られたと証言させた上で、兎沢の財布からブツが出てしまったらどうしようもない」

　海藤は携帯電話を取り出し、村岡を張っている捜査員を呼び出した。

「兎沢の一件、どうなってるんだ」

〈すみません、たった今、目の前で監察に連行されました〉

　たった今、という言葉を聞き、海藤は携帯電話を床に叩き付けたい衝動にかられる。全て仕組まれていた。

「それで村岡はどうした？　兎沢がいなくとも任意同行くらいできるだろう」

　自らの声が焦れているのが分かる。だが、電話口からは予想外の返答があった。

〈内田副総監の車に乗ってしまいました〉

「なんだと？」

　全ては公総の曽野課長が仕組んだことだ。

村岡は内田とつながっている。村岡の身柄《ガラ》を取る直前に、最前線にいる兎沢を攫ってしまえば、あとは内田と村岡が接触した痕跡を消し去り、村岡が香川、そして柏倉を殺したという証拠そのものも隠匿する。内田副総監を守るために、公安が猛烈に巻き返している。

〈一応、追尾は継続しています〉

現場の若手の声が上ずる。舌打ちを堪えた海藤は、現場の報告を久保田に伝えた。すると、たちまち久保田の目が充血し始めた。

「追尾は続けさせてください。対応策を考えましょう」

久保田はそう言ったきり、腕組みしてパイプ椅子にへたりこんだ。

「今、どこを走っているんだ？」

〈神田橋のインターから首都高に入りました〉

「どこに向かう？」

〈それが、湾岸線方向です〉

湾岸線という単語が持つ意味を、現場捜査員も分かっているらしい。声が擦れている。

「成田にでも行かれたら、飛ばれてしまう」

海藤は自ら発した言葉に我に返った。

内田が積極的に村岡を逃がそうとしている。

兎沢の身柄を監察に取らせた上で、自らが村岡を護衛する。猟犬のような現場捜査員たちとはいえ、副総監車両に手を突っ込むことは不可能だ。

内田の取った不自然な行動は、そのまま村岡の犯行の信憑性《しんぴょうせい》を裏付けるものに他ならない。

「引き続き追尾せよ。異変があれば知らせろ」

海藤はそう言って電話を切った。椅子に座る久保田に歩み寄ると、海藤は口を開いた。

「内田さん、マル被を逃がすつもりです」

「どうする？」

刑事警察のトップの瞳から怒気が抜けていた。

「まさか、そこまでやるとは……」

空気の抜けた風船のように、久保田の声が萎《しお》れる。海藤は膝を折り、久保田の肩を摑んだ。

「総監に話を通しましょう」

「無理です。彼は内田さん以上にゴリゴリの公安畑です」

オールバックの白髪、唇の分厚い男の顔が頭に浮かぶ。警視庁公安部長や警察庁警備局長を経験した保守本流の警備公安畑出身者が現職の警視総監ポストに就いている。

「では、長官はどうです？」

久保田が力なく頭を振り続ける。

「彼は中立派ですが、バランスを重視する人でしてね。対立を煽るような案件にOKを出すはずがありません」

海藤の眼前で久保田の心は完全に折れた。

久保田と内田は二期違いだ。将来の長官、警視総監の座を巡り、長年、互いに牽制を繰り返してきた。それは刑事警察全体のガス抜き対策として、警視総監や警察庁長官がある程度容認してきたからこそできたことなのだ。

計算高い久保田は、両トップの天秤の具合を読み、陣地拡大を図ってきた。だが、直面する事態は、久保田の想定を軽々と超えてしまった。警察組織全体が、香川が掘り起こした過去の犯罪を隠匿しようと猛烈な勢いで走り出している。

「ちくしょう！」

突然、坂上が奇声を発した。

「落ち着け！」

「ふざけんな！」

ありったけの声で叫んだ坂上が海藤の脇をすり抜け、ノートパソコンに駆け寄る。

海藤は坂上の脇に立ち、肩に手を置いた。坂上はパソコンを立ち上げると、キーボードを叩き始める。三〇秒に一度の割合で、坂上は爪を噛む。テンションが極限まで高まっている。

「向こうが違法行為に出るなら、こちらも対抗しようよ」

坂上が画面に視線を固定させたまま、ぶっきらぼうに言った。

「なにを考えてる」

「目には目を」

キーボードを叩く両手が凄まじい速さで動き、数字とアルファベットが入り交じったファイルがいくつも画面の中に現れる。

「たしか、兎沢さんと戸塚時代に一緒だった人が公総にいるんだよね。兎沢さんの大事な娘さんを殺した酷いヤツ」

坂上が強い口調で言った。

「志水か？　それがどうした」

「フルネームを教えてよ」

「なぜだ？」

「いいから、課長、早く」

怒鳴り声に近かった。

「志水達也だ」

「了解」

坂上が口を真一文字に閉じ、画面下の小さなボックスに志水の名を打ち込んだ。

第八章　暴露

1

志水が一四階の課長室に入ると、曽野が椅子の背もたれに体を預けていた。

「ご苦労さん、さすがに疲れたね」

「村岡氏はどうなりました？」

「内田さんの依頼で急遽中国に出張してもらった」

「万が一総監や長官が寝返っても中国とは犯罪人引き渡し条約がありませんからね」

「内田さんはこういう手回しだけは抜かりがないんだ」

軽口とともに、曽野が安堵の溜息を吐き出す。

「兎沢はどうなりました？」

「今頃、監察官室でみっちりやられてるはずだ。当分帰宅は無理だし、解放されても二四時間フルに監視される」

「そうですか」

志水が応じると、曽野が身を乗り出す。

「今さら良心の呵責《かしやく》とか言わないよね？」

また踏み絵だった。

志水は強く頭を振る。秘録データを送る際、エンターキーを押した瞬間に兎沢の記憶も自身の記憶装置から完全に消去した。

「一課にいること自体も無理でしょうね」

「運転免許試験場の検査員か離島の駐在さんという線もあるね」

普段と同じ軽い口調だったが、曽野の目が鈍く光る。

人事一課の監察チームは完全に公総支配下にある。公総が人員の補充を拒めば、監察の対警察官の行確チームは一挙に崩壊する。

曽野の一声で兎沢は刑事を続けられなくなり、警察組織に在籍する限り永遠に這い上がることはできない。民間に出たとしても、二四時間体制の監視は死ぬまで継続される。

「失礼します」

志水の背後でドアが開く。振り返ると、外事三課の警部補が分厚いファイルを携え、立っていた。警部補は志水を一瞥し、立ち止まった。

「構わないよ、入って」

曽野が警部補を手招きした。

「昨日までの一週間、国際会議の妨害を図りそうな連中を監視しました。報告書です」

警部補が前に進み出てファイルをデスクに置いた。

「どんな感じ？　弾けそうな不良外国人はいるの？」

「アラブ系のテロ組織につながっている連中は平穏ですが、グローバル化になんでも反対するＮＧＯの武闘派が来日しました。もちろん視察《カンシ》は強化しています」

志水はぼんやりと二人のやりとりを聞いた。兎沢と村岡の成り行きを聞き、張りつめていた緊張が和らぐ。

警部補がファイルを開いたとき、背広のポケットでスマートフォンが震えた。取り出してみると、電話回線に着信の履歴があった。リダイヤルしてみると、通販会社のオペレーターの機械的な音声が聞こえる。新手のセールスだった。電話回線を断ち切り、再び二人のやりとりに聞き入る。

報告を受けた曽野がキーボードを叩き、入管から取り寄せた画像データを表示させる。

公総は公安部の中で筆頭課に当たる。一課から外事まで全ての事細かな報告が曽野のもとに集中する。

曽野が警部補に指示を飛ばす。上司の声を聞きながら、日常が戻ったと実感する。

村岡を海外に出すことで、さらなる時間稼ぎが可能になった。あとはほかの揉み消し専門の部隊が香川や柏倉殺害の痕跡の中から、村岡の証拠を抜き取り、事件は迷宮入りになる。

頭の中の天秤は、明確に組織全体の体面維持を選んだ。自分の判断に間違いはない。既に兎沢の怨嗟の声が聞こえてくることもない。あとは淡々と通常の活動に戻るだけだ。志水は掌のスマートフォンに目をやった。画面に触れ、スケジュール表を見る。

教会のインチキ商法の監視に戻る。部下に任せきりにしていた数日間を取り戻さねばならない。

メールソフトを立ち上げ、部下宛に現場復帰を知らせ、数日来の報告書を出すよう伝えた。

「それではこれから若松町に戻ります」

志水が告げると、曽野が立ち上がる。

「今回はよくやってくれたね。今度、カレーライスでもご馳走するから」

曽野の瞳に宿っていた鈍い光が消えていた。

カレーライスは曽野の部下に対する最大限の労いの言葉だった。日比谷公園内の老舗レストランの昔ながらのカレーを部下に振るまい、昇進を約束する。曽野が以前から実践してきたやり方だ。

自分自身の居場所を確保した。カレーライスという言葉に触れ、志水は足元にまとわりついた泥濘《ぬかるみ》が消えたと感じた。

2

キーボードを叩きながら、坂上が独り言を繰り返す。耳を澄ますと、コンピュータ関係の専門用語のコマンドを自分なりに再確認しているようだ。

「彼はなにをしているんだ？　もう小一時間あの状態じゃないか」

脱力しきった久保田が海藤に顔を向け、言った。

「私には理解できません」

海藤が答えた直後に坂上が振り返り、口を開いた。

「ちょっと静かにしてよ」

黒目が中央に寄り、白目が真っ赤に充血している。海藤は気圧された。

坂上は再びノートパソコンと格闘を始める。爪を噛む頻度も格段に上がる。左の親指の爪は、薄らと血が滲んでいる。

久保田は既に関心が失せたようで、腕組みして天井を仰ぎ見る。海藤がかつての部下のフルネームを教えて以降、坂上は一心不乱で作業に没頭している。海藤には、全く坂上の狙いが見えない。

「やった！」

怒鳴り声をあげたばかりの坂上が、今度は両手を天井に向けて突き上げ、奇声を発した。

「どうした？」

海藤は恐る恐る坂上の丸い背中の後ろに回る。坂上の顔が紅潮している。

「もう声をかけても大丈夫か？」

「オッケーだよ」

坂上の声が弾んでいる。いつもつかみ所のない男だが、今日は際立っている。

「なにをやっていたんだ？」

「兎沢さんの復讐だって言ったじゃん。目には目を歯には歯をってヤツ」

坂上は顎を突き出し、得意気に言う。だが、海藤には一向に具体的な中身が分からない。

「まずはこれを」

ノートパソコンを指した坂上は、キーボードのエンターキーを力強く叩く。

鮮明な液晶画面に複数のグラフが現れた。テレビで見たレコーディングスタジオの機材のように、様々なコントローラーが並ぶ。

「自作の音声解析ソフトなんだ」

「音声って、どういうことだ？　公安のように盗聴したっていうのか？」

「さぁ、どうかな。公安の人達は隙がないからな、難しいかもね」

坂上の言う通りだ。志水は優秀だが、今は冷徹な公安の犬に成り下がった。言葉を変えれば、機械になった。

坂上はなにを仕掛けたのか。なぜ志水のフルネームを尋ねたのか。海藤が口を開きかけると、坂上が右手で制す。

「それじゃ、種明かしするね。まずは名前を訊いた件から」

坂上はもう一度キーボードのエンターキーを叩く。点滅していた棒グラフが消え、画面に数字とアルファベットが入り乱れる複雑な数式が現れる。

「ここに名前を打ち込むよ」

画面中央のスペースに海藤の名前が打ち込まれる。すると画面全体の数式がスロットマシーンのように猛烈な速度で回転を始める。五秒ほど数式が動いたあと、中央の海藤の名の横に数字が現れる。

〈〇九〇　五六〇四……　村本電機製一〇年型……〉

画面を凝視した海藤は唸り声をあげた。

「俺の携帯の番号じゃないか。しかも端末の型番まで出ている」

「すごいと思わない？」

坂上が得意気に言う。むきになって公安に対抗すると言った坂上は、名前を入力しただけで重要な個人情報を引き出した。

「志水さんの場合はこうなるわけ」

坂上が名前を書き換えると、再度一一ケタの番号が現れる。海藤と同じく村本電機の製品だったが、年式は最新だった。

「ここから探りを入れたんだ」

坂上がキーボードに両手を添える。

海藤は目を細め、画面を睨んだ。スクリーンいっぱいにアニメキャラクターの女性戦士が映っている。坂上が大きな音を立ててキーボードを叩くと、画面いっぱいに表計算ソフトが現れた。さらに目を凝らす。架電先、メール履歴……小さなマス目には携帯電話の番号や通話時刻のほか、メールアドレスの表示がびっしりと並ぶ。

「まさか……」

「そのまさかをやってのけたわけ」

坂上が得意気に言い、画面の左端を指す。

「志水の携帯のデータだな」

「携帯といってもガラケーじゃなくて、最新式のスマートフォンだけど」

坂上はスマートフォンの部分に力を込めて言った。

捜一の中でも若手を中心にスマートフォンを使う捜査員が急増している。ようやく電話番号を登録できるようになった海藤には無縁の端末だ。なぜ坂上が最新型の電話にこだわるのか理解できない。

「詳しい説明は省くけど、要するに小型パソコンに電話機能がついているわけ」

「そうらしいな。GPS機能付きの地図を見たことがある」

海藤が答えると、興奮気味に坂上が言葉を継ぐ。

「つまりパソコンということがキモなんだ」

「パソコンがどうした？」

「僕が鑑識からSITに引き抜かれた経緯を思い出してよ」

鑑識課には指紋採取のプロを始め、様々な科学捜査の専門家が存在する。坂上は射撃痕の分析をパソコンで精緻に行う。また、パソコンという言葉だ。

海藤は首を傾げ、考えた。

二代前の一課長時代に営利誘拐事件が発生した。犯人グループは身元の特定を恐れ、海外の複数のサーバーを使い、電子メールで身代金の要求を行った。その際、パソコンの技術に長けた鑑識課の坂上が緊急動員され、海外のサーバーから犯人一味の足跡を辿り、都内の潜伏先を割り出した。

「ハッキングして割り出したのか」

「個人名を入力すれば、情報を吸い出すなんて朝飯前だもん。もちろん、こんなことは事件捜査のときにしかしないけど。携帯通信会社のソースコードは以前入手していたから、あとはなんとかやりくりしたわけ」

「でかした」

海藤が肩を叩くと、坂上は強く頭を振り、血の滲む爪を噛む。

「これからが本当の復讐なわけ」

坂上は小さなタッチパッドを叩く。画面の左側では周波数の軌跡を示す心電図のようなグラフが動いている。右側は、数字とアルファベットが猛烈な勢いで点滅する。

「今度はなにをするんだ？」

「公安をノックアウトしようよ」

坂上が言った直後、右側の画面に一〇個の小さな正方形が現れた。左側のマスから順番に数字、アルファベットが表示された。

「揃った！」

一〇個のマスが埋まったとき、坂上が素っ頓狂な声をあげた。次の瞬間一〇個のマスが浮かび上がり、画面が切り替わる。

海藤の目の前で、ＭＰＤという文字が浮かぶ。警視庁の英語表記メトロポリタン・ポリス・デパートメントの略称だ。

「息の根を止めてやるんだ」

坂上が物騒な言葉を吐く。ＭＰＤの文字の下に、一〇個分の空欄がある。坂上がエンターキーを押すと、先ほど表示された文字が空欄に自動的に吸い寄せられた。

「個人認証のパスワードか？」

「これからショーが始まるよ」

文字が空欄に吸い込まれた直後にＭＰＤの文字が消え、画面に横書きの文字が現れた。海藤はさらに目を凝らす。

「行確の記録じゃないか」

「そうみたいだね」

坂上がそう言った直後、画面に眉毛の濃い外国人の写真が現れた。

「まさか、公安のシステムに入ったのか？」

「復讐って言ったじゃん」

胸ポケットから小さなメモリーカードを取り出した坂上は、ノートパソコンのキーボード脇に挿し込む。

海藤の目の前で、何枚もの顔写真が表示された。画面の下には青い棒が現れ、データを吸い上げる。二〇%、三〇%と数字が点滅し続けた。

作業の詳細は知りようがない。しかし、素人目にも坂上がなにを企図しているのかが分かる。坂上が叫んだノックアウトという単語がなんども頭の中を巡る。息の根を止めるという言葉が重なる。海藤は両腕が粟立っていくのを感じた。

3

四日ぶりに要町のマンションに戻り、熱いシャワーを浴びた。志水は冷蔵庫からミネラルウォーターを取り出し、乾いた体に一気に水を沁み渡らせる。

ベッドの縁に腰掛け、バスタオルで濡れた髪を拭いたとき、テーブルに載せていたスマートフォンが震えた。画面には曽野の名が浮かんでいる。

〈一大事だ〉

日頃冷静な曽野の声が、異様なほど上ずっている。

〈パソコン開いて、これから言うサイトを見てよ〉

「少々お待ちください」

スマートフォンをスピーカーに切り替え、志水はリビングの隅のデスクに向かう。ノートパソコンに指定されたアドレスを打ち込む。眼前に現れたのは、公安警察に対し、常に批判的な記事を書いているフリーライターのブログだった。

画面が開き、「Hot News」と点滅するバーをクリックした瞬間、反射的に声が出た。

〈まずいんだよ……〉

テーブルの上で困惑し切った曽野の声が響く。

「外事三課《ソトサン》の行確報告書じゃないですか」

〈そう、昨日の昼間、君が課長室にいたとき、外三の警部補が持ってきた行確記録なんだ。それに、このサイトではもっとまずいものが出ている〉

曽野の慌てた声を聞きながら、画面を下方向にスクロールする。

「まずいですね」

外事三課が行確中のアラブ系テロ組織に関するファイルだ。協力者の顔写真のほか、渡航履歴や日本での交友関係がエクセルのシート一〇枚分表示されている。

　次の項目に飛ぶと、来月開催の国際環境会議で最重要マークされている国際的なNGO団体の主宰者の顔写真と日本での賛同者の一覧が出た。

〈これだけじゃない〉

　曽野の声がかすかに震える。それぞれの顔写真の下には、米FBI、CIAのほか、英MI6など海外の情報機関の防諜担当者の名前と連絡先まで表示されている。

「海外協力者との信頼関係が……」

〈そうなんだ。既に僕の所にまで問い合わせが殺到してる〉

　海外防諜当局者との連携は互いの信頼関係の上に成り立っている。曽野のようなベテランになれば、数十人、いや百人単位で協力者が存在する。

　フリーライターの暴露したデータは、曽野が築き上げたネットワークを一気に突き崩した。

〈FACELISTやらのSNS《ソーシャル・ネットワーキング・サービス》にも一気に拡散した。止められない〉

　一気に拡散した――曽野が吐いた言葉で、火照っていた体が凍り付く。いや、実際に両腕には無数の鳥肌が立ち始めている。

　志水は無言でキーボードを叩く。行確対象者を監視するため、偽名で登録していたFACELISTの画面を開き、検索ワードで「公安」と打ち込む。

曽野が言った通り、深夜にも拘らず三五〇件もの検索結果がヒットした。試しに、左翼志向の強い学生のページに飛ぶ。

〈超拡散要望！　これは本物だ！　警察は我々を常時監視している。プライバシーなんかない！〉

学生の書き込んだ文字がそのままネット上に溢れかえる。SNSが持つ最大の武器だった。FACELISTは世界中に一〇億人以上の会員が存在する。

グルメ情報や趣味のサークルなら無害だが、国家機密に準じるデータが流出することも度々ある。中東の独裁政権が次々にSNSの餌食となったのがその証左だった。

「流出するはずがありません。公総のデータベースに入るには、二分ごとに変わるアルゴリズム型のパスワードが必要なはずです」

志水は頭の中に浮かんだ言葉をそのまま口にした。志水自身、小さな棒状のセキュリティーカードを肌身離さず持参し、ころころと変わるキーワードを打ち込まねば自分の捜査ファイルに触ることができない。

セキュリティーソフト会社と共同でシステムを構築した。セキュリティーカードは二カ月に一度全面改定される。

公安が持つ膨大なデータに外部からアクセスすることは不可能だ。過去になんどか海外のハッカーやクラッカーが侵入を試みたが、一度も成功したことはない。

〈しかし、流出したデータは明らかに僕の部屋から出ている。サイバー犯罪担当の捜査員も入れてチェックさせているが、流出の経路が全く見えない〉

「すぐに参ります」

〈そうして〉

曽野の声の震えが止まらない。電話を通して動揺が伝播する。志水の両腕に浮かんだ鳥肌が、猛烈な速度で首筋から背中全体に広がった。

4

「この部屋で起きたこと、見聞きしたことは全て記憶から消去してください」

思わせぶりな笑みを浮かべた久保田が言う。海藤は頷き、坂上に目をやる。

「もちろん、僕の足跡は綺麗に消したし、探りを入れられても絶対に分かんない」

両国橋分室の会議室で、海藤は久保田、坂上とともに夜を明かした。隅田川の水面に朝日が当たる。普段の朝ならば顔をしかめる眩しさだが、今朝は違う。公安の息の根を止めることができた充足感がある。水面の光が心地よい刺激に感じる。

「私は普段通りに登庁して、公安の皆さんを会議でノックアウトします。坂上君、ご苦労様でした」

兎沢の身柄が監察に取られたとき、久保田は完全に心が折れた状態だった。しかし、坂上の試みが成功した。目の前で公安の機密情報がインターネット上に拡散していくにつれ、久保田はみるみる生気を取り戻した。久保田は意気揚々と分室から引き上げる。

ネクタイを緩めながら、海藤は口を開く。

「本当にバレないだろうな？」

「大丈夫だってば。僕はサイバー犯罪捜査班の講師も兼務してんだから」

坂上が顎を突き出し、得意気な表情を見せる。

やり切った。海藤はもう一度川面に目をやる。兎沢を取られたことへの反撃はひとまず成功した。流出させた公安のデータは、海藤にとっても驚くべき内容だった。

公安捜査員が秘かに一般人を監視し、危険人物を炙り出す手法だった。公安の人員の多さ、そして多種多様な盗聴機材や追尾手法に舌を巻いた。

公安部の中でも筆頭課である公総が大打撃を被るのは間違いない。データは本物だ。海藤自身が自分の目で確認した。

「最近、音声解析ソフトの精度が増したことが勝因だね」

坂上が笑みを浮かべ、言った。

「たしかにすごい技術だが、二度と使うな」

海藤が凄むと、坂上が肩をすくめてみせる。

坂上は驚くような手段を講じた。

海藤から志水のフルネームを聞き出し、通信会社から得たデータと照合させた。次いで、自らが制作したソフトで志水が使う携帯電話を最新型のスマートフォンだと特定した。その後、セキュリティーが脆弱なスマートフォンを攻撃し始めた。

「ちなみに志水の端末をジャックしたソフトは、データを拡散させた友人が作ったんだ。本来はセキュリティーソフト会社に売り込むためのデモ用なんだけどね」

「恐ろしい人間が増えて困ったもんだ」

「スマートフォンのOSがアンドロイドだったのが不幸中の幸いだったわけ」

坂上によれば、アンドロイドというコンピュータの心臓部分、様々な部品や高度な機能を制御する心臓部が狙いだったと明かした。

スマートフォンの普及に向け、システムの設計図を無料公開したことで端末の販売台数が伸びた。一方で、無数の不届き者が悪用するシステムを構築したのだという。

「公安の皆さんは、便利だという理由で大量にスマートフォンを導入したみたいだけど、防課のプロは、案外脆かったね」

坂上は公安の脇の甘さを切って捨てた。

説明によれば、開発から販売までの期間が短い端末は、ウイルスによる攻撃に極めて脆弱だという。海藤は仕事用のパソコンのセキュリティー対策を部下に任せきりにしているが、更新頻度は三日に一度だった。

小型のパソコンでもあるスマートフォンがワクチンの予防接種をしていない丸裸状態だったことを考えれば、公安に非があったのは明白だ。

「音声ソフトでキーボードの音を割り出すとはな。まるでスパイ映画だ」

「海外のスパイはもう使ってるよ」

それがどうしたと言わんばかりの口ぶりで坂上が応じる。

坂上が最終兵器として用いたのは、志水のスマートフォンを盗聴器に変え、曽野が打ち込んだキーボードの音を吸い上げるソフトだった。入手した音源データを分析し、極秘とされる公総課長のパスワードを解析、盗み出すという大胆な手口だ。

公総は公安一課から外事課まで公安部全体を俯瞰するセクションだ。課長である曽野は、国内の過激派から海外のテロ組織の動向まで治安維持に必要な全てのデータに触る。今回は、海外情報機関との連携情報までが坂上によって吸い出され、世間にさらされた。

国家を護るという大義名分があるにせよ、海藤の目から見ても公安は一般社会を監視しすぎている。

「通常業務に戻るぞ。まずは牛込の帳場を立て直して、海外に逃げた村岡を取り戻す」

海藤は自らに言い聞かせるように言葉に力を込めた。

5

「警視庁サイバー犯罪捜査班によれば、何者かが公総課長のパスワードを奪ってシステムに侵入し、外事三課のデータを吸い上げました。悪質なことに、違法収集したデータをインターネット上に拡散させたそうです」

警察庁刑事局長の久保田が、自信たっぷりの口調で会議室の面々に告げる。

曽野は楕円形の大きな会議机の木目に目線を向ける。大組織の中で巧みに泳ぎ切ってきたという自負はあるが、今回ばかりは顔を上げる勇気がない。

「みすみすデータ流出を許した公総課長、なにか言うことはないのかね？」

久保田の口元が歪んでいるのは間違いない。だが、目線を合わせると直ちにやり込められる。曽野は視線を上げず、黙り込む。

警視庁の会議室に緊急招集された警察庁長官と警視総監、副総監のほか、公安、刑事各課の課長連の視線が全身に集中しているのが分かる。それぞれの視線は熱を帯びている。このままでは、体中から煙が上がる。曽野は下唇を嚙みつつ、立ち上がる。

「申し訳ありませんでした」

頭を垂れたまま言った。だが、熱気と怒気が交じり合った視線は容赦なく体中に突き刺さる。

「謝って済むなら警察はいらないという言葉があるが、今こそ君にこの言葉を嚙み締めてほしいものだね」

顔を上げ、久保田を見た。案の定、口元が醜く歪んでいる。尖った言葉とは裏腹に、久保田の目は笑っている。左腕が小刻みに震え出す。曽野はとっさに右手で肘を摑む。怒りと恥ずかしさで卒倒しそうだ。

「久保田局長、その辺で十分だろう」

声の方向に目をやると、仏頂面の警視総監が久保田を睨んでいる。久保田は下唇を舐めながら、腰を下ろした。

刑事警察の頂点にいる久保田の攻撃は、公安畑出身の警視総監が止めた。しかし、その総監も鋭い視線を向けてくる。針の筵《むしろ》という状態に変わりはない。

「サイバー班の捜査結果をどう受け止めるのかね、曽野君」

「現場捜査員が築いた海外機関との連絡網がズタズタになった責任を痛感しております」

頭を垂れたまま言った。一際怒気を含んだ視線が顔面に突き刺さる。目を向けると、顔を真っ赤にした海藤が立ち上がった。

「あんたら、あんなに予算使っていい加減な仕事をした挙げ句、情報源《ネタモト》に迷惑かけたのか。警察官として責任を取るのが筋じゃないのか」

海藤が怒鳴る。呼応するように会議室にいる刑事部の課長たちが一斉に頷く。

「原因究明と海外当局への謝罪、関係の再構築を果たしたのち、責任を取ります」

よりによって情報漏洩の根源になってしまった。巨大な警察組織の中で、公総は一番セキュリティーに気を配り、予算もふんだんに振り向けられていた。どうやって公総課長室に忍び込み、二分ごとに更新されるパスワードを盗み出したのか。

「例の一件、これであいこだ」

唸るような声で海藤が言った。五メートル以上離れた位置にいる捜査一課長だが、放たれた言葉にはなぜか腐臭がした。鼻腔の奥を鋭く衝く異臭だ。

「あいこ？　どういう意味です」

「OB殺しの二件について、粛々と犯人《ホシ》を挙げる、そういう意味だ」

海藤が久保田のように口元を歪める。怒気を含んでいた瞳から、一瞬だけ光が消える。海藤のわずかな変化を見たとき、はめられたと悟った。会議室に赴くまで胸の中で立ちこめていた靄が一気に晴れた。パスワードを盗み出したのは刑事部だ。

「刑事《デカ》人生を賭して、ＯＢ殺しの犯人を挙げる」

薄ら笑いを浮かべながら、海藤が言い放つ。泥臭い刑事の言葉を聞いた瞬間、胸の中に沈殿していた疑念が確信に姿を変えた。

兎沢の身柄を強引に攫ったことで、刑事部が違法行為を駆使して反撃に出た。警察組織全体の面子を守るために動いた公安部に対し、刑事部は明確なる宣戦布告に出た。公安警察が培ってきた海外当局との秘密を暴露した代償は必ず払ってもらう。

「その臭い台詞、もう二度と聞きたくないね。吐いた言葉は元に戻らないってこと覚えておいてね、海藤さん」

曽野は海藤を睨みながら言った。突然口調が普段の声音になったため、傍らの公安部長が鋭い視線で見上げている。

いずれ地方県警本部の閑職に飛ばされる。だが、その前にやるべきことがある。

「どんな処分も甘んじて受けますけど、部下に責任はないですから。その辺りは分かってやってくださいな」

軽口を叩いたあと、並みいる幹部たちに背を向け、曽野は会議室を後にした。

6

志水が課長室に飛び込むと、曽野はパソコンのスクリーンを睨んでいた。

「悪いね」

画面に目線を固定させたまま、曽野が言う。口調は普段の通りだが、厚ぼったい瞼の奥で、黒目が鈍く光っている。

「私のスマートフォンが標的にされました」

志水はSITの坂上が主犯ではないか、との見通しを曽野にぶつけた。

「まぁ、そんなところだろうね。海藤さんが認めたに等しい発言をしたからね」

にべもなく曽野が言った。

「彼らは国の防諜戦略と細々とした殺人事件を天秤にかけたわけですか？」

「そういうことになるね。もっとも原因を作ったのは内田副総監なんだけどね」

曽野の口調は普段と変わりないが、両目が真っ赤に充血している。

「どちらにせよ、反撃しなきゃいけない」

「徹底的にやるべきです」

志水は本心から言った。すると、曽野が唐突に視線を外し、再びパソコンの画面に目をやる。

「やっぱりそうするしかないよね」

「新たな方策が？」

「あるよ。一応、志水キャップの意見を聞いておきたい。だから来てもらった」

そう言ったあと、曽野が強く下唇を嚙む。

「どうされました？」

志水が質しても曽野は答えない。

警察庁と警視庁の幹部会議で左遷を言い渡されたのか。間違いなく警視庁の一四階から曽野は消される。しかし、曽野はその程度で動揺するような人間ではない。左遷を恐れていたのでは、国全体を護るという公安の職務を全うできない。

初めて秘匿追尾を行ったとき、曽野は生まれ変われと言った。周囲の目を気にする古い志水は消え去った。国を護るための捜査員に生まれ変わるようにと、曽野は体当たりで説得してくれた。

あの女はもはやモノでしかない。あの瞬間から、志水は曽野についていくことを決めた。

「カウンターのオペレーションでしたら、私に指揮を執らせてください」

「大丈夫かな？」

「私は課長によって再生されました」

志水は課長席に両手をつき、ありったけの声で訴えた。

「それじゃ、公総課長として最後の指示を出すね」

突然、曽野がプリンターに向かう。トレイに吐き出された印刷物を志水に手渡す。

「これ、責任持ってリークしてよ。大々的な仕掛けでやってね」

志水の手には一枚の鮮明な写真プリントがある。

「本当にやれる？」

曽野の声が錐のように尖る。両耳に真っ赤に焼けた鉄製の錐を突き刺された。呼吸が苦しい。動悸が高まる。

「志水キャップ、聞いてる？」

曽野の声が遠ざかる。

目眩に襲われる。現実の曽野の声が薄れる一方、初めて行確に参加したときの上司の声がくっきりと聞こえる。

〈現段階で知る必要はないね〉

あの日、妻の仁美が会っていたのは海藤だった。手元の写真には、鮮明にその証拠が残っている。

広尾の寿司屋から伝送された秘撮映像は仁美の連れの顔が見えず、音声も聞き取りづらかった。その答えが、今目の前にある。

いずれ海藤は刑事部の中枢を成す捜査員となる。早い段階から曽野や公安部全体が目を付けていたことになる。仮に公安部の明確な敵に成長することがあれば、一気に足払いにする。その可能性に一〇年前から備えていたと言い換えることもできる。

妻の裏切りを見せつけるのは、志水自身を公安捜査員として成長させる意味合いがあった。海藤の存在を隠したのは、志水自身がどう転ぶか見極めがつかなかったからだ。

妻の不貞に逆上した志水が海藤の存在に気付けば、暴走する恐れがあった。後々の刑事部との交渉材料、いや刑事部を叩く最終兵器として、志水には海藤の顔を見せないよう細工していたのだ。

「やれる？」

現実の曽野の声が耳元で響く。

改めて写真に目を向ける。シティホテルの客室フロアで腕を組んで歩く現在の海藤と元妻、仁美の姿だ。ホテルの従業員に変装した公安要員が食事を運ぶワゴンにカメラを仕込んだアングルだ。

〈任務に私情はいらない。今までの君は死んだよ〉

再び、あの日の曽野の言葉が耳の奥に響く。

結果として、海藤という刑事部のエースを叩く要員として、自分は公安部の手駒にされ、飼いならされた。だが、今さら後戻りはできない。帰る場所さえない。仁美の顔を見てもなんの感情も湧き上がってこない。刑事部の志水は死に、公安部にむき出しの自分が残っているのみだ。

「やります」

志水の意識とは関係なく、肯定の言葉が零れ落ちる。

「本当に大丈夫だろうね？」

志水は目の前の鮮明な写真に視線を固定させたまま、頷く。

「君の元奥さんと海藤さん、未だに付き合ってるからさ。これで臭い台詞吐けなくしてあげようよ」

曽野が普段通りの目付きで告げる。

「やり方については一任していただきます」

「結構だ。よろしくね」

志水は写真を背広の内側にしまう。

公安捜査員として生き返った自分がいる。抜け殻になったかつての志水とは、この一件を契機に完全決別する。

写真の収まったポケットをさすり、志水は課長室から一歩踏み出した。

7

牛込の捜査本部で、村岡の身柄確保の方策を練った。

鹿島管理官を使い、外務省経由で中国外交当局と警察当局に捜査員派遣の打診を行った。鹿島の東大の同期生が北京の日本大使館にいることが幸いし、中国の入管当局と公安警察が村岡の追跡を開始した。

最重要容疑者が北京から大連に移動し、現地の高級ホテルに滞在していることが判明した。事態は解決に向けて動き出した。

公安に決定的な打撃を与えた以上、横槍が入ることはない。

「今、ちょうど二三時ですが、本部に戻られますか？」

牛込署を出た課長車が大久保通りから外堀通りに通じる交差点に差し掛かったとき、若手巡査部長がミラー越しに訊く。

「今日は新規の帳場が立つこともなさそうだから、久々に官舎に戻る」

「では、隼町に直行します」

隼町の新築高層マンションには、警察庁や警視庁の幹部職員が入居している。警視正となった海藤も捜査本部と警視庁本部の往復が迅速に運ぶよう、特別に部屋を用意されている。

海藤の自宅マンションは三鷹市だが妻が週に一度替えの下着類やクリーニング済みのワイシャツや背広を不在時に補充しに来てくれるので、実質的な一人暮らしに不自由さは感じない。

事件捜査に追われた三〇年超の刑事人生で、まともに自宅へ戻った日は数えるほどしかない。

これも刑事の日常だ。OB二人を殺害した被疑者確保まであとわずかだ。ようやく事件が一つ片付く。課長車の後部座席に身を預け、海藤は目を閉じる。

幹部連が居並ぶ会議で、久々に公総の曽野とやり合った。結果は一本勝ち、完勝だった。汚い手を使った。だが、卑劣な手段を講じたのは公総が先だ。会議室で言い放った通り、あいこだ。そして内田副総監の目の前で、村岡の身柄を確保すると高らかに宣言した。

山形の柏倉殺害現場の毛髪と、香川殺しの現場にあった遺留品のＤＮＡがそれぞれ村岡の指紋から検出したＤＮＡと一致した。

あとは村岡の足取りと香川殺しの詳しい動機を詰めるだけだ。

捜査結果の積み重ねと事情聴取の過程で、内田との不自然な関係が浮上するのは確実だ。しかし、二人分の命の重みとは比較にならない。内田が副総監の職を解かれようと、なんとしてもＯＢ二人の無念に報いる。

捜査に例外はない。たとえそれが組織の上層部であろうと関係はない。自分は刑事としての職務を全うした。

海藤の頭の中に、今後の捜査陣容が浮かんだ。膨大な量の調書のほか、地検との細かな折衝の段取りが浮かぶ。

課長車が内堀通りに入ったとき、不意に兎沢の顔が脳裏に浮かぶ。

どうやって監察の下から兎沢を取り返すか。監察は公総と表裏一体だ。兎沢を微罪で引っ張った手前、重大な過失のあった曽野、志水を野放しにしておくわけにはいかない。いや、重大な処分を科すよう久保田局長が働きかける。この間に兎沢をなんとしてでも捜査本部に戻す。

海藤は頭の中のメモ帳に次々と今後の予定を記した。

「課長、そろそろです」

半蔵門の信号を過ぎ、内堀通りから一本裏に入った小径で巡査部長が告げる。

「分かった」

隼町の官舎に続く道路沿いに、大手紙とテレビ各局の一課担当の記者が待機している。通り沿いの電信柱を基準に、各社五〇メートルが持ち時間だ。

取材データを他社に明かしたくない記者たちが独自にルールを運用している。海藤にとっても、大手各社がどこまで捜査の中身を摑んでいるか、推し量る良い機会となっている。

降車した海藤は、一人目の記者と肩を並べ、歩き出す。

「今日は何人いるんだ？」

相手は民放テレビの中堅記者だ。

「五名です。早速ですが、牛込の目星は？」

「目星がついてりゃ、こんなに早い時間に帰ってこないよ」

「では、今日明日ってことはないですね？」

「なんのことだ？」

「犯人《ホシ》の確保ですよ」

「バカ言うな」

「しかし課長、昨夜はどこにも現れなかったじゃないですか。秘密会議だったんでしょ？」

「おいおい、買い被らんでくれよ」

海藤が強く頭を振ると、次の電柱の陰から大手紙のベテラン女性記者が現れる。

「お次の番だ」

海藤が憎まれ口を叩くと、テレビ記者は渋々離れる。

「山形の殺しは、牛込とつながりはありますか？　二人ともＳＩＴ在籍者でした」

ベテラン女性記者は生々しい話を始める。海藤はわざとらしく肩をすくめてみせた。

「御社の山形支局でなにか摑んだの？　こっちもネタが欲しいんだ。教えてくれよ」

「いえ、鑑取りでなにか出たのかと思いまして。山形県警との連携は？」

「よそに口出しできないことくらい知っているだろう。ネタが上がってれば、こんな時間には戻らん」

海藤はわざと歩みを速める。女性記者が渋面で追う。

肝心のネタ、村岡が最重要容疑者だという情報は一切抜けていない。二人の記者と接し、海藤は確信した。

早足を続け、残りの三名も振り切った。事件の全容と公安との暗闘を察知した記者はいない。

全ての記者とのランデブーが終わり、官舎の敷地に足を踏み入れたときだった。最後の記者がついてきていた。

「電柱超えるのはルール違反だ」

海藤が歩みを止めると、息を切らした記者が強く頭を振る。

「預かり物を渡し忘れていました。すみません」

「誰からだ？」

記者がバッグからＡ４サイズの封筒を取り出す。表に地球儀とペンが交差するロゴが見える。

「借りのある週刊誌編集長からです。中身はなにか分かりませんがね」

「週刊文明だな。俺宛か？」

「奴らがデカいネタを出しそうだったら、こっそり教えてくださいよ」

記者が卑屈な笑みを浮かべ、封筒を指す。

海藤は封筒を裏返した。がちがちにテープが貼られている。メッセンジャー役の記者が盗み見た形跡はない。週刊誌の記者とは何人か付き合いがある。しかし、文明のスタッフとは面識がない。なぜわざわざこんな手段を取ったのか。

「警視庁《カイシャ》に不都合な事でもあれば、真っ先に御社に報せてネタを握りつぶしてもらうさ」

軽口を叩き、海藤は官舎に入る。

深夜の高層住宅は静まり返っている。海藤はエレベーターに乗り込み八階のランプを押した。

皇居側の通路を進み、角部屋に辿り着く。

三和土が綺麗に掃かれている。妻が来たようだ。八畳間と六畳、水回りの2Kの部屋に脱ぎ散らかしていた衣類が綺麗に片付けられている。

海藤は週刊文明の封筒に目をやる。一課長に日夜張り付いている大手紙とテレビが事件の全容に気付いていない以上、週刊誌を警戒する必要はない。

だとすれば別の事件か。頭の中に牛込以外の帳場の様子が浮かんだ。だが、牛込以上に捜査が進展しているわけではない。

ペン立てから小さなカッターナイフを取り出し、封を切る。

封筒の中には、印刷前のゲラが入っている。広げてみると、暗がりで撮った写真が載っていた。

目を凝らした瞬間、海藤はカッターナイフを床に落とした。自分がゲラに載っている。写真から見出しに目を転じる。

《いま、捜査一課長が考えていること》

もう一度、目を細める。写真が一〇枚以上載っている。見覚えのある風景だった。広尾の商店街を自分と女が腕を組んで歩いている。

《警視庁捜査一課長は、日本で一番忙しい課長さんだ。首都東京で発生する殺人や強盗など凶悪事件の捜査統括責任者であるからに他ならない。警視庁の主要課長ポストの中でも、一課長の任期が一年から長くても二年とほかよりも短いのは、事件捜査の指揮に追われ、肉体、そして精神的にも疲労度が段違いな職務だからだ》

別の写真を睨む。都内のホテルのロビーで待ち合わせしたあと、客室に赴く自分の背中と女の姿がある。

《首都東京の治安を一手に引き受ける激務。その精神的な負担はいかばかりか。現一課長の海藤啓吾氏（五四）は、派出所勤務を皮切りに刑事となり、「数々の難事件を解決に導いた一課叩き上げのエース」（全国紙記者）。柔道で鍛え上げた強固な体と、部下を統率するリーダーシップにはかねてから信望が厚かった》

ゲラを持つ手が小刻みに震え出す。ゲラに掲載された写真の裏側から、厚ぼったい瞼の男の顔が浮き出た気がする。

〈刑事人生を賭ける、その言葉に二言はないですね〉

ゲラに目線を落とす。広尾の寿司屋での密会は一〇年前のことだ。公総の曽野は、当時から自分を監視していたのだ。対立を繰り返すたび、このカードを切る機会を虎視眈々《こしたんたん》と狙っていた。

《英雄色を好む、海藤課長にはこの言葉が一番しっくりくるのではないか。本誌が入手した一連のツーショット写真。親しげに海藤課長と歩いているのは、実は長年の激務を支えてきた細君ではない。海藤課長のかつての部下の元妻だった女性だ。「部下と女性がまだ婚姻関係にある時期から、二人の関係は始まっていた」（警視庁関係者）……》

ゲラの文字を目で追うごとに、腕の震えが肩に伝わってくる。

刺された。喉元から言葉が零れ落ちる。デスクの上の固定電話が鳴り、我に返る。電話口で嗄れた声が響く。

〈週刊文明編集長の田畑です。ゲラはお読みいただけましたか？〉

「読んだ。どういうことだ？」

〈あす午前中に校了します。その前に海藤さんのコメントを頂戴したいと思いましてね〉

相手の声は落ち着き払っている。記事掲載前に報せる〝仁義を切る〟という最後通牒だ。

「待ってくれ。こんなものが出たら俺は終わりだ」

〈残念ながら待てません。私は亡くなった香川元警部補と親しくさせてもらっていました。彼は不本意な形で警視庁を追われた。そんな彼が殺された事件の捜査の過程でも、捜査一課

長が不倫に励んでいたなんて到底許せません〉

「あくまでもプライベートのことだ」

〈普通の課長さんなら、替わりのネタをご提供いただけたら見逃していたかもしれない。しかし、あなたに関して特例はない〉

「どうしても載せるのか？」

〈もちろんです。こうして親切にゲラをお見せしたんです。コメントをいただけますか？　反論されるのであれば、ほかの記事を削ってでも載せますよ〉

「ちょっと待ってくれ」

一旦受話器を机に置いたあと、海藤はもう一度ゲラを見やる。

写真は公総が行確データを横流ししたものだ。言い逃れはできない。連れの女、仁美の顔はボカシが施されているが、見る人が見れば人物の特定は可能だ。

〈どうしますか？　ノーコメントでも結構ですよ〉

机に置いた受話器から、田畑編集長のがなり声が響く。唾を飲み込み、海藤は記事の記述に目を向けた。扇情的な見出しと文言が並んでいるが、反論できない。

「あっ」

記事の文末に差し掛かったとき、思わず声が出た。

《交際相手、Hさんのコメント「一〇年間の交際期間中、海藤さんは奥様と離婚し、私と再婚してくださると言い続けました。一課長に就任され、多忙なことは理解していますが、最近は会う時間を取っていただけないばかりか、結婚について話すと露骨に私を遠ざけてきました。今後は弁護士と協議して……」》

後頭部に鈍痛が走る。不倫が暴露された上に、弁護士が出てくる事態になれば、歯を食いしばって登りつめた本部に居場所がなくなる。まだ間に合うかもしれない。海藤は受話器に手を伸ばす。

「明日の朝までに必ず返答します。少しだけ時間をください」

〈必ずご連絡ください〉

田畑編集長はそう言うと一方的に電話を切った。

海藤は背広から携帯電話を取り出し、仁美の番号を押した。三度目の呼び出し音のあと、電話がつながった。

「俺だ。今、週刊文明の編集長と話した。弁護士に相談するって、どういうことなんだ？　俺が忙しいことは納得してくれていたじゃないか」

海藤は一気にまくしたてる。ここ数日、頻繁に仁美からメールが届き、携帯に着信履歴が残っていた。だからこそ帳場からの移動途中、ホテルに立ち寄って三〇分程度コーヒーを飲んだ。あのとき、仁美はなにも言わなかった。いつから騒動を起こすことを思いついたのか。

やはり、曽野がけしかけたに違いない。自分でも完全に冷静さを失っているのが分かる。

だが、電話口の仁美はひと言も発しない。

「聞いているのか？　なんとか言ってくれ」

携帯電話を握る左の掌に粘り気のある脂汗が滲む。仁美はなおも口を開かない。

「おい、俺を破滅させる気か？」

ありったけの声で海藤は叫んだ。

〈破滅？　そんな生易しいことじゃ済みませんよ、海藤課長〉

電話口に出た男の声は、冷め切っていた。

8

〈待ってくれ、誤解だ〉

電話口で、かつての上司の声が激しく震える。

〈これは曽野課長が仕掛けた罠だ。それに、仁美さんと付き合い始めたのは、君らが離婚したあとだ〉

志水は耳元から仁美のスマートフォンを離すと、小さなテーブルの上に置いた。ゆっくりとハンズフリーの通話ボタンを押す。すると、海藤の上ずった声が仁美のマンションのダイニングルームに広がった。

〈嘘じゃない。君らが離婚して、いきなり志水の行方が分からなくなったとき、心配で彼女と会ううちに……〉

「そうじゃないよな」

海藤が言い終わらないうちに、志水は強い口調で言い放つ。

「違います」

テーブル脇で俯いていた仁美が否定する。

〈一緒にいるのか？　志水、仕事上のつぶし合いにまで彼女を引っ張り出したのか〉

スピーカー越しに聞こえる声は、ノンキャリ刑事の最高峰まで登りつめた警官ではなく、一人の狼狽し切った中年男だった。

「いずれにせよ、仁美はあなたとは別れるそうです。私がここにいるのは、上司の指示ではなく、元夫としてです」

志水はゆっくりと告げる。

〈待ってくれ、誤解だ。きちんと説明させてくれ〉

「待てません。仁美は明日弁護士とともに本部に出向き、監察官と面会して事情を全て説明するそうです。監察官の対応次第では、訴訟ということになりますね」

〈……いったい、なにがどうなってる〉

「曽野さんに啖呵を切ったこと、忘れないでください」

〈ちょっと待てよ〉

海藤の言葉を遮り、志水は黙ってスマートフォンの電源を落とした。

「ご苦労さん」

志水はスマートフォンを仁美の前に差し出した。元妻だった女は無言で端末を小さなバッグに入れる。

「監察官室には話を通してある。俺が用意した弁護士と一緒に行き、この週刊誌通りの話をするだけでいい。訴えるかどうかは君次第だ」

仁美を見下ろし、言った。

「こんなことして、満足なの？」

「彼は敵だ。日本全国の警察機能をマヒさせた張本人だ」

志水は本心からそう告げた。改めて仁美を見下ろす。すると、かつて目を逸らした女が志水をきつく睨む。

「なんだ？」

自分の眦が音を立てて切れ上がる。同時に公総で初めて臨んだ行確の様子がフラッシュバックする。

妻に裏切られたショックから、パニックを起こしかけた。だが曽野の叱咤により、志水は公安捜査員として再生した。

曽野に密会写真を見せられたとき、目眩を感じた。しかし、自分の力で抑え込んだ。一〇年間の公総勤務を経て、精神と体を完全に律することが可能になった。

「昔とは違うんだ。この程度のことで折れていては、この国を護ることなんかできない」

志水は抑揚を排した口調で言い切る。

「相変わらず、自分の立ち位置が分かっていないのね」

志水を見上げたまま、仁美が存外に強い口調で言った。瞳に強い怒りの色が浮かぶ。

「俺は職務を全うすることによってこの国を護っている。たった一つの駒に過ぎないが一つひとつが肩を寄せ合うことで、治安と国民の生命と財産を護っている」

先ほどまで感じていた眦の痛みが消え失せた。いくら説明しても分かるはずがない。志水が視線を外した途端、仁美がいきなり立ち上がる。はずみで椅子が派手な音を立てて倒れる。

「いくら話し合っても所詮、平行線だ。明日のことで分からないことがあったらいつでも連絡してくれ」

志水は努めて冷静な口調で言い渡す。だが、仁美は間合いを詰める。

「まだ分からないの、自分の立ち位置?」

瞳が真っ赤に充血している。相手がむきになればなるほど、議論は嚙み合わなくなる。志水は仁美に背を向けた。

「あの日、広尾に出かけたこと、私が海藤さんに誘われたって今でも思ってるの?」

怒りを帯びた声が背中に突き刺さる。舌打ちする価値すらない。しかし、このまま歩き出してしまえば、明日の監察官室でのやりとりが面倒になる。仕方なく志水は振り返る。

「君が誘おうが、海藤さんからの申し出であろうが、もう関係ない。俺はなにも気にしていないし、もはや君らの関係がどうなろうと関知しない。淡々と仕事をこなすだけだ」

「だから分かっていないって言うのよ!」

仁美の声は絶叫に近かった。両腕をなんども振り上げ、そして思いのたけをぶつけるように振り下ろした仁美が、再度金切り声をあげる。

「あの日、海藤さんを誘ったのは私なの。曽野さんにそうしろって言われたから。あなたを警察官として再生させるために、精いっぱい演技しろって指示されたのよ! なんで分かってくれないの」

一気に思いを吐き出した仁美は、一瞬のうちに志水の足元に泣き崩れる。

〈あのさ、調べの過程で嫌な思いをするかもしれないけど、そのときは勘弁してね〉

香川殺しで刑事部の様子を探るよう最初に指示されたとき、曽野が告げたひと言が頭蓋の中で鈍く反響する。

「なんどもあなたに告白しようって考えてた。でも、あなたは瞬きさえしない人になってしまった……」

曽野は自分を組織に組み込んだときから、様々な着地点を予想し、複雑かつ精緻な絵図を描いていた。今度は仁美の叫びが後頭部を駆け巡る。

〈相変わらず、自分の立ち位置が分かっていないのね〉

海藤に復讐するため、週刊誌にリークする手配を行った。元妻に会ったときも、なんの感情も湧き上がってこない。だが、一番、事態を把握していなかったのは、仁美の言う通り、この自分自身だったのだ。

公安捜査員として警察に骨を埋める。そう自負してきた。だからこそ過酷な訓練と激烈な勤務に耐えた。だが、その前提条件は、自らの立ち位置を把握していなかった認識の甘さゆえ、一番最初の段階からズレが生じていたのだ。

泣き崩れる仁美の背中を見つめたまま、志水は呆然と立ち尽くした。そのとき、突然頭の中で男の怒声が響き渡る。

〈娘を殺した二人を早く連れて来いよ〉

兎沢の絶叫が頭の中でこだまし続けた。

9

一晩中、監察官室が管理する本部内聴取室に監禁された。対面に座った高田警部は、杉の屋デパートの青い食券を手に兎沢の余罪を追及し続けた。

所轄署の若い刑事から、本部に引き上げてくれるよう秘かにビール券をもらったことはある。回数は約一〇回、金額にして合計二万円程度になるが、それ以外は一切、金品の要求などしていないと主張し続けた。

だが、正直に申告したビール券の事柄が引っかかり、高田警部の追及は止まなかった。一課のほぼ全員、それに二課、三課も所轄署の刑事と同じような構図があると主張しても、一切聞き入れてもらえない。

「メシくらい食わせてくださいよ」

兎沢はパイプ椅子の背もたれに寄りかかり、言った。

「汚職警官が偉そうな口をきかないでほしいね」

昨日の昼からずっと追及を続けてきた高田は、全く疲れを知らない。

「村岡を海外に飛ばしたって安心しているかもしれんが、ほかの連中が絶対に巻き返すからな」

「君は誤解している。私は監察の人間であって、どちらかに肩入れしているわけではないんだ。公安部が誰を逃がそうが、刑事部が追おうが、私には興味はない。目の前の不正を見逃さない、それだけだ」

「かっこつけるなよ」

兎沢が声を張り上げたとき、廊下に面したドアが開き、神田で兎沢の右脇を固めた監察チームの若手が入室した。

スーツ姿の若手は高田の耳元で二言三言小声で話し、折り畳んだメモを置いて出て行った。

高田は兎沢の視線を遮るように体を折り、メモを読み始める。

「メシ、まだですかね」

兎沢はなおも高田の背中に訴える。すると監察官が紙を机に放り投げた。

「これを読んだら帰って結構だ。次の指示があるまで自宅待機を」

「自宅待機？　冗談じゃない」

「とにかく、これを読んで」

もったいつけた言い方に心底腹が立つ。だが、ようやく食事にありつける。ここ数日走り回った疲れも溜まっている。

処分に納得したわけではないが、閉塞感の強い空間から抜け出したい一心で、兎沢は紙を手元に引き寄せる。

細かい文字が並ぶ。写真も添付されている。

「なんですか、これ」

扇情的な見出しが視界に入った。海藤のスキャンダルを報じる週刊誌のゲラだった。

「さきほど、海藤捜査一課長の警務部への異動が決まった」

「警務部？　左遷待ちポストってことですよね」

「本人から健康上の理由で課長職を辞したいという申し出があり、上層部の判断で受理されたそうだ」

「実質的な更迭じゃないですか。どうせ、合成写真を作って週刊誌にリークしたんだろう？」

高田がゆっくりと頭を振る。

「この写真が出るまでには色々と……」

「どういうことだ？」

内田副総監と村岡は確実につながっている。二人の鑑の濃淡を調べる、そう考えて村岡に触る寸前だった。監察に妨害され、自分はこの聴取室に押し込められた。

警察庁の久保田刑事局長や海藤が黙って見過ごすはずはない。公安との間で、暗闘があったはずだ。その結果が、眼前の週刊誌のゲラだ。細かい文字と掲載写真を見た瞬間、兎沢はもう一度声をあげた。

「この女、もしや……」

顔にボカシ加工が施されているものの、綺麗な富士額に見覚えがある。海藤と並んで歩く細身の女は志水の元妻、仁美だ。

「どうして二人がこんなことに……」

「今後のために一つだけ教えてあげましょう」

高田はもったいつけるように言葉を区切り、顎をひく。

「久保田・海藤の刑事部ラインは、公安警察が長年かけて築き上げてきた海外とのネットワークをズタズタにした」

高田はもう一枚、紙を机の上に置いた。今度は、大和新聞の社会面コピーだった。

《警視庁公安部、外事警察の重要データ外部流出か？》

扇情的な見出しとともに、公安部長が記者団から逃げ惑う写真が掲載されている。

《ハッカー攻撃でＦＢＩやＣＩＡとの連携体制の詳細が外部に流出》

中見出しを一瞥した瞬間、ごくりと喉が鳴る。

「心当たりがありそうですね」

高田が生真面目な顔で言う。

兎沢が身柄を取られ、結果的に捜査全体が妨害されたとき、公安部を攻撃する手段としてＳＩＴの坂上が動いた、あるいは久保田や海藤の指示でデータを盗み出した公算が限りなく大きい。

「しかし、どうしてここまで……」

「互いに抜き差しならない、いや、完全に敵だとみなし合った、そういうことでしょうな」

高田が溜息交じりに告げる。

「正直なことを言えば、末端捜査員の相手をしているヒマはないんだよ」

高田が再度溜息を漏らす。

捜査一課長が不倫スキャンダルで更迭され、外事警察の秘匿データが大量に流出してしまえば、警察組織全体の威信は地に落ち、名誉回復には長い時間を要する。食券をたかっただけの末端の警部補にかまっているヒマは確かにないのだろう。

「新任の捜査一課長には鑑識課長が就く。新しい上司が君をどう使うかを決めるまでは、自宅で体を休めて」

高田は一方的に告げ、ドアを開ける。兎沢は、恐る恐る口を開く。

「牛込の帳場の件はどうなるんです？」

たちまち高田の眉根が寄る。

「私の職責では判断できない」

「捜査打ち切りですか？」

「だから、私は監察官です。刑事部の判断や上層部が決める事柄までは分からない」

高田の目は真剣だった。内田の指示で動いていたのは確かだが、高田は監察の仕事を全うしていただけだ。頑固で融通の利かない審判なのだ。メモを差し入れられてからの発言は全て高田の本音だ。

「君が信じる正義と、組織が守りたい正義は性格が違うのです」

高田が肩を強張らせ、両手の拳を握り締める。両目が真っ赤に充血している。

「残念ながら、正義はときと場合によって姿を変える」

そう言うと、高田は黙りこくった。

「しかし、それでは殺された先輩二人が浮かばれない……犯人と濃鑑がある内田副総監は逃げ切るんですか?」

「刑事部と公安部がどこに落とし所を作るかは知らない。ただ、私が事実を知った以上、職務規程に照らし、必ず処分の勧告は行う。そうなれば、犯人の先行きも決まるはずです」

充血した高田の瞳が鈍く光る。高田は公安、刑事の領域ではなく、一人の警官として内田を刺す。監察官の決意の重さを確認した。兎沢は一礼して薄暗い部屋を後にした。

エピローグ

本部を出たあと、兎沢は北新宿の官舎にほど近い抜弁天に向かった。交差点脇の社《やしろ》近くに小さな寺院があり、咲和子が眠っている。

タクシーを降りると、兎沢は近所の花屋で生花を買い、石畳の墓地に足を踏み入れる。月命日は欠かさず妻の瑠美子とともに咲和子に会いにくる。

小さな花束を携え墓地を進むと、次第に大通りの喧噪が遠のく。ゆっくりと歩を進める。

〈おとしゃん！〉

官舎の外階段で兎沢の靴音を聞きつけると、咲和子は狭いリビングから玄関に駆け出してきた。

自らの足音に呼応するように、娘が墓地の奥から駆け出してきそうだ。兎沢は不意に足を止める。

普段、この墓地に来るときは常に瑠美子が一緒だ。咲和子がいなくなってから、二人の間で会話が極端に減った。兎沢は職務に逃げ込み、瑠美子は花の一課の刑事の妻を演じ切ってきた。そうすることで、互いの胸に開いた埋めようのない大きな窪みを繕ってきた。二人でわざと大きな笑い声をあげ、咲和子の眠る墓石の前まで歩いた。二人でなければ耐え切れなかった。

今日は一人だ。なぜ、足を向けたのか。咲和子の墓まであと二〇メートルほどの地点で兎沢は天を仰ぐ。

咲和子を死に追いやった公安を憎むことだけで、ずっと刑事生活を過ごしてきた。

〈正義はときと場合によって姿を変える〉

監察の高田警部が言い放った言葉が、頭の中でなんども反響する。

海藤、曽野、そして志水、それぞれが信じる正義によって傷付き、居場所を失くした。兎沢自身もこのまま本部一課に居続け、捜査を続けられるのか。

公安という組織を憎む気持ちが、この墓地に足を踏み入れてから少しずつ薄らいでいく。

絶対的な敵が目の前から消える。

ふざけんな。

真っ青な空を睨みながら叫ぶ。もう一度、咲和子を奪った敵に怒りをぶつけなければ、墓前まで辿り着けそうにない。憎む相手に怒りをたぎらせ、ひたすら走ってきた。どうやって咲和子と接すればよいのか分からない。足が動かなくなる。

〈おとしゃん！〉

もう一度、頭蓋の中で咲和子の無邪気な声が反響する。すると、自然に足が動き出した。

兎沢は小さな花束を抱え、頭の中に動物図鑑のイメージを浮かべながら歩を進める。

小さな墓石が目の前に迫る。

〈今日は悪い人を逮捕したの？〉

小首を傾げた咲和子が訊く。

犯罪者を検挙する。それが全てだ。胸の中でたぎっていた憎しみの溶岩が急速に冷めていく。

膝を折り、兎沢は目を閉じた。全力で駆け寄る咲和子が、胸に飛び込んでくる。

今、兎沢の胸にある重みは生気を伴い、心地よい。

おとしゃん、ちょっとだけ疲れたよ。

咲和子の耳元で、自然と言葉が零れ落ちた。

「お参りさせてもらえるか」

突然、兎沢の背後から男の声が響く。以前、毎日聞いていた声だ。大学脇の食堂で、ビールをさかんに勧めてくれた優しい声音だった。

振り返るより早く、兎沢の真横で優しげなまなざしの男が跪《ひざまず》いた。

主要参考文献

『君は一流の刑事《デカ》になれ』（東京法令出版）
『時効捜査――警察庁長官狙撃事件の深層』（講談社）
『捜査指揮』（角川文庫）
『日本の公安警察』（講談社現代新書）
『秘匿捜査――警視庁公安部スパイハンターの真実』（講談社文庫）

解説

青木泰憲

文庫『血の轍』の解説執筆の依頼を受けた。

本当に自分で良いのだろうか？　もっと相応《ふさわ》しい方が大勢いるのに……。

そんなことを思いつつも引き受けてしまった。

著者の相場英雄さんの強い希望だということを知ったからだ。

そして、書き始めた瞬間、責任の重大さに手が〝震えた——〟。

相場さんとの出会いのきっかけは、のちにベストセラーとなる『震える牛』だった。読了後しばらく、まさに〝震え〟が止まらなかった。日本の食生活を脅かす問題に着眼し、そのタブーに切り込んでいた。地方都市の現状も上手く織り交ぜながら、それぞれの立場における人間ドラマを見事に描いていた。

物語の軸となるのは、食肉加工会社による「食品偽装」。地上波ではまず描けない題材だろう。これまでも、冤罪、リコール隠し、エネルギー問題といった社会派ドラマを手掛けてきた私は、何としても自分の手でドラマ化しなければ――そんな想いで相場さんにオファーしようとしていた。そんな時に、親しくしている俳優Kさんから、「この小説をあなたに是非ドラマ化して欲しい。自分に合う役はないけれど……」と連絡をもらったのだ。何だか、とても運命的なものを感じて、のめり込んでいった。

エンタテイメント性を意識しつつも、絶対にリアルに描かなければならない。食肉業界について徹底的にリサーチを行い、リアリティを追求した。

キャスティングにも、自然と力が入る。これまで何度かご一緒した三上博史さんをはじめ、吹石一恵さん、小林薫さん、古田新太さん、平山浩行さん、木村文乃さん等にご出演いただいた。中でも、食品偽装を堂々と行う食肉加工会社の社長を演じられた古田さんの怪演ぶりは強烈で、あまりの恐ろしさに震えた視聴者の方も多いのではないだろうか。

制作の過程で、相場さんが映像業界に対してもとても知識が豊富で、俳優等についてもかなり詳しいことを思い知らされた。カメラワークや映像のクオリティ、劇中の音楽など、制作に関わる細部まで関心が高い。

　恐らくこの映像に対する関心の高さは彼の描く文字世界の特徴を形成する重要なカギになっているように思う。それを実感させてくれるのがこの『血の轍』という作品なのだが、そのことは後述する。

　映像に関しても深い知識を持つ相場さんだが、『震える牛』のドラマ化に際しては、小説と映像は別物として信頼し、任せてくれた。常に外側から暖かく見守ってくれた。制作スタッフにとっては本当に心強かった。

　相場さんの期待を裏切ってはならない想いで全力を注いだ。そして完成したDVDを相場さんにお送りすると、執筆中にもかかわらず仕事を一旦止《や》め、すぐにご覧になってくださった。それればかりか嬉しい感想のメールを送っていただいた。全身の疲労感は一気に吹き飛び、ほっとした安堵《あんど》感で体中が満たされた。

　そして再び、相場作品である『血の轍』のドラマ化に挑むことになった。

　本作は、プロローグから得体の知れない緊迫感に襲われる。冒頭から一気に読者を心理戦に引き摺《ず》り込むツールとして、小型カメラによる映像描写を巧みに取り入れている。

〈スピーカーからは水道の音が聞こえる、カメラが女の後ろ姿を捉えたあと、今度は斜め横のアングルから洗面台と鏡の中が映る。／サングラスを外した女が口紅を塗り直す。モニタ

ー越しだが、かすかに瞳が潤んでいるように見えた。〉

カメラの眼は感情がない。それだけに極めて冷徹に最大限のリアリティを我々に突きつけてくる。

多くの作品は緩やかに始まり徐々に面白みを増してゆくのだが、この映像描写のおかげで冒頭から読者の心臓を鷲摑《わしづか》みにし、張り詰めた緊張感を与えてくれる。

小型カメラ越しに、まるで自分が対象を追っているかのような感覚になる。対象を追っていると思っていた自分が、いつの間にか追われる側に変わる。

自然とページをめくる手が早くなっているのに気づく。いったい何が始まるのか、見当もつかない。

同時にこの映像描写は物語の主軸となる、表情を持たない、瞬きをしない一人の男が形成される過程を、余計な描写を重ねることなく端的に暗示し、この容赦のない運命が交差する物語を、我々の眼の奥底に入り込んで静かに照射していく。

物語の軸となる二人の男だ。刑事部の兎沢実と、公安部の志水達也。現在は水と油のような関係だが、彼らの間には何があったのか。

二人の過去がインサートされることで急いでページを捲《めく》っていた手がふと止まる。刑事部と公安部という組織に組み込まれ、「轍が違う」存在になった二人――。

組織の恐ろしさをまだ知らない二人とは対照的に、それを熟知した刑事部と公安部のそれぞれの上司である海藤啓吾と曽野耕平。物語は主にこの四人を中心に進んでいく。

現在と過去、そして四人それぞれの視点が交錯する展開は、あまりにスピーディーで、読者にこの物語に対する予断の隙を一切与えないままエピローグまで突っ走る。このカット割りのような場面転換の手法にも相場さんの映像的センスが生きている。

犯罪者を追い詰める警察組織というような単純な物語ではない。

誰が悪で誰が善であるということではなく、ただ四人にとっての正義が違うために、激しいまでの攻防戦が繰り広げられるのだ。

『血の轍』が推理小説の中で特異だと感じる理由は、その構図にある。

警察と犯人という構図は推理小説の王道だが、公安部と刑事部の対立にここまで深く切り込んだ作品は珍しい。

冒頭発生する殺人事件を追ってゆくと、警察の信頼を大きく失墜させるスキャンダルが浮上する。構わずに犯人を捕まえようとする刑事部と、組織を守るために闇に葬り去ろうとする公安部。それぞれの信じる正義、矜持、本能がぶつかり合い、騙《だま》し合いに発展する。

何故これほどまでに同じ組織の中で足の引っ張り合いをするのか、一般市民の我々には理解しがたい。しかし、もう既に現実に起きているのかもしれない。そう考えると途端に恐ろしくなる。

ただ単に愉しむためだけでなく、日本の闇の部分にスポットをあて問題提起しようとする相場さんの気概が垣間見える。

計算しつくされた仕掛け。特殊能力を持つ人間による追尾。手に汗握る心理戦。

正義が必ずしも報われるわけではない。いや正義すら誰かにとっては敵なのかもしれない。

この結末に放心状態となった読者もいるだろう。私は、差し込む僅《わず》かな希望の光を受け取り、本を閉じた――。

『震える牛』と同様、『血の轍』のドラマ化もかなり手強《てごわ》い。それだけに、やりがいがある。

この作品が店頭に並ぶ頃には撮影が始まっていることだろう。

――WOWOWプロデューサー

この作品は二〇一三年一月小社より刊行されたものです。
登場人物、団体名等、全て架空のものです。

血《ち》の轍《わだち》

相場英雄《あいばひでお》

平成25年11月30日　初版発行
令和5年11月25日　5版発行

発行人――石原正康
編集人――高部真人
発行所――株式会社幻冬舎
〒151-0051東京都渋谷区千駄ヶ谷4-9-7
電話　03(5411)6222(営業)
　　　03(5411)6211(編集)
公式HP　https://www.gentosha.co.jp/
印刷・製本―株式会社　光邦
装丁者――高橋雅之

幻冬舎文庫

ISBN978-4-344-42114-1　C0193　あ-38-2

この本に関するご意見・ご感想は、下記アンケートフォームからお寄せください。
https://www.gentosha.co.jp/e/